# LÉONIE

DU MÊME AUTEUR

*Tombent les anges*, Calmann-Lévy, 2020
*Inconditionnelles*, Calmann-Lévy, 2021

MARLÈNE
CHARINE

# LÉONIE

Thriller

CALMANN
LÉVY
NOIR

CALMANN LÉVY
ÉDITEUR DEPUIS 1836



Couverture
*Conception graphique :* © Axel Mahé
*Photographie :* d'après © Vershinin/iStock Images

ISBN : 978-2-7021-8415-8

# 1.

# Léonie

La routine.

Roulée en boule, Léonie ne regarde qu'à moitié la télévision. Plus de bâillements que d'intérêt pour la course-poursuite à l'écran. À l'autre bout du canapé, Raymond a le nez plongé dans un magazine. Il remonte ses lunettes dans un geste automatique. Une page tournée, une poussée au centre de la fine monture métallique. Pile entre ses yeux. Léonie compte ces allers et retours réguliers et machinaux. Au quinzième, elle annonce :

— Je suis fatiguée. J'aimerais aller me coucher.

— D'accord.

Raymond pose sa revue sur la table basse, couverture repliée au bon endroit pour ne pas perdre le fil de sa lecture. Il accompagne Léonie à l'étage. Devant le lavabo, il fait tomber deux comprimés dans sa paume tendue. Un blanc tout mince et un rose, plus dodu. Elle les avale avec un verre d'eau. Les mots tapis en embuscade dans sa gorge sont emportés par ce mini-tsunami. Ils reviendront à la charge, promis. Ils ne perdent jamais espoir. Des doutes, parfois, oui, mais pas de capitulation définitive.

Pyjama, brossage de dents, crème hydratante sur le visage et les mains. Quelques pas vers son lit, Raymond sur ses talons. Dos tourné, elle rabat la couette jusque sur ses oreilles. C'est Raymond qui la borde. Il tend une main pour caresser ses cheveux, mais elle s'écarte. Sans grande conviction. Plus assez d'énergie pour un coup d'éclat. Juste marquer une certaine continuité, par habitude. Il n'insiste pas.

La routine.

Ça pourrait être n'importe quel couple. Un vieux ménage. Usé par trop de répétitions, trop de moments identiques. Des sentiments oxydés, dégradés, qui tournent au mépris, comme le vin tourne au vinaigre, parfois.

Sauf que.

Ça pourrait être n'importe quel soir. Seule Léonie sait qu'il s'agit du 2 189$^{e}$.

Cinq ans, onze mois et vingt-neuf jours.

Elle murmure ces chiffres tandis qu'il s'affaire autour d'elle. Tout bas – ses lèvres bougent à peine.

— Fais de doux rêves, ma petite lionne.

— C'est ça, ouais.

Une dernière tentative de caresse, sur la jambe, cette fois. Presque tendre. Un dernier mouvement de refus. Sec et agacé.

Puis Raymond referme le bracelet métallique autour de sa cheville.

Extinction des feux.

*2 190e jour*

Des lames de soleil percent le centre des carreaux, là où les volets sont troués d'un cœur tout rond. Léonie s'impatiente. Il est déjà tard. D'habitude, Raymond débarque au premier chant du coq. Il ouvre la fenêtre – les vertus de l'air frais, même en plein hiver –, asticote Léonie, cheveux et humeur de travers. Elle a fini par s'habituer à ces horaires monastiques. Son estomac grogne depuis… Elle ne sait pas combien de temps. Aucune horloge dans sa chambre.

Sa chambre. Entre vingt-cinq et vingt-huit mètres carrés – sans ruban gradué, impossible d'obtenir mieux que cette approximation. Un lit, un canapé deux places, une bibliothèque à côté d'une table de travail. Un coin douche-toilettes. Pas de séparation. Juste un mur en plâtre d'un côté et un trou béant de l'autre. La seule porte se trouve au fond de ce qu'elle a baptisé le hall d'entrée : un terme assez présomptueux, mais il fallait bien coller une étiquette à ce mètre carré inutile. La porte, donc, est peinte en rouge, un rouge dégueulasse, sang caillé ou magma boueux. Elle est haute, massive, épaisse, et dotée d'une série de verrous. Tous à l'extérieur. Ils tournent chaque soir et chaque matin à heure fixe. Signal pour une nouvelle tranche de l'immuable routine.

Et ce depuis cinq ans, onze mois et trente jours.

Sauf ce matin. Raymond est en retard et Léonie a faim. Le seul que ce chamboulement horaire ne dérange pas est Newton. Il s'étire sans fin au bas du lit, chat-élastique, chat-caoutchouc, à ronronner dans la chaleur de son nirvana félin.

Il ouvre à peine un œil – à demi, ou juste un quart – lorsque Léonie repousse la couette et se lève. La corde tombe en tas sur le sol, le poids sur sa cheville, ça ralentit sa jambe gauche et lui donne une démarche bizarrement chaloupée. Au début c'était une chaîne, mais le bruit des maillons la rendait folle, crises d'angoisse et tout le tralala, alors le soixante-douzième jour Raymond l'a remplacée par une corde. La première était bleue, ensuite il y en a eu deux rouge strié de jaune, puis une bleue, mais plus claire, et celle-là est verte. Il la change régulièrement, Raymond, trop peur qu'elle s'use et rompe, il est prudent avec ce genre de détails. Il a pris ses mesures avec soin, pensé à l'angle de la cloison entre la chambre et la salle de bains miniature. La corde est assez longue pour que Léonie puisse atteindre le lavabo ou la cuvette des toilettes, mais pas pour lui permettre de toucher la porte ou la fenêtre. De toute façon, la porte rouge est fermée à triple tour et les carreaux de la fenêtre sont renforcés, peut-être du plexiglas ou un autre truc incassable. Léonie y a balancé à peu près tout et n'importe quoi, elle a fabriqué des catapultes et des frondes avec les moyens du bord, tout pour essayer de les briser, ces maudits carreaux, jusqu'à ce qu'elle tire une croix sur l'affaire, résignée peut-être – elle déteste ce verbe, ce mot : résignation, peut-être est-elle résignée, mais ça ne signifie pas qu'elle ait abandonné. Surtout pas.

Assise sur la cuvette des toilettes, elle songe à tout ça, Léo. À la longueur de la corde, à ses essais infructueux pour se manifester – Raymond ferme toujours les volets depuis qu'elle a utilisé sa lampe de chevet pour envoyer un message en morse, allumer et éteindre au rythme d'un SOS. Il l'a félicitée – très astucieux, ma petite lionne –, puis pour ne laisser aucun doute, aucun risque, lui a aussi retiré la lampe. Elle pense au retard inhabituel de Raymond. Une crainte régulière effleure son esprit, chatouille sa logique : et si Raymond avait disparu ? S'il l'avait oubliée ? S'il était parti loin, ailleurs, séquestrer une autre fille plus jeune, plus jolie ? S'il avait été renversé par un trente-six tonnes, haché menu par un rottweiler croisé pit-bull d'une humeur de dogue, pris dans les filets d'une sirène ou d'une charmeuse de serpent, ou simplement sous le coup d'un lumbago sévère ? Il ne rajeunit pas, Raymond. Il fait tout pour se maintenir en forme, un esprit sain dans un corps sain – enfin, pas tant que ça, si on prend un peu de recul –, c'est ce qu'il dit. Mais s'il se pétait la hanche en sortant du lit, qu'il ne puisse plus bouger, que deviendrait Léonie ? Attachée. Un périmètre de liberté de trois mètres vingt. Une corde renforcée, oui elle a essayé de la ronger, ça lui a coûté un bout de dent et pas mal de larmes, pour un résultat peu probant – OK, complètement nul. De la rage, le jour d'après, quand Raymond a découvert cette tentative désespérée et s'est payé un fou rire.

Elle ne lâcherait pas. On ne la retrouverait pas des années plus tard, momie desséchée à moitié mangée par le chat qui serait mort ensuite de vieillesse ou de folie, à grignoter ses propres pattes. Elle trouverait un moyen. Bouffer la corde, même si elle y perdait toutes ses dents. Se fracasser la cheville au besoin, réduire ses os en miettes jusqu'à pouvoir la tordre et passer le talon et le reste dans le bracelet métallique. Zigouiller Newton, une grattouille derrière l'oreille suivie d'une traction-rotation sur la nuque, comme ça, crac, fini, et hop une réserve de viande pour quelques jours. Pas trop long, parce que ensuite sa viande s'avarierait et – n'importe quoi, jamais elle ne ferait ça à son chat. Elle n'en aura pas besoin, de toute manière, parce que les verrous grincent, juste là, et que dans trois deux une seconde la porte s'ouvrira. Voilà, elle est ouverte.

Échange de regards. Raymond dans l'embrasure de la porte, Léonie assise là où on souhaite généralement avoir un tant soit peu d'intimité. Lui dans sa tenue habituelle – pantalon de ville, chemise à fines rayures –, elle le bas de son pyjama à fleurs sur les chevilles. Il affiche un sourire éclatant, mais Léonie voit bien qu'il n'est pas dans son assiette. Assez pâlot. Pas rasé. Ses cheveux poivre et sel bien peignés sont humides de sueur. Il se tient moins droit que d'ordinaire, un peu de travers, comme si quelque chose le faisait souffrir, mais qu'il n'arrivait pas à localiser la source de cette gêne. Il sourit malgré tout, son putain de sourire moitié vicelard, moitié politicien.

— Bonjour mon cœur ! C'est une magnifique journée qui s'annonce. La combientième ?

Il sait depuis longtemps que Léonie compte les jours. Elle additionne les chiffres dans sa tête à défaut de les graver en groupes de cinq petits bâtons dans un coin du mur. Parfois, la somme lui semble exploser, exponentielle. Le plus souvent, elle se répète qu'il ne s'agit que d'un jour de plus – juste un jour – et le nombre obtenu perd de son sens.

Juste un repère auquel se raccrocher.

— Le 2 190e.

— Demain c'est notre anniversaire.

Voix suave, mimique écœurante. Léonie arrache quelques feuilles de papier-toilette au rouleau. Ses dernières notions de pudeur ont disparu depuis des lustres.

— Magnifique. J'ai hâte, tu peux pas savoir.

Raymond éclate de rire. Il aime ses accès sarcastiques. Léonie a bien tenté de les garder pour elle, mais c'est plus fort qu'elle. Elle a besoin de ça. Sa seule arme, dérisoire, inutile. Un rempart, cependant. Contre la réalité, contre ce quotidien étriqué.

Une moitié d'existence, depuis presque six ans.

— Bon, on peut y aller ? J'ai faim.

— Je t'en prie.

Docile, elle recule d'un pas, lève le pied. Il libère sa cheville, remet la clé du cadenas dans la poche de son pantalon. L'espace d'une seconde, elle est libre. Une fenêtre de temps qu'elle a tenté de mettre à profit quinze – non, seize fois. À la septième, elle a compris que la matraque électrique qu'il trimballe partout n'est pas factice. Et que huit millions de volts lâchés d'un coup, ça fait un putain de mal de chien. Elle a continué malgré tout, et lui aussi. Un genou dans les bijoux de famille, un choc sur l'épaule. Un sprint, une série de coups de bâton dans les reins. Des gros mots ou des rires sadiques d'un côté, des bleus, des brûlures et de la bave aux lèvres de l'autre.

Là, elle envisage un dix-septième essai. Raymond n'a pas l'air en forme, elle pourrait en tirer avantage. Mais elle-même se sent un peu pâteuse, flasque, lente. La faute aux calmants qu'il lui fait avaler. Au fil du temps, ses dosages se sont perfectionnés. Peut-être n'aura-t-elle plus jamais assez d'énergie pour se battre, sentir ses couilles s'écraser sous sa rotule. Plus assez de courage. De substance.

Pour conjurer cette idée inquiétante, elle lance une main en avant. Paume ouverte, rigide, comme si elle avait décidé de l'envoyer en orbite. Elle se fracasse sur la gorge de Raymond, entre sa barbe et sa pomme d'Adam. Un cri étouffé, étranglé, et il recule. Il recule ! Léonie saisit sa chance, s'élance et…

Bam. Son crâne vibre, les formes deviennent floues. Même la porte rouge ondule. Une mauvaise version d'Alice au pays des merveilles.

— Ne me cherche pas, Léonie. Pas aujourd'hui. Je ne suis pas d'humeur.

Elle se laisse glisser le long de la paroi – ça tape tape tape dans sa tête. Raymond la hisse debout, la pousse dans la douche. Il ouvre le jet d'eau et c'est gelé avant de devenir chaud, beaucoup trop chaud. Léonie voit toujours double. Elle doit s'appuyer d'une main contre la faïence, vomit un peu de bile. Est-ce que ça compte pour une vraie tentative ? Non. Une demie à tout casser. Pas de préparation, peu de conviction. Elle pivote pour échapper au jet brûlant et le rideau en plastique en profite pour se coller contre sa hanche, sa cuisse. Si elle mourait, là, Raymond l'envelopperait-il dans ce rideau avant de se débarrasser de son corps ? Elle lui a posé la question, une fois. Il a ri, a répondu que ce n'était pas une mauvaise idée, merci de lui en avoir fait part.

Merde. Pourrir sous des motifs de poissons rouges bigleux, ça ne l'emballe pas plus que ça.

Le temps qu'elle se lave, se sèche et s'habille, Raymond a retrouvé sa bonne humeur. Inébranlable, sa bonne humeur. Il faut vraiment le pousser à bout pour qu'il s'énerve. En presque six ans – en-dehors d'un splendide pétage de plombs – il ne l'a pas insultée plus d'une douzaine de fois. Et encore. Il s'est toujours excusé. Lucide et compréhensif. Ce qu'il lui fait subir n'est pas évident, il en a conscience. C'est normal qu'elle se révolte, de temps à autre. Même si, à y regarder de plus près, elle n'est pas tant à plaindre que ça. Il prend bien soin d'elle, n'est-ce pas ?

En effet. Si on choisit un autre point de vue, celui de Raymond par exemple, Léonie est même choyée. Elle ne manque de rien. Tiens, d'ailleurs, juste là, au rez-de-chaussée, la table est dressée pour un petit déjeuner digne d'un hôtel cinq étoiles. Salade de fruits frais – il a taillé l'orange à vif parce qu'elle déteste la peau des quartiers –, croissants, baguette dorée et plusieurs sortes de fromages. Alors bien sûr, Léonie se retrouve de nouveau attachée. Nouvelle corde, rivetée sous le plan de travail en marbre anthracite. Mais franchement, bien des personnes rêveraient d'un tel traitement. Et non, ce n'est pas une bribe de son syndrome de Stockholm qui s'exprime lorsqu'elle constate ça.

Ou…

Difficile d'en être sûre après tout ce temps. Et avec soi-même en guise de seule et unique thérapeute.

— Arrête de bouder, ma petite chérie.

Léonie pousse un grognement indistinct. Se passe une main à l'arrière de la tête, là où la matraque l'a heurtée sèchement. Localise une jolie bosse.

— Tu as bien failli m'avoir, cette fois. Coquine. Tu crois que je te laisserais filer la veille de notre anniversaire ?

Il se penche sur elle, l'embrasse sur les lèvres – elle ne réagit pas. Son appétit est revenu. Pas envie d'endurer une autre punition. Le coup de matraque a suffi pour la journée. Raymond passe un bras autour de ses épaules, la serre contre lui. Tendre et joueur.

Et merde. Elle ne veut plus être choyée de cette manière. Ou attachée. Pas plus ici qu'à Stockholm.

Il y a des larmes dans sa voix et ça la rend toute geignarde.

— Et qu'est-ce que tu comptes m'offrir ? Ma liberté ?

Ce ne serait même pas un cadeau. Un volé rendu. Ça le fait rire, Raymond. Il l'embrasse une nouvelle fois – un baiser qui colle. Elle s'essuie du revers de la main.

— Allez, sers-toi.

Elle s'empare d'un croissant. Croustillant et encore chaud à l'intérieur. Le boulanger du coin a du talent.

— Et toi ? Tu ne manges rien ?

Raymond secoue la tête. Son jogging matinal lui a coupé l'appétit. Ou alors il couve quelque chose. Il allume la machine à expresso, change d'avis, va pour un thé. Il se déplace de nouveau comme si quelque chose le gênait. Un nerf coincé, un truc dans ce genre. Il met du temps à choisir son thé – earl grey, aux baies des bois ou vert ? Léonie déchire un morceau de la baguette. Un petit, elle veut qu'il lui reste de la place pour les fruits. La bouilloire siffle, Raymond verse l'eau dans sa tasse et il a ce mouvement bizarre. Comme si son épaule se déboîtait. Qu'il cherche à expulser l'air de ses poumons. Il plaque sa main droite sur sa poitrine, la gauche pendouille, sans force. La bouilloire est tombée sur le plan de travail et un peu d'eau dégouline par terre, ça forme une flaque que Raymond fixe, incrédule.

Puis il regarde Léonie, se redresse – c'est passé, tout ira bien à présent. Il ouvre la bouche pour articuler quelque chose.

Et il s'écroule.

Léonie, elle, est debout en une fraction de seconde. Elle regarde son geôlier, couché sur le sol, misérable. Elle comprend aussitôt – pas besoin d'avoir fait médecine pour deviner qu'il a une crise cardiaque. Son teint livide, son front en sueur. Sa main contractée sur le tissu de sa chemise si bien repassée.

Faible.

Si faible. Et elle si forte. Comme jamais.

— Léo… Donne-moi… mon mobile… appeler les urgences…

Prostré, crispé, il ne peut que regarder l'endroit où il a laissé son téléphone. À un mètre à peine. Mais hors de portée. Le premier réflexe de Léonie est d'obéir. Elle saisit l'appareil, le lui tend pour qu'il le déverrouille avec son empreinte. Juste avant que son index n'effleure la touche… Non !

Mains derrière le dos. Bon sang, ce qu'elle tremble.

— Léonie… ne joue pas à l'imbécile. Je vais…

Elle s'accroupit près de lui, mais pas trop.

— Mourir. Oui, c'est sans doute ce qui va se passer.

Elle pleure, merde, pourquoi elle pleure ?

Le souffle de Raymond se fait haché, sifflant, plein de *pitié* et d'*aide-moi*. Elle reste là, sans bouger. Elle devrait peut-être le réconforter, lui dire qu'il ne souffrira pas, en tout cas pas longtemps. Mais elle n'en est pas sûre. Et elle n'ose pas s'approcher, encore moins le toucher.

Les supplications de Raymond s'espacent. Les pleurs de Léonie augmentent, son et volume.

Et puis le silence. Les yeux mi-clos, Raymond ne bouge plus. Sa main retombe de sa poitrine immobile.

Léonie attend. Renifle. Essuie ses yeux et son nez avec la manche de son pull.

Attend encore.

Puis – fouiller dans sa poche de pantalon, la clé dans la serrure du bracelet métallique à sa cheville. Ses doigts maladroits, paniqués. À la troisième tentative, le cadenas s'ouvre, l'extrémité de la corde vrille et s'étale comme un serpent, une saloperie au sang froid pas bien épais, mais venimeux, pour sûr. Elle rampe pour s'en éloigner, se remet debout, enfin d'abord à quatre pattes, puis se lève pour de bon, parcourt une distance qu'elle n'a jamais pu parcourir, la corde était trop courte. Elle regarde derrière elle, Raymond est toujours affalé là – mort, mort, bon Dieu il est mort pour de vrai –, mais s'il se relevait, s'il tournait la tête et lui souriait et…

Elle court désormais, le souffle rauque, trop de peine et pas de temps pour respirer. Trois ou quatre pas, la maison est grande mais pas si grande que ça et elle arrive à la porte-fenêtre, celle qui donne sur la terrasse, le jardin ceinturé de thuyas. Plus loin, il doit y avoir une route, peu fréquentée peut-être, mais une vraie route, goudronnée et tout. Elle va pouvoir s'y ruer, y courir ou s'y planter, les bras en croix, jusqu'à ce qu'une voiture vienne. Elle va pouvoir hurler qu'elle est Léonie, Léonie Marchal, que c'est elle qui a disparu il y a presque six ans, enlevée, séquestrée, mais vivante, je suis vivante, je veux retrouver ma famille, je veux retrouver ma vie, celle que Raymond m'a prise.

La poignée résiste entre ses mains, Léonie manque de l'arracher, mais soudain elle pivote et la porte s'ouvre, elle s'ouvre et l'air du dehors lui gifle les joues. Léonie s'aperçoit qu'elle crie, ça ressemble à un long sanglot mélangé à quelque chose de primal, de barbare. Elle pose un pied à l'extérieur – l'extérieur putain ! –, 2 190 jours que ça n'était pas arrivé.

Alors, la panique.

Totale.

Ses mains se raccrochent au chambranle, l'agrippent comme une bouée. Les ongles plantés dans la peinture blanc crème.

En équilibre.

# 2.

# Diane

Le long couloir ne fait qu'une bouchée d'elle.

Un air de musique s'échappe d'une porte laissée entrouverte un peu plus loin, ricoche contre les murs tapissés d'affiches usées. De l'accordéon. Diane sourit. L'instrument, la mélodie à la fois joyeuse et mélancolique, ça lui fait penser à ses grands-parents. Pas de souvenirs concrets, juste une petite bouffée de nostalgie, parfums de tarte aux pommes et d'eau de Cologne. De quoi remplacer en imagination l'absence aseptique d'odeurs de ce centre de soins, combler un manque. Ou masquer les relents que Diane traîne avec elle. Ce mélange animal imprégné dans ses vêtements, sa peau et ses cheveux. Impossible de travailler comme vétérinaire dans un zoo sans garder un peu de fauve avec soi une fois sa journée terminée. Comme elle est venue directement du parc animalier, sans halte à son appartement, d'autres preuves flagrantes de sa profession s'étalent au bas de son pantalon, entre poils et traces d'une vase douteuse.

L'affreux linoléum jaune couine sous les semelles de ses chaussures. Mieux qu'une clochette passée à son cou :

l'infirmière de garde la localise avant qu'elle atteigne le bureau. Ce soir c'est Nadège, une de ses préférées. Elle porte un gilet rouge par-dessus sa tenue vert pastel, les cheveux répartis en deux couettes juchées au-dessus de ses oreilles. Elle se moque de ses cinquante ans comme de sa première paire de chaussettes. Ça lui réussit, puisqu'elle en paraît quinze de moins, et ça plaît à ses protégés. Elle accueille Diane avec une bise, lui dresse un rapide topo, hélas plutôt négatif.

Mauvaise journée.

Ça arrive.

Diane discute de tout et de rien, promet de repasser après sa visite à son frère. Un café, volontiers. Elle s'éloigne et Nadège ajoute qu'elle a renouvelé son stock de petits-beurre. Encore mieux. Le déjeuner n'est plus qu'un souvenir lointain pour son estomac vide.

Dans la chambre, la télévision est en marche, son coupé. Deux candidats d'un jeu à la con s'affrontent sur un plateau à la décoration criarde, gesticulent et trépignent comme si leur vie en dépendait. Le genre de chose que Loïc peine à supporter, maintenant autant qu'avant. Même en version muette. Diane déniche la télécommande rangée hors de portée et s'empresse de faire cesser cette torture. Elle inspire un bon coup, dépose un surplus de douceur sur ses lèvres.

— Hey, Sherlock.

Loïc la regarde et même après tout ce temps ça continue de lui faire mal. Il la regarde et il a l'air en colère. Diane tend la main, repousse en arrière les mèches qui lui encombrent le front. Trop longues. Il faudrait les lui faire couper. Un geste plein de tendresse, mais il gronde, un spasme traverse son visage comme la foudre sur un ciel d'orage, alors elle bat en retraite.

Vraiment une mauvaise journée.

Elle sort un livre de son sac. Le soir, c'est lecture. De tout et n'importe quoi, quitte à éplucher le programme télé. Une habitude prise lorsqu'ils étaient gosses. Quand elle lui lisait des contes où rôdaient ogres, reines cruelles et sorcières. Loïc se blottissait contre elle, avide de ses paroles, mais pas effrayé pour un sou. Ces histoires n'étaient rien comparées à la vraie vie et ses monstres bien réels. Ils en étaient tous les deux conscients.

Plus de contes de fées aujourd'hui, mais un roman policier. Il est tout corné, Diane s'en veut un peu de l'avoir malmené. Elle lisse la couverture, tire sur les coins pour les remettre d'aplomb. Voilà, c'est mieux. Si tout pouvait être aussi simple.

— On reprend là où on en était restés ?

Il ferme les yeux. Un assentiment ou autre chose, du style casse-toi, je ne veux pas te voir. Difficile à savoir. Diane n'en tient pas compte et se met à lire à voix haute.

Chapitre 2. Il s'ouvre sur un *flash-back*, les souvenirs d'un des personnages.

Il y en a eu tant, entre elle et Loïc. Des chapitres, des souvenirs. Le regard qu'il posait sur elle, enfant. Si plein d'attente et d'espoir.

Et celui d'aujourd'hui, si douloureux.

Si seulement il n'y avait pas eu l'accident. Mais voilà. On peut parfois s'arranger avec la vérité, imprécise par définition. La tordre un peu pour lui redonner une droiture, la parer d'autres couleurs. Mais ces ajustements ne permettent pas de tout renier, d'oublier un pan entier de son histoire personnelle.

Surtout pas ces six dernières années.

*Le jour de l'accident*

Rien de plus désagréable que d'être tirée du sommeil par son mobile, volume réglé à fond. Enfin, si : c'est encore pire un dimanche matin, alors qu'on dort collée contre son homme. Diane renverse la tête en arrière dans son oreiller. Savoure ce terme. *Son homme.* Ça fait longtemps qu'elle ne croit plus au prince charmant. Dès le départ, Diane a eu conscience des limites de leur relation. Christopher est le genre de personne dont elle a besoin. Quelqu'un d'ouvert, mais de pas trop attentif. De pas trop impliqué. Elle sait pertinemment qu'elle ne vieillira pas auprès de lui, une tasse de thé posée à côté d'un ouvrage en tricot pour leur énième petit-enfant. Elle n'abandonnera pas non plus son nom de famille, Sorel, au profit du sien, à consonance anglaise. Là, c'est neuf et excitant. Ça ne durera pas.

Mais elle a le droit de se convaincre du contraire, au moins pour un temps. De faire comme si. Le grand amour. Les promesses, les coups de folie dignes de deux adolescents en pleine ébullition hormonale, les grasses matinées sensuelles qui se terminent en week-end sous les draps.

Diane caresse l'idée de laisser la sonnerie mourir. Mais si c'est le boulot, elle retentira toutes les cinq minutes jusqu'à ce qu'elle décroche. Et c'est certainement le boulot. Un souci avec l'oreille de Pachka, celle qui refuse de guérir. Merde, quand même. Elle a prévu plein de choses sympas pour la journée, et aucune ne commençait par des soins à une jeune panthère anxieuse. Dans l'idéal, ça aurait plutôt démarré avec petit déjeuner au lit, et plus si affinités.

Sûr qu'il y aurait eu affinités.

Chris grogne une série de jurons en anglais, passe un bras autour de sa taille, la paume plaquée sur son ventre. Une mise au défi. Dis-leur non. Dis-leur qu'on est partis à l'étranger pour le week-end. Dis-leur n'importe quoi, tant qu'on nous fiche la paix.

— Allô.

La voix à l'autre bout du fil n'est pas celle qu'elle attendait. Grave, nette, genre fer à souder, elle appartient à Jonas. Ou plus précisément, au commandant de police judiciaire Jonas Renberg, supérieur hiérarchique de son frère. Un mec bien. De ceux pour qui les termes cohésion et droiture signifient quelque chose. Si Diane avait opté pour la même carrière que Loïc – et elle l'a envisagé sérieusement, face à sa passion contagieuse –, elle aurait aimé se retrouver sous les ordres d'un tel homme. Mais le métier de flic n'est pas fait pour elle. Trop sombre, trop tortueux. Elle préfère sans conteste la vie, la vraie, dans ses explosions de bruits et de couleurs.

La main de Christopher glisse sur son côté, chaude, exigeante. Diane pose son bras libre sur ses yeux, se mord la lèvre inférieure lorsqu'il englobe son sein, titille son mamelon.

— Salut Jonas. Quoi de neuf ?

Étonnamment, la famille professionnelle de Loïc l'a très vite adoptée. Comme une extension naturelle. Diane est devenue proche des trois autres membres de ce groupe solide. Une complicité qu'elle retrouve peu auprès de ses propres collègues, au parc zoologique.

— Désolé de te déranger un dimanche, ma belle. Tu saurais où se planque Loïc ? Je n'arrive pas à le joindre.

— Ça fait un bail que je ne vis plus avec mon frère, Jo.

*Encore heureux*, songe-t-elle avec un sourire amusé. Par pure curiosité, elle demande quelle est l'urgence. C'est dimanche pour eux aussi, après tout, et Loïc cumule assez de jours de congé en retard pour meubler un musée d'art brut. La voix de Jonas devient plus sérieuse. Une disparition. Une gamine de dix-neuf ans, volatilisée au cours d'une soirée en boîte. Un témoignage peu fiable, mais inquiétant, selon lequel un homme l'aurait suivie ou emmenée.

Diane compatit, promet à Jonas de passer le message sitôt que possible. Loïc répondra présent aussitôt. Il n'est pas du genre à se défiler, surtout si une jeune fille se trouve en danger.

Salutations rapides. Elle raccroche, regarde l'heure. Presque midi. Sacrée grasse matinée. La soirée et la nuit ont été mémorables, également. Elle en rougit, ses joues picotent, son cœur bat un peu plus fort.

— Je dois être jaloux ?

Cet accent si craquant. Elle rit, vient se caler dans le creux de l'épaule de Christopher.

— Tu peux, si tu veux. Mais ça ne servira pas à grand-chose.

Elle a cru sentir quelque chose, au début, avec Jonas. Un homme attirant, le fruit d'un brassage ethnique peu banal. Peau mate d'une mère réunionnaise, yeux bleu azur en provenance du Danemark, un zeste d'Asie ici et là. Elle se serait volontiers laissé draguer. Séduire. S'il avait essayé. Mais ça n'avait pas été le cas.

— Tant mieux. Même avec son flingue, il ne ferait pas le poids.

Il la renverse sur le ventre. Son souffle sur sa nuque, ses mains sur ses cuisses, ses hanches. La température monte d'une dizaine de degrés d'un coup. Plus encore, dans son bas-ventre. Chris a une légère tendance à se montrer possessif. Tant qu'il l'exprime de cette manière, plutôt que de se montrer agressif envers de potentiels rivaux, ça lui convient. Ça lui convient très bien, même, songe-t-elle juste avant que ses pensées se brouillent sous le plaisir.

Son mobile sonne à nouveau alors qu'elle sort de la salle de bains, enroulée dans une serviette. Même numéro. Elle rabat ses cheveux encore mouillés sur le côté, coince l'appareil entre son oreille et son épaule et se met en chasse de sous-vêtements.

— Tu as trouvé qui, Loïc ou la fille ?

Certaines affaires de disparition se terminent avant d'avoir vraiment commencé. Soit comme ça – la personne rentre chez elle, à la surprise de ses proches occupés à se ronger les sangs –, soit d'une manière plus sinistre. Les deux cas de figure traversent l'esprit de Diane. Une famille réunie, des engueulades suivies d'étreintes, ou un corps bleui par le froid au bas d'un fossé.

— Non, je… Merde, je sais pas comment t'annoncer ça, Diane.

Quelque chose se fige au fond de Diane. Tendu à l'extrême, un élastique sur le point de rompre. C'est la première fois qu'elle entend Jonas hésiter, bafouiller. Et ça lui fiche une trouille d'enfer.

— Balance.

— C'est Loïc. Il a eu un accident.

Ces deux mots – Loïc et accident – s'entrechoquent dans un fracas effroyable. Une image se cristallise sur le noir de ses paupières closes. Son frère, son petit frère, déployant sa voile de parapente dans une prairie en altitude, un sourire trois fois aussi grand que son visage sous son casque. La concentration lors des préparatifs, la montée d'adrénaline juste avant le décollage. Et puis le vide, le sol à la fois si lointain et si proche.

— Diane ? Tu es toujours là ?

Oui. Et – oh, il faut qu'elle respire.

— Bouge pas. Je viens te chercher.

Elle acquiesce en silence. Reste en ligne malgré la tonalité continue, désagréable, qui lacère son tympan. Christopher finit par lui retirer le mobile des mains. Il la serre contre lui jusqu'à ce qu'un hurlement de sirène résonne par la fenêtre entrouverte. Propose de l'accompagner. Diane secoue la tête. Non. Pas besoin. Ça va aller.

Vraiment ? Elle en doute sitôt assise dans la voiture de Jonas. Son visage est fermé, bouclé à double tour. Il laisse le deux-tons, conduit pied au plancher. Comme si arriver plus vite allait changer la donne. Comme si chaque minute gagnée contre le trafic pouvait diminuer la gravité de l'état de Loïc d'un pour cent. Même d'un pour mille. Diane sait qu'il n'en est rien. Pour être honnête, elle a plutôt envie de tirer de toutes ses forces sur le frein à main, de s'enfuir, se cacher quelque part en mode autruche. La tête dans le sable, bien profond. Pour ne pas entendre ce qu'elle redoute tant.

Nom de Dieu. De toutes les activités sportives à sa portée, pourquoi a-t-il fallu que sa tête brûlée de frangin choisisse le parapente ? Le trail, le vélo tout-terrain, ce n'était pas assez ? Bon sang, juste son métier de flic, bras droit de chef de groupe, régulièrement aux prises avec le pire de l'espèce humaine, ça aurait dû être suffisant pour les émotions fortes. Son surnom au sein de l'équipe, c'est Sherlock. Et par extension, celui de Diane, Watson. L'intuitif, téméraire, voire parfois imprudent, et sa sœur bardée de diplômes, si calme et réfléchie. Enfant, Diane rêvait d'espace, de navettes longue portée et de systèmes solaires à découvrir. Mais le village voisin lui semblait déjà trop loin de son frère, alors partir au-delà de la Voie lactée, ne plus partager la même atmosphère, impossible, inimaginable. Elle n'aurait plus pu veiller sur lui comme elle l'a toujours fait.

Pas toujours avec succès.

Le reste de l'équipe est déjà présent à leur arrivée aux urgences. Natalia, ses dreadlocks et son éternel chemisier blanc boutonné jusqu'au ras du cou. Arthur et ses bras interminables qu'il enroule autour de Diane en réconfort. C'est lui qui les murmure, ces mots qu'elle ne voulait pas entendre.

Traumatisme crânio-cérébral sévère.

Fractures multiples.

Œdème, chirurgie.

Ils sont terribles, ces mots, mais dans la forteresse des bras d'Arthur, dans la chaleur prodiguée par cette famille de cœur, ils sont un peu moins insoutenables. Diane parvient à les encaisser. À les broyer en lettres inoffensives, pour mieux les digérer. Ne reste plus qu'une chose, la pire sans doute.

Attendre.

Ça lui revient vers deux heures du matin. Le groupe squatte toujours la même salle d'attente. Diane leur a dit de rentrer chez eux, mais ils l'ont regardée avec ce sourire en coin un peu triste – inutile d'insister. Ils ne la laisseront pas tomber. Jusqu'à ce qu'un toubib vienne annoncer quelque chose de réjouissant, elle peut compter sur trois ombres supplémentaires.

Les néons éclairent le couloir aussi interminable que cette nuit d'une teinte blafarde. Nat dort, roulée en boule sur une chaise, la tête posée sur les genoux d'Arthur, lui-même en train de ronfler légèrement, l'arrière du crâne en appui contre la paroi. Jonas, lui, n'a pas fermé les yeux une seule minute. Il a passé de longs moments au téléphone. Des conversations plus ou moins brèves, entre des séries de cent pas le long du corridor. Des décisions à échéances diverses pour le groupe.

Ça lui revient d'un coup. Que Loïc et les autres sont flics. Normalement, si le monde, leur monde, n'avait pas subitement choisi de tourner à l'envers, ils devraient être occupés à autre chose. Sans doute encore debout à cette heure, mais au bureau, avec d'affreux mugs remplis de café jamais assez fort. Ou sur le terrain, à interroger des témoins, battre les fourrés. N'importe quoi, à mille lieues de cette attente. De ce non-temps irréel.

— L'affaire de disparition, demande Diane. Qui la reprend ?

Jonas se tourne vers elle, fronce les sourcils. Elle ne devrait pas s'inquiéter de ça. La priorité, l'unique priorité, c'est Loïc.

— Berthier.

Un hochement de tête. Le nom lui dit vaguement quelque chose. Si elle se souvient bien, Loïc n'apprécie guère l'homme et ses méthodes, parfois très éloignées de celles de Jonas. Mais ce n'est qu'un avis personnel, épidermique. Jonas assure que le groupe de Berthier est soudé, qu'il sait faire front et obtenir de bons résultats. Aucune raison que ce ne soit pas le cas dans cette affaire.

— Comment s'appelle-t-elle ? La gamine ?

— Léonie Marchal.

Jonas tire sa chaise pour se rapprocher d'elle. Il serre son épaule.

— Ça va aller, Diane.

Diane acquiesce par automatisme. Elle serait bien incapable de savoir s'il parle de Loïc ou de la disparue. De toute manière, cette question s'envole en fumée. Un homme en tenue de chirurgien vient d'entrer dans la salle d'attente. Mine harassée, démarche lente. La tension monte d'un coup et ça réveille Arthur et Natalia, qui clignent des yeux en silence. Diane n'ose pas se lever. Pas bouger. Pourtant elle se retrouve debout, sans trop savoir comment. Face à cet inconnu. Un sorcier de l'impossible.

— Vous pouvez aller le voir.

Il s'est adressé à elle et à elle seule, mais les autres poussent des cris de joie, applaudissent, se serrent dans les bras. Vivant. Loïc est vivant.

Le médecin modère leur allégresse d'un geste de la main. Trop tôt pour se réjouir. Trop de paramètres fluctuants, de risques à venir. Pour le moment, le pire a été évité, jugulé, neutralisé. La chirurgie décompressive semble avoir porté ses fruits. On ne le saura qu'au sortir du coma induit par les réanimateurs pour soulager le cerveau.

Si Loïc en émerge un jour. Diane le sait très bien : il n'existe qu'une seule certitude dans ce bas monde. Tout le monde finit par le quitter, tôt ou tard. Le reste n'est que probabilités.

Diane acquiesce à tout, comme si elle saisissait les termes barbares et complexes qu'utilise le sorcier en tenue bleu pâle. Sans comprendre qu'il cherche à la préparer à ce qui l'attend – cette vision de son frère brisé. Une vision de cauchemar.

Elle percute quelques minutes plus tard, dans le tumulte ordonné du service de réanimation. Il ne reste pas grand-chose de Loïc dans ce corps malmené, couvert de bandages et de pansements, perforé de toutes parts par des tubes et des aiguilles. Là sans être là. Des dizaines d'images en provenance du passé défilent dans le flou de ses larmes – éclats de rire, disputes futiles, moments de complicité, blagues à deux balles. Et ce quelque chose qui s'était tendu en elle se rompt, c'est une digue qui se brise, irréparable. Une vague la submerge, inonde tout avant de se retirer en laissant un décor de fin du monde.

Un décor en noir et blanc.

*Avez-vous vu cette personne ?*

*Hugo L., 26 ans, n'a pas donné signe de vie depuis mardi.*

*(En photo, un jeune homme aux cheveux blonds.)*

*La police annonce ce samedi lancer un avis de recherche pour Hugo L. Ce dernier ne s'est pas rendu sur son lieu de travail mercredi matin et reste injoignable. Son véhicule a été retrouvé en bordure de la forêt du Roi-Neuf, où il a l'habitude d'aller courir en fin de journée.*

*Son signalement est le suivant : 26 ans, 185 cm, athlétique, cheveux blonds, yeux bleus. Il pourrait porter une tenue de sport et des baskets de course de couleur orange.*

*Les personnes susceptibles de fournir des informations sont priées de prendre contact avec le poste de police le plus proche.*

# 3.

# Léonie

De l'autre côté, une terrasse en bois. De longues lames lisses d'une belle couleur chaude, une essence exotique peut-être. Puis du gazon à l'aspect moelleux, piqueté de pâquerettes blanches.

Et ses mains toujours agrippées à la porte-fenêtre. Clouées soudées rivetées.

Dur de respirer quand son cœur prend tant de place, dans sa poitrine, sa gorge, son ventre, partout. Il y a un mort, un mort, une saloperie de cadavre derrière elle et la liberté devant, alors il semblerait logique qu'elle avance, sans regarder par-dessus son épaule. Elle va jusqu'à s'encourager à voix haute – allez, bon sang, Léo, bouge – mais ses cordes vocales ne fonctionnent plus. Tout part en vrille là-dedans. Les jambes en plomb. Son cœur a envahi tout son corps, lourd, écrasant même. Son cerveau a tout mis sur pause mais il tourne à plein régime. Plutôt contradictoire. Et inquiétant, parce que si lui aussi disjoncte, Léonie restera peut-être plantée là, ses pieds amalgamés avec les dalles en pierre naturelle. Elle se changera en statue figée pour l'éternité. Une œuvre d'art à laquelle on trouvera un nom un peu pompeux,

*Celle qui n'a pas su choisir* ou *Jeune fille en suspens.* La maison de Raymond transformée en musée, ses ossements rongés par le temps et les insectes laissés là en contrepoint dramatique à sa propre silhouette minérale. Quinze euros l'entrée, onze pour les enfants, visite de la chambre au premier comprise, petite restauration au kiosque à gauche de la caisse.

Non, bien sûr que non, ça ne finira pas comme ça. Elle va se mettre en branle, Léonie. Se dissocier du montant de la porte-fenêtre, lancer son pied droit, puis le gauche, ou le contraire on s'en fout tant qu'elle répète le truc encore et encore. Tout droit, jusqu'à la route. Jusqu'à ce qu'elle croise une bagnole ou un vélo avec quelqu'un dedans ou dessus. N'importe qui. Ce sera la première personne qu'elle verra en six ans – en dehors de Raymond, mais Raymond ne compte plus, rayé de l'équation, un *x* ou un *y* devenu inutile. Il se peut que cette personne la prenne pour une timbrée, qu'on lui rie au nez, qu'on l'ignore. Elle finira bien par trouver un sauveteur. Ensuite tout s'enchaînera. Elle retrouvera sa famille, ses amis. Le parfum de sa mère vient flotter à ses narines à cette évocation, mélange d'une fragrance de Dior – une vaporisation dans le creux du cou chaque matin – et de tabac froid. Bastien l'attire contre elle, caresse ses cheveux en arrière d'un geste très doux. Elle avance d'un pas, ses plantes de pied sur le bois chauffé par le soleil.

C'est là qu'elle entend une petite voix, à la fois mesquine et effrayante.

— Et si tout le monde t'avait oubliée ? S'il ne restait dans leurs mémoires qu'un vague souvenir, une plaie cicatrisée qui démange de temps à autre, rien de plus ?

Aucune chance. Sa mère ne pourrait pas l'effacer comme une tache de café sur la toile cirée. Les autres... Les autres elle s'en moque. En tout cas, elle essaye de s'en convaincre, tout en sachant que c'est faux. Bastien, elle l'idéalise toujours en chevalier paré d'une armure scintillante. Elle ne veut tout simplement pas s'imaginer qu'on ait pu cesser de la chercher. De nourrir l'espoir. De se battre pour elle.

— Admettons, reprend la petite voix. Tout le monde est là pour t'accueillir les bras ouverts. Tu crois sérieusement que tu dormiras dans ton lit ce soir ?

Pourquoi pas ? À moins, bien entendu, qu'elle se trouve à l'autre bout du pays. Raymond ne lui a jamais révélé ce détail. Aujourd'hui, elle va enfin sav...

— Mais ma pauvre, c'est en garde à vue que tu passeras la nuit. Tu viens de tuer un homme.

— Je ne l'ai pas tué !

Léonie a crié en réponse à la voix, un cri rauque et paniqué qui la rassure malgré tout : elle peut encore parler. Respirer à son aise, par contre, est toujours aussi difficile.

— Pas de manière directe. Comment dit-on, déjà ? Ah : non-assistance à personne en danger. Il te suppliait de l'aider...

Et elle, combien de fois l'a-t-elle supplié ? Léonie a le malheur de regarder derrière elle et Raymond la toise – oui, il parvient à la toiser même en étant étalé sur le sol de la cuisine, la bouche entrouverte et un peu de bave aux lèvres. Même avec ses yeux éteints.

— Prépare-toi, en tout cas. Parce que après les flics, ce sera le tour des médias. Un fait divers pareil, tu imagines ? Le jackpot ! De quoi faire la une du 20 heures.

Des journalistes vont camper devant ta maison. Ta tête dans les quotidiens, dans la presse à scandale. Des détails sur ce que Raymond t'a fait subir, intimes, mais si croustillants. Tout le monde saura tout. Tu as déjà pensé à te teindre en brune ? Avec ton roux, tu ne pourras pas faire un pas dehors sans que…

— Arrête ! Tais-toi, tais-toi !

Elle plaque les mains sur ses oreilles, voudrait presser plus fort, éponger de son esprit ces idées terrifiantes. Le sol est glacé sous ses genoux, parce qu'elle est à genoux, parce qu'elle est revenue à l'intérieur. Dehors, c'est trop dangereux. Voilà ce qu'elle explique à Newton qui vient la renifler, incertain. Le chat a senti qu'elle perdait pied, bonne bête, brave et fidèle compagnon. Elle le prend dans ses bras, le tient bien serré et lui répète que dehors, c'est beaucoup, beaucoup trop dangereux. Qu'ils resteront encore un peu ici, le temps de voir. Au bout de quelques minutes, ses sanglots hystériques s'amenuisent et ses mots ressemblent à des mots, même son cœur se calme et reprend une dimension acceptable.

Bien à sa place. Comme elle et Newton. Ici, à l'intérieur. En sécurité.

## *1er jour*

Migraine. Pas la gueule de bois, non, elle n'a bu qu'un cocktail hier soir. Une soirée déprimante, écourtée. Léonie n'était pas en phase. Elle a préféré s'en aller, laisser ses amis prétendre que tout allait bien, qu'ils s'éclataient. Pratique, parfois, le volume de la musique dans les boîtes de nuit. On se hurle un mot à l'oreille de temps en temps, on hoche la tête même si on n'a rien entendu, rien compris, on mordille sa paille, façon caméléon, couleur tapisserie.

Courbatures. Ses chaussures à talons, peut-être. Cette obligation sociale de croiser les jambes en permanence. Robe au-dessus du genou, et aucune envie que tout le monde puisse deviner la couleur de sa culotte. Sauf Bastien, mais Bastien n'est pas venu. Soi-disant qu'il devait réviser. Probabilité qu'il ait passé sa nuit avec une manette de Xbox dans les mains plutôt qu'un manuel de physique-chimie : 95 %.

Oppression dans la poitrine. Ça fait trois symptômes. Flûte, a-t-elle pris froid ? Elle remue sous les draps. Sa culotte – noire, elle est noire et se termine par une bande en dentelle – forme un pli désagréable sur sa hanche. Elle rectifie ça, les yeux encore fermés, pas envie d'émerger tout à fait, surtout si elle est malade. Au passage, elle sent qu'elle ne porte que ça, que ce petit truc noir à dentelle. Ça lui fait bizarre, d'ordinaire elle dort en pyjama, en coton de préférence. Pas très sexy à son âge – tout juste dix-neuf ans – mais qui s'en préoccupe ? Bien sûr quand elle dort chez Bastien c'est différent, mais elle n'est pas chez lui, c'est un fait.

Là ça lui tombe dessus comme une évidence, une brique de douze tonnes sur sa poitrine, et ça n'arrange pas cette sensation d'oppression.

Elle n'est pas chez elle non plus.

Elle ouvre les yeux, première chose une taie d'oreiller blanche, toute blanche immaculée alors que Léonie adore les trucs bariolés. Plus loin c'est flou, la lumière l'éblouit. Une fenêtre, pas de rideaux. Des murs blancs eux aussi.

Et un homme assis au bord du matelas.

La cinquantaine, à vue de nez. Des cheveux bien coupés et peignés, raie sur le côté mais pas stricte. Quelques rides sur le front et aux coins des yeux. Plutôt charmant. Un sourire aux lèvres, un peu de coin, un peu comme s'il n'avait pas que de bonnes nouvelles à lui annoncer, mais qu'il voulait se montrer rassurant quand même.

Léonie le regarde et elle se dit OK, ce type avec sa chemise bleu clair sans un faux pli doit être médecin, un pro venu s'assurer qu'elle se réveille sans peine. Sauf que cela signifie qu'elle est à l'hôpital. Elle n'arrive pas à se souvenir de la veille, pas après un certain point – ses talons sur le bitume à la sortie de la boîte de nuit – et pourquoi diable est-elle pratiquement à poil sous la couette, et ce toubib, il ne devrait pas porter une blouse, un badge, un quelconque signe distinctif ? Pas normal. Big bang dans sa poitrine, l'angoisse, la peur, tout ça.

— Bonjour, dit l'homme. Je m'appelle Raymond.

Il marque une pause, comme s'il s'attendait à ce que Léonie réponde enchantée Raymond, moi c'est Léonie, tout en politesse et en courtoisie, et au fait, si j'ose, où sont planqués mon soutien-gorge et ma robe ? Et qu'est-ce que je fais là, bordel de merde ?

— Et toi ? ajoute-t-il devant son silence.

— Léonie.

À peine un souffle. Elle ne voulait pas le lui dire, son prénom. C'est elle qui choisit à qui elle se présente ou non. Mais – un réflexe. L'intuition que si elle se montre coopérative, les choses pourraient s'arranger et qu'elle ne serait pas obligée de révéler d'autres choses privées. Non, pas un réflexe : un espoir.

Elle sait déjà que ce vœu ne se réalisera pas. Au contraire. Une prise de conscience douloureuse.

— C'est très joli. Un peu suranné, mais ravissant. J'aime beaucoup.

Il se penche sur elle, touche une de ses mèches de cheveux roux, juste la pointe.

— Une petite lionne. *Ma* petite lionne.

Il tend la main pour effleurer sa joue. Léonie se dérobe.

— Qu'est-ce que vous me voulez ?

Ce sourire, de nouveau. Moitié désolé, moitié avide.

— Tu vas vivre avec moi, désormais. Tu verras, j'ai tout préparé pour que tu te sentes à l'aise. Tu ne manqueras de rien.

— Je… Non. Je veux rentrer chez moi. Laissez-moi partir, je ne dirai à personne que…

— Je crains que ce ne soit pas possible, Léonie.

Il a passé un de ses bras de l'autre côté de son buste et se tient à, quoi, vingt, vingt-cinq centimètres au-dessus d'elle, ça l'oblige à rester couchée et il a l'air costaud malgré ses cinquante piges. Costaud et déterminé. Et complètement à la masse, aussi. Léonie se dit que son après-rasage sent super bon, et juste après elle se demande comment elle peut penser un truc pareil dans une situation pareille, alors qu'un pervers, un taré peut-être sadique vient de lui annoncer qu'il l'a enlevée et qu'il compte bien la séquestrer pendant longtemps – jusqu'à la fin de sa vie peut-être, que va-t-il lui faire exactement ?

— Je vous en supplie. Laissez-moi partir, je veux retrouver ma famille. Ils doivent être morts d'inquiétude…

Une moitié de vérité. Elle est fille unique et déteste cordialement son beau-père, un gros naze, mais sa mère au moins a dû remarquer son absence – non là encore c'est un mensonge, une invention de son cerveau pour se rassurer, parce que dans une telle situation on a besoin de se raccrocher à quelque chose, à quelqu'un à qui on manquerait, qui se battrait pour nous retrouver, coûte que coûte. C'est un mensonge parce qu'elle a averti sa mère qu'elle passerait le week-end chez Bastien et que Bastien lui a préféré des bagnoles et des bastons en 2D. Lui non plus ne se ferait pas de souci, pas tout de suite en tout cas, peut-être pas avant qu'il ne soit trop tard.

L'homme – Raymond – secoue la tête, puis la penche sur le côté pour mieux l'admirer. Il murmure qu'elle est belle, si belle, répète que tout ira bien, qu'il n'est pas méchant, elle s'en rendra vite compte, et qu'il la choiera comme une princesse, sa princesse. Qu'ils vivront un conte de fées, avec quelques petits aménagements, bien sûr, mais rien de grave, promis.

Et puis il se penche encore plus, ses lèvres effleurent les siennes, elles sont douces, et Léonie ne peut plus respirer, c'est bloqué dans sa gorge, elle ne peut plus bouger, pas même fermer ses yeux écarquillés et se persuader qu'elle n'est pas là, que tout cela n'est qu'un cauchemar. Un vilain rêve.

Sauf qu'elle est déjà réveillée.

## *39e jour*

Elle s'est révoltée, bien sûr. A hurlé sitôt qu'il essayait de la toucher. Elle s'est débattue, battue, bec et ongles. Elle a pleuré, crié, puis s'est plongée dans le mutisme, dans une grève de la faim – plutôt disparaître que d'endurer ça. Mais non. Elle est peut-être lâche, Léonie, rien qu'une poule mouillée, mais elle a envie de vivre. Pas une grosse envie qui explose et scintille, cotillons et confettis, mais une toute simple, voir le lendemain et les jours d'après, si possible. Alors comme Raymond ne semble pas vouloir la tuer tout de suite, pas de rites satanistes, de cannibalisme ou de tortures moyenâgeuses en vue, elle a recommencé à manger et cessé de brailler pour un oui ou pour un non. Sauf quand... Sauf là, même si ça ne sert à rien, parce qu'il est bien plus fort qu'elle, mais elle ne veut pas – elle ne voudra jamais, alors elle répète non non non mais il n'écoute pas. Il ne s'excuse pas non plus, comme si c'était normal et peut-être qu'un jour ça lui semblera normal à elle aussi et ça la terrifie.

Ils en sont là justement, elle à sangloter, recroquevillée dans un coin du lit, lui assis à l'opposé. Il ramasse sa chemise, l'inspecte, elle est un peu froissée. Sa faute, il n'avait qu'à pas la balancer par terre comme ça. Il hausse les épaules, déploie sa chemise avec soin sur le dossier de la chaise. Puis il s'étend à nouveau sur le matelas, torse nu. Léonie pleure tout bas, elle veut juste qu'il s'en aille, qu'il la laisse toute seule, qu'elle puisse mourir tranquille un petit moment, de honte, de chagrin et du reste. Mais plutôt que de s'en aller, il roule sur lui-même, se love dans son dos. Il entoure son corps tremblotant d'un bras chaud et fort – il a cinquante-trois ans Raymond, mais il est encore sacrément bien roulé, ferme et musclé.

— C'est chaque fois plus merveilleux.

— Allez vous faire foutre.

Il a le nez dans le creux de son cou, ça fait tout chaud à chacune de ses expirations et c'est presque pire que ce qu'il vient de lui faire. Trop intime.

— Tu ne crois pas qu'il serait temps de me tutoyer ?

— Va te faire foutre.

Ça l'amuse. Il lui colle une bise sur la joue, au travers de ses cheveux qu'il repousse tendrement en arrière pour recommencer. On dirait un gamin amoureux. Dans le corps d'un quinquagénaire malsain. On peut dire qu'il s'agit d'un sociopathe ? Léonie n'est pas tout à fait sûre de la définition. Et c'est dur de se concentrer dans cette position, avec ce taré dans son dos. Il mordille le lobe de son oreille – dégueulasse –, pitié, que ce ne soit pas le signal qu'il veut en remettre une couche.

— Cynique, hein ? C'est bien, tu commences à avoir moins peur de moi. Je te l'avais dit. Je ne suis pas méchant.

Il embrasse sa nuque, son épaule. Elle ne veut pas qu'il s'imagine qu'elle le laisse faire alors elle se débat, même si elle est fatiguée. Il tourne la tête juste à temps pour ne pas se prendre un coup de coude. Résultat : il la serre encore plus fort. Léonie peut presque deviner son sourire béat. Ce con croit qu'elle joue, qu'elle apprécie cette proximité forcée. Elle se calme et il relâche un peu son étreinte.

— Parle-moi. Dis-moi ce que tu aimes. Dans la vie, précise-t-il.

Comme si elle allait lui confier des trucs sur ses expériences sexuelles. Déjà qu'elle ne veut pas se livrer à propos de son quotidien. Elle n'a pas envie de faire connaissance, pas envie de considérer Raymond comme une personne normale avec qui elle échangerait des banalités, la pluie, le beau temps, tout ça. Elle sait qu'il était gynécologue, qu'il a vendu son cabinet l'an dernier. Qu'il a été marié, mais trop jeune, et que ça s'est terminé trop vite. Elle sait que c'est un fou capable d'enlever quelqu'un juste parce que son visage lui plaît, et parce qu'il en avait marre de son existence de solitaire. Son visage. Léonie n'estime pourtant pas être un canon de beauté. Le roux de ses cheveux se rapproche plus de la carotte que d'un élégant auburn, ses yeux entre vert, gris et bleu – ils hésitent encore – sont très écartés, ça laisse plus de place que nécessaire à son nez. Elle est mince, mais pas par volonté, souvent elle oublie simplement l'heure du repas, les cours et les devoirs, et ensuite la flemme, tant pis elle verra demain. Elle se maquille rarement, OK, ce soir-là elle l'était, mais rien d'extravagant, de toute manière si elle met plus qu'un peu de crayon et de mascara elle ressemble à un pot de peinture, ça tranche avec son teint blanchâtre.

Mais Raymond l'a prise quand même – elle se demande encore comment ça s'est passé au juste, les souvenirs de cette soirée se sont envolés – et elle frémit à l'idée qu'il ait pu y avoir d'autres filles avant elle dans cette chambre. D'autres victimes de ce grand méchant loup déguisé non pas en mère-grand, mais en gentleman.

— Dis-moi, ma douce.

— J'aime les maths.

C'est sorti tout seul, besoin d'extérioriser quelque chose pour ne plus songer à ces hypothétiques autres filles, le bracelet à leur cheville, comme elle. Leur désespoir.

— Les maths ?

— Oui. Je sais, c'est pas commun pour une fille. Mais j'aime les maths. C'est carré, c'est beau, ça explique tout.

Si Raymond n'était pas Raymond, elle lui parlerait de la grâce d'une courbe intégrale, de l'ingéniosité de certains théorèmes. Elle lui parlerait des nombres complexes, à la fois tangibles et irréels. Mais là, tout ce qui lui vient, c'est l'ébauche d'une probabilité. Dans sa tête, elle se dit qu'elle avait sans doute beaucoup, beaucoup plus de chances de gagner au loto que de tomber sur Raymond à la sortie d'une boîte de nuit. Même le risque de choper la foudre aurait été plus élevé, alors merde, pourquoi elle, pourquoi tout ça ?

Elle renifle, les statistiques lui ont toujours filé le bourdon, et là c'est pire.

— Intéressant. Autre chose ?

Elle hausse les épaules. Oui, sans doute. Sa mère. Sa grand-mère qui flirte avec alzheimer. Et Bastien – quand elle ferme les yeux elle s'imagine qu'il vient la sauver, et c'est cocasse et émouvant à la fois, Bastien en tenue de combat, Bastien en superhéros alors qu'en réalité il est plutôt fluet, pas épais pour un sou mais mignon et craquant quand même, avec ses cheveux en bataille et ses oreilles un peu décollées. Elle a des amis, elle adore les vacances au bord de la mer, marcher pieds nus dans le sable là où les vagues s'échouent pour mourir et recommencer.

— Les animaux.

Il répète les animaux, comme si elle venait de lui révéler quelque chose d'essentiel, une des Grandes Vérités sur la Vie – le tout avec des majuscules.

— Je suis content qu'on fasse connaissance. Je compte bien t'apprivoiser, ma petite lionne.

Tout ce que souhaite Léonie, juste là, c'est que les statistiques se mettent au boulot et que la foudre s'abatte sur Raymond. Ou sur elle, au pire, tant pis.

# 4.

## Diane

Éboulement de vaisselle dans l'évier. Diane repêche avec précaution un verre à eau, il ne manquerait plus qu'elle se coupe. Il s'est brisé en deux parties nettes qu'elle dépose en lieu sûr. Un coup d'œil à sa montre : ça devient serré. Elle abandonne l'idée d'un expresso vite fait, balance le reste du déjeuner dans une boîte en plastique et la boîte dans le réfrigérateur.

Encore un contrôle de l'heure, la trotteuse sur le cadran semble pour sa part avoir pris une triple dose de caféine. Diane n'aurait pas été contre un coup de main, mais Christopher a prétexté devoir travailler. À voir sa position – ordinateur portable sur les genoux, pieds sur le fauteuil qui jouxte le canapé – il ne risque pas de choper une tendinite. Son casque sur les oreilles, il laisse échapper de petits rires ici et là. Insta ou YouTube ? Les vidéos de chutes à gogo, c'est plus amusant que les corvées ménagères, d'accord. Mais quand même.

Diane n'a pas le temps pour une mise au point qui finira en dispute. Au début de leur relation, la nonchalance d'artiste de Chris avait un petit quelque chose d'inclassable et, il fallait bien l'avouer, de plutôt sexy.

Il disparaissait par périodes, parfois des semaines entières. Des plages de temps où il s'abîmait dans l'écriture d'une nouvelle pièce. Puis ils retrouvaient leur quotidien, chacun avec des horaires un peu fous, des journées de travail décalées, intenses. De la place pour leurs jardins secrets. Aucune question sur leurs contenus, sur les zones de lumière ou d'obscurité. Ça leur convenait parfaitement.

Avec lui, sans pression ni attente particulière, Diane s'est posée dans une sorte de routine. Quelque chose d'étrange, d'exotique, pour elle. Une sensation agréable en général, mais parfois accompagnée d'une curieuse impression d'engourdissement. D'étouffement.

Et il y a eu Loïc.

Loïc, puis Swann. Le fils de Christopher, bientôt seize ans. Sa mère l'a déposé un beau soir à leur porte, comme un paquet encombrant, un meuble qu'on ne sait plus trop où placer après avoir rectifié les peintures ou modifié la déco de fond en comble. Justement, elle ne savait plus qu'en faire, de Swann. Comment gérer ses sautes d'humeur, ses coups de gueule et sa puberté galopante. L'ex de Christopher n'avait jamais envisagé la transformation de son adorable blondinet si sage en jeune adulte maussade et revendicatif. Elle l'avait pourtant voulu, ce gosse. Au contraire de Diane, qui l'avait su très tôt. D'instinct. Elle n'aurait pas d'enfants. Ni l'envie ni le besoin. Assez de raisons pour ça, ancrées quelque part dans un passé qu'elle préférait ne pas évoquer.

Plusieurs de ses partenaires ont cherché à savoir pourquoi. Cet impératif très masculin, cédé d'une génération à l'autre dans un cycle infini. Prends mon nom, transmets mes gènes. On lui a jeté ce motif à la figure lors de certaines ruptures. Pas d'avenir envisageable s'il déviait de ce sacro-saint schéma de transmission et d'hérédité. Sauf que toutes ne sont pas bonnes à recevoir en héritage.

Diane a ses raisons, point barre. Ça aussi, ça arrangeait Christopher. Aucune responsabilité supplémentaire en vue. Aucune source de différend sur le prénom à choisir, les méthodes d'éducation, les tenues vestimentaires ou les activités extrascolaires. Tant mieux. Des accrochages, ils en ont déjà leur compte. Avec Swann, avec le reste. Comme là.

Pas le temps pour une dispute ni pour la vaisselle. Diane couvre les assiettes d'eau savonneuse. La sauce attachera moins comme ça. Elle file dans la chambre, passe un tee-shirt propre, vérifie son reflet dans le miroir. Ça manque de vie dans ses yeux, de couleur sur ses paupières, ses cils, ses lèvres. Mais tant pis pour le maquillage. Seul impératif : un coup de brosse, réunir ses cheveux en queue-de-cheval. Plus pratique, et préférable pour la survie de son cuir chevelu.

Swann rentre pile au moment où elle fixe son élastique. Fracas de porte d'entrée ouverte-claquée puis, trois secondes plus tard, même traitement sur celle du frigo. Diane devine ses paroles au mot près.

— Y a plus que ça à bouffer ?

Elle ravale un soupir, mais ne peut s'empêcher de lever les yeux au ciel. Aucune divinité pour lui prêter main-forte depuis le plafond en crépi, pas de bon génie caché derrière l'abat-jour de la lampe. Chris ne réagit pas non plus. À elle de s'en charger, donc. Mais vite. Direction cuisine, où l'ado se lamente encore.

— Bonjour Swann.

Ton froid, un rien sarcastique, sourcils froncés. Le vain espoir qu'il décode sa demande implicite. Est-ce si dur d'appliquer les bases de la politesse, juste les plus rudimentaires ?

Apparemment, oui.

— Je crève la dalle !

— Tu peux réchauffer le reste de pâtes. Si ça ne te suffit pas, je suis persuadée que tu es capable d'en cuire plus.

— Pourquoi vous m'avez pas attendu ?

— Je t'avais demandé d'être de retour à treize heures. On est vendredi. Tu sais que je dois partir à treize heures quarante-cinq.

Tout en parlant, elle laisse le gamin accroché en mode plancton au frigo. Elle balance son mobile dans son sac – au passage, il lui indique qu'elle a dix minutes de retard. Elle manque de rater le marmonnement de Swann.

— Mouais, je sais que t'as rendez-vous chez ton zombie de frère… Et moi alors ?

Diane bloque sur cette réplique autocentrée et médiocre à souhait. Son sang bourdonne à ses oreilles puis retombe d'un coup dans ses pieds, la laissant étourdie. Elle lâche son sac, serre les poings et retourne dans la cuisine comme pour affronter un nouveau round d'un combat dont elle n'a jamais voulu. Fichus petits caractères en bas de page.

— Tu as dit *quoi* ?

Il le sait aussi bien qu'elle et, dans son arrogance, ne cherche même pas à nier. Le menton bien haut, il s'écrie :

— Figure-toi que je suis vivant, moi, et papa aussi. Pour ton frangin, par contre, c'est pas si sûr que ça. Ça fait combien de temps que ça dure, ce cirque ? Cinq ans ?

Bientôt six. Oui, demain, ça fera six ans pile. Une éternité pour Diane.

— Tu ferais mieux de t'occuper de nous plutôt que de lui. Réviser tes priorités.

Diane éclate d'un rire sans joie, cherche un appui, un renfort.

— Chris ?

Son compagnon tire sur ses écouteurs, ouvre la bouche et produit un « Swann… » aussi autoritaire et fâché que s'il s'adressait à une photo de tulipe au coloris fané. Merci pour son besoin de soutien. Diane serre les dents, cherche à toiser de haut cette graine d'homme qui la dépasse de dix centimètres.

— Va dans ta chambre et réfléchis à ce que tu viens de me dire. On en reparlera plus tard.

— Pas question ! Je te signale que t'es pas ma mère !

— Vu comment elle t'a élevé, je considère ça comme un compliment.

Un coup bas. Se faire jeter de la sorte par sa mère, ça l'a blessé et ça se comprend. Diane s'en veut aussitôt, formule une phrase plus neutre. Pas des excuses, quand même. Le gamin n'écoute pas. Encore un claquement de porte, celle de sa chambre, bien plus rageur que les précédents. Diane se tourne à nouveau vers Christopher qui n'a pas décollé de son canapé.

— Donc, tu le laisses me parler comme ça ? Sans réagir ?

Il soupire, se frotte le front d'une main lasse. Cette conversation, ils l'ont déjà eue des dizaines de fois.

— C'est compliqué pour lui, Diane.

À l'époque, elle adorait sa manière de prononcer son nom – Daïane – mais là ça lui passe au-dessus de la tête. À des kilomètres au-dessus.

— Et pas pour moi ?

Elle n'a pas demandé à endosser le rôle de belle-mère. Ni celui d'assistante médicale pour son frère. Rien de tout cela n'aurait dû arriver.

— Oh, ne commence pas, par pitié.

Commencer ? Non, Diane pense plutôt à en finir. Pour de bon. Ça fait trop longtemps qu'ils ne partagent plus rien d'autre que de l'indifférence.

Ce fantasme de nouveauté, de pouvoir tout effacer. De disparaître de l'équation, de redistribuer les inconnues. Un dernier scintillement dans l'air, puis plus rien. À peine un souvenir, fugace et évanescent.

Mais non. Ce n'est pas encore pour aujourd'hui. Un riff de guitare électrique accompagné d'un tonnerre de batterie explose au fond du couloir. Christopher continue de la considérer en silence, le front barré d'une ride désabusée, des tonnes de non-dits coincées dans la gorge. Il suffirait d'un signe, d'un mot de sa part pour que la balance penche. Pour que Diane se décide à rester, encore une fois.

Mais il détourne le regard. Il la laisse là, seule devant la porte.

Partir, rester. Sans doute le plus vieux dilemme qui soit. Un peu comme vivre et mourir, en somme.

*Dix-sept jours après l'accident*

Le bruit des machines a quelque chose d'apaisant. Aussi régulier que le ressac ou la pluie sur un toit. Moins agréable, bien sûr. On ne peut pas tout avoir. Régulier, c'est déjà bien. Ça signifie que Loïc respire, même si c'est contraint et forcé. Que son cerveau cabossé et rafistolé reçoit assez d'oxygène. Que son cœur bat, métronome un peu rouillé. Parfois il s'égare mais il revient très vite sur les rails. S'il oublie un coup, s'il ralentit, Diane le supplie de ne pas faire l'imbécile. Elle encourage, gronde, soudoie, menace ou marchande, on s'en fout de la méthode, seul compte le résultat. Les bips qui se réordonnent sagement, en ordre de marche et rien qui dépasse. Alors seulement elle se relâche, pose son front contre le bras inerte de Loïc et le félicite. T'es le meilleur, petit frère. Le meilleur. Tu vas lui faire sa fête, à ce traumatisme à deux balles. Il ne va rien voir venir.

Elle est là, justement, à murmurer des formules dignes d'un discours de mi-temps corsée. Une ombre sur sa gauche, près de la porte, un mouvement discret. Elle lève la tête et aperçoit Ophélie. Belle comme le jour, dans le genre orchidée sauvage, délicate et fragile. Loïc et elle se sont rencontrés quelques mois auparavant dans une station de ski. Elle a mal négocié une courbe juste devant lui. Il l'a aidée à se relever et est tombé raide dingue d'elle. Une chute sans gravité d'un côté, des suites bien plus sérieuses de l'autre. Ils ne sont pas faits pour être ensemble, ça se voit aussi gros qu'un adepte du naturisme dans un couvent de bonnes sœurs. Mais voilà. Loïc, les évidences, sa tête de lard... Rien à faire.

Diane sourit, un peu forcé. La présence d'Ophélie, ça pourrait faire du bien à Loïc. Mais il ne risque pas de la ressentir depuis le couloir. Elle invite la jolie fleur à entrer, offre de lui céder sa place. L'impression de lui quémander une faveur. Merde, quand même. Elle devrait être là depuis le premier jour, à se battre avec Diane pour cette chaise inconfortable près du lit de Loïc.

À répartir les heures de garde auprès de lui. Mais non. C'est la première fois qu'Ophélie apparaît à l'hôpital et elle reste plantée dans le couloir. Enracinée. Normal, pour une fichue fleur.

— Non… C'est trop dur.

Trop dur. Trop dur ? Non, mais elle se moque de qui, la mauvaise herbe ? Elle croit que passer la porte va lui souffler ses pétales ? Et de quel droit affiche-t-elle ce masque de victime, de veuve éplorée et larmoyante ?

Malgré son agacement, Diane cherche à la rassurer. Pas d'inquiétude à avoir. Elle peut venir là, vers lui. Lui parler. Il l'entend sans doute, de nombreuses études le certifient. Ophélie marque un pas en retrait. Secoue la tête. Juste avant de s'enfuir, elle prononce quelques mots. Elle les murmure à peine, mais pour Diane c'est pire que si elle les avait hurlés à tue-tête.

— Il n'aurait pas voulu qu'on s'acharne comme ça. Il aurait préféré mourir.

Diane se lève comme un ressort. N'importe quoi. Elle ne peut pas laisser partir Loïc parce qu'il est là, bien là, et si cette garce était entrée, si elle lui avait tenu la main elle s'en serait rendu compte, elle aurait ravalé ces paroles venimeuses quitte à en faire un ulcère, tant pis pour sa gueule. Son rôle de protectrice ne s'arrêtera pas là, à cause d'un stupide parapente, d'une suspente défectueuse. Elle a déjà sauvé son frère un nombre incalculable de fois. Elle l'a tiré des griffes des monstres, ceux des placards et les autres. Pas de raison que ça tourne autrement aujourd'hui.

Elle se lève trop vite et les murs de la salle se mettent à valser. Des jours qu'elle ne fait rien d'autre que veiller sa seule vraie famille. Sans véritable repos ou repas.

Juste avant que la lumière s'éteigne autour d'elle et au-dedans, elle croit apercevoir les paupières de Loïc ciller. Sa tête heurte le cadre du lit médicalisé. Pas grave. Loïc se réveille.

## *Vingt-neuf jours après l'accident*

Il ne s'est pas réveillé. Pas vraiment, selon ce nombre complexe et fluctuant qui jalonne désormais le quotidien de Diane. Le score de Glasgow. Trois critères – réponse verbale et motrice, ouverture des yeux – testés plusieurs fois par jour, notés selon un barème strict, sans états d'âme. Zéro point s'il n'y a aucune réaction. Un si elle est causée par la douleur. Diane déteste la trouver sur sa fiche, cette note, savoir au plus profond d'elle que son frère crie de l'intérieur, se cabre et brûle dans la prison de son corps brisé. Chaque fois qu'elle entre dans sa chambre, elle rêve de voir la somme de ces points augmenter. Un point après l'autre, jusqu'à un score de 15, symbole de conscience normale. Un Graal en deux chiffres.

C'est devenu une sorte de mantra. Jour après jour, elle le murmure depuis le parking, le long des couloirs aseptisés, dans l'ascenseur, jusque dans le service où séjourne Loïc.

« Un point de plus, juste un point de plus. »

Aujourd'hui, elle n'a pas l'occasion de se pencher tout de suite sur la fiche suspendue au lit médicalisé. Elle entre comme d'habitude après deux coups rapides sur la porte. Un fragment d'espoir que Loïc les entende et dise « Entrez » en retour. Un peu sot, comme habitude. Mais on se raccroche à ce qu'on peut.

Pas de réponse. Elle appuie sur la poignée, entre sur la pointe des pieds, là aussi comme si Loïc était simplement assoupi et qu'il risque de se réveiller au moindre bruit. Elle referme la porte dans son dos et reste plantée là.

Loïc n'est pas seul. Le tableau, lui et son visiteur, fendille un peu plus le cœur de Diane et fait monter la marée à ses yeux. Peut-être a-t-elle toqué trop doucement. En tout cas, Jonas ne l'a pas entendue. Il se tient immobile, tête baissée, assis sur une chaise tout près de Loïc. Une de ses mains entre les siennes. Et il pleure. En silence. Sans les larmes qui dégringolent de ses joues et quelques rares tressautements dans ses épaules, on pourrait penser qu'il réfléchit. Qu'il doit faire face à un dilemme cornélien.

Diane avance d'un pas supplémentaire, soudain consciente de la dimension exceptionnelle de ce chagrin. Jonas ne pleure pas un simple ami. Cela va bien au-delà de ça.

Un petit bruit de gorge pour se signaler. Jonas relève la tête avec vivacité. Surprise sur son visage, vite remplacée par une expression fataliste. Il n'esquisse aucun mouvement pour essuyer ses larmes. Il sait que Diane a compris. Enfin.

— Ça fait combien de temps ?

Une question tout en douceur. Pas de jugement, de moquerie. Pas de pitié non plus, rien qu'une souffrance partagée, qui n'en reste pas moins vive.

Jonas étouffe un sanglot, se tourne vers Loïc, caresse ses traits endormis du regard.

— Depuis le premier jour. J'ai tout de suite su que je n'avais pas la moindre chance, mais… La logique ne s'applique pas partout.

Il marque une pause durant laquelle Diane se rapproche.

— Je lui ai mené la vie dure, tu sais. Une vraie peau de vache. Tout pour qu'il craque et demande à être affecté dans un autre groupe.

— Tu t'es fait prendre à ton propre jeu, glisse Diane avec un rire sans joie. Il t'estimait encore plus pour ça. Et il tenait à te prouver sa valeur.

— Oh, il me l'a prouvée, encore et encore. Je n'ai jamais travaillé avec un meilleur officier. Jamais eu de meilleur ami. Si en plus…

Un geste vague de la main, comme pour esquisser quelque chose d'à la fois essentiel et accessoire. Un soupir, sanglot et rire mêlés.

— Je me disais que je pouvais me passer de ça. Qu'au moins, je l'avais auprès de moi. Et maintenant…

Diane ne tient plus. Elle se laisse tomber à genoux, déploie ses bras autour de Jonas. Ses larmes ruissellent dans son cou, mais elle continue à le serrer, fort. Il fait chaud dans l'enceinte de leur étreinte, une chaleur douloureuse, mais si agréable à partager.

Sur la tablette au nom de Loïc Sorel accrochée au pied du lit, le score du jour affiche un 7.

# 5.

## Léonie

Newton bouge en premier. Léonie, elle, serait volontiers restée prostrée dans son coin jusqu'au lendemain. Jusqu'au 2 191e jour – mais non, plus aucune raison de continuer cette série. Le chiffre 2 190 s'est transformé en 1, un chiffre tout neuf, tout plein de promesses. Un nombre bien plus complexe qu'il n'y paraît.

Le chat se faufile hors de ses bras devenus moins rigides. Un petit bond élégant et hop, il va renifler le corps de Raymond. Sans doute surpris par ce jeu bizarre auquel l'homme se livre. Ses oreilles tournicotent, un miaulement, allez, l'humain, arrête ton cirque. Un regard interrogateur à l'intention de Léonie. Elle l'informe de l'état des choses – Raymond a succombé à une crise cardiaque, le diable ait son âme – mais ça file à des années-lumière au-dessus de sa cervelle de matou. Par contre, ça commence à entrer dans celle de Léonie, ça devient moins abstrait.

Raymond est mort et elle ne sera plus jamais enchaînée.

Voilà ce qui compte. Davantage que de retrouver les siens, de renouer avec son passé. La perspective d'un avenir dénué de bracelet métallique à la cheville et de cordes toujours trop courtes.

Une main au sol, puis un genou. Une impulsion, une autre. Elle se relève par gestes saccadés, comme une marionnette manipulée par un débutant. Quelques pas et elle surplombe Raymond.

— C'est fini.

Elle lui annonce ça, un constat sans appel, une déclaration. Et quelque chose cède en elle, libère une émotion, une rage qui couvait depuis longtemps. Le premier coup de pied part sans qu'elle s'y attende vraiment, bam dans les côtes. Le corps de Raymond tressaute à peine, alors elle recommence, elle aimerait qu'il se torde de douleur, la supplie de s'arrêter, qu'il implore sa pitié. Comme il ne dit rien c'est elle qui se met à hurler, bien fait pour sa gueule, ce retour de karma, il n'avait qu'à la libérer plus vite ou, mieux, ne jamais l'avoir enlevée. À présent c'est elle qui commande et elle compte bien en profiter.

Elle s'arrête net, le souffle court et tremblante de partout. Qu'est-ce qui lui arrive ? Elle a laissé mourir un homme sans lever le petit doigt. Et maintenant, elle tabasse son cadavre. Sans grands états d'âme.

Malsain au possible.

Quand son âme est-elle devenue si pervertie ? si noire ? À quel moment ses sentiments, ses valeurs ont-ils disparu, rayés par un mode de fonctionnement uniquement fondé sur la survie au jour le jour ? Elle devrait être horrifiée, mais elle ne ressent rien. Un grand vide. Ah, si, elle a encore faim. Son petit déjeuner a été interrompu.

Elle lisse ses cheveux en arrière, oblige quelques mèches rebelles à se tenir à carreau derrière ses oreilles.

Contourne le bar, tire une chaise haute pour s'y installer. La salade de fruits est parfaite, ce matin.

## *127e jour*

Un mannequin, comme ceux des vitrines des boutiques, modelable à souhait. Lève un bras, écarte les cuisses, va te doucher, rhabille-toi – non, reste toute nue, c'est mieux. Voilà ce qu'est devenue Léonie, une poupée Barbie grandeur nature. De la chair, des veines et du chaud à l'extérieur, mais dedans uniquement du vide glacial, circulez y a rien à voir. La locataire est partie sans laisser d'adresse.

Quatre mois et quatre jours avec pour seul horizon cette chambre et ses murs blancs, cette fenêtre qu'elle ne peut atteindre. Les rayons du soleil, eux, ne se gênent pas pour entrer dès le matin. Ils l'ont narguée tout l'été. Ironique. Sa peau de rousse l'obligeait à se protéger d'eux, chapeau et crème à indice max, et voilà qu'elle ne peut plus rien contre leurs intrusions.

Son univers réduit à la taille d'un mouchoir de poche. Ce lit, théâtre de tout ce qu'elle endure, mais dans lequel elle reste des heures sans bouger. À écouter son cœur. Il s'entête à battre, l'imbécile. Quel gâchis d'énergie. Elle est toute cassée à l'intérieur. Elle a bien essayé de se calquer sur ce que disaient certaines victimes d'agression ou d'abus, à la télé – s'enfuir tout au fond de soi-même. Mais comment y arriver quand on est en morceaux, poussière et gravats ? Léonie subit chaque fois et à chaque seconde. Alors oui, tous ces battements de cœur, c'est un sacré gaspillage.

Cassée fracassée et vide. Elle mange – en général – ce que Raymond lui apporte, deux plateaux par jour. Vaisselle garantie incassable et couverts pour enfants, lames et pointes émoussées. Des coccinelles sur le manche. Souvent, il décore le plateau de fleurs coupées, une rose, une botte de boutons-d'or. Au début elle les envoyait balader, boum contre le mur, une satisfaction débile et de courte durée. Et puis la lassitude et les médicaments qu'il la force à avaler… elle a arrêté.

Elle pourrait se reprendre, se lever, répéter quelques mouvements de yoga. Elle pourrait se vautrer sur le petit canapé avec un des livres placés bien en évidence sur la bibliothèque. Des classiques. Jules Verne, Flaubert, Balzac. Rasoir à souhait. Deux traités de mathématiques – Raymond les a achetés exprès pour elle, donc elle a pris soin de ne pas les ouvrir, de ne même pas les regarder, sauf en coin. Ça lui manque, mais quand même, hein, il ne l'aura pas comme ça. Si elle s'en sert, ce sera pour déchirer les pages et se les fourrer au fond de la gorge jusqu'à ce qu'elle suffoque.

Elle pourrait. Maintenant, dans une heure, demain ou jamais. Elle vote pour jamais et se retourne dans le lit. Elle ferme les yeux. Imagine que Bastien dort à côté de toi, la tête enfoncée si fort dans l'oreiller qu'il en gardera les marques jusqu'à midi minimum. Non, mieux : imagine que ta mère est en bas, qu'elle prépare des muffins chocolat-noix de coco. Ils seront ratés, comme d'habitude, plats et lourds comme des enclumes, mais pas grave, au moins la maison embaumera de délicieux parfums sucrés. Elle a cessé de fumer, et envisage de virer cette tache de Jacques. Elles pourront vivre en paix, entre filles, et ensemble elles parviendront bien un jour à produire des muffins corrects, quitte à explorer mille recettes et changer de four, ça en vaudra la peine.

Mais ni sa mère ni Bastien ne sont là, et elle entend Raymond monter l'escalier. Les verrous de cette horreur de porte – franchement, qui peut choisir une couleur pareille ? – s'ouvrent et le voilà, tout sourire, une grosse boîte en carton entre les mains.

— J'ai une surprise pour toi !

Elle lui tourne le dos parce qu'il n'y a que ça à faire, il peut se la coller là où elle pense, sa surprise, et bien profond. Un autre de ces rares moments de satisfaction. Enfin, ça le serait si ça entamait rien qu'un peu, un tout petit peu l'inoxydable putain de bonne humeur de son geôlier.

— Viens voir, je suis sûr que ça va te plaire.

Il la prend par un poignet, la hisse. Léonie se laisse faire, pas parce qu'elle est docile mais parce qu'elle n'est qu'une poupée en plastique dotée d'un cœur borné.

— Je me rends compte que tu déprimes, et ça me désole, ma petite chérie. Alors j'ai pensé à quelque chose. Quelque chose qui t'aidera à aller mieux.

D'autres livres de maths ? Si c'est ça il peut oublier direct. Mais non, il manipule le carton avec trop de précautions. Il le pose au bas du lit, ouvre un des rabats et dedans...

Un chat.

Plus un chaton, mais pas encore un adulte. Il cligne des yeux, ses oreilles tournicotent. Une patte en l'air, hésitante, centimètre après centimètre jusqu'à atteindre le bord de la boîte. Il se hisse, renifle, avise Léonie.

— Prends-le.

Elle tend les bras sans réfléchir, la fourrure tigrée soyeuse sous ses doigts. Elle le soulève, le pose entre ses jambes repliées en tailleur. Échange de regards incertains. Et puis le chat frotte son museau et sa tête contre elle, marquée et adoptée, voilà, humaine, tu es à moi. Léonie hésite à pleurer de joie – elle a de nouveau quelqu'un à qui se confier, quelqu'un à aimer – ou pleurer tout court. Parce que c'est le pire des cadeaux. Elle va infliger à cette pauvre bête innocente ce que Raymond lui inflige depuis cent vingt-sept jours : une vie de prison, une peine incompressible, sans espoir de libération conditionnelle.

— D'où vient-il ?

Raymond l'a sans doute volé, lui aussi. Arraché à une famille. Léonie peut presque voir des gamins coller des affichettes. Perdu Croquette, ou Maxou ou Pimousse, chat tigré, récompense à toute personne...

— D'un refuge. La responsable m'a décrit celui-là comme un vrai pot de colle en constant besoin d'affection.

— Tu l'as adopté ? Légalement ?

— Oui. Payé ses vaccins, aussi. Pourquoi ?

Il hausse un sourcil. Quel con. Incapable de voir l'analogie. Léonie, le chat. Le chat, Léonie. S'il avait pu l'acheter, elle, l'aurait-il fait ? Aurait-il rempli un dossier, frais de vaccination, de stérilisation, pourquoi pas, tant qu'on y est ?

Le chat pousse un miaou discret, quémande une caresse. Ça fait crac dans sa poitrine, à Léonie, ça lui fait mal, mais elle le serre contre elle, le nez dans ses poils tout doux. Elle se déteste de lui faire ça, mais elle a trop besoin de sentir une petite boule de vie. Elle se déteste de devenir comme Raymond, un monstre qui utilise l'autre en tout égoïsme.

— Eh bien, c'est le début d'une belle histoire ! Tu n'as plus qu'à le baptiser.

Des tonnes de noms se pressent aux lèvres de Léonie. Des mots comme Liberté, des fantaisies du style FuckRay. Mais ce serait injuste pour le chat. Il n'a déjà pas demandé à se retrouver là, l'affubler d'un nom stupide juste dans l'espoir d'entendre grincer les dents de Raymond reviendrait à une méchanceté en plus.

— Newton.

Il tend la main pour le caresser, mais l'animal plonge la tête sous le bras de Léonie. Brave minou. Il a tout bon. Raymond ne s'en offusque pas.

— Comme le physicien ?

Oui, comme Isaac Newton. Pas à cause de cette banale histoire de pomme. Plutôt parce qu'il avait compris que si la gravitation s'appliquait à une pomme, justement, elle devait s'appliquer aussi à des planètes. Et que, comme la Lune, Newton-chat allait rester prisonnier de son orbite à elle.

Mais ça, elle ne le dit pas à voix haute. Un hochement de tête, point à la ligne.

Raymond sourit, satisfait, et les laisse. Faites connaissance. Il reviendra plus tard, avec une caisse et une gamelle.

Léonie attend que les verrous se referment. Puis elle ouvre les bras. Plutôt que de partir à l'aventure, Newton la renifle de long en large, mordille son index – gentiment, juste regarde, je suis là, joue avec moi. Elle veut lui dire qu'elle s'occupera bien de lui, qu'il ne manquera de rien. Mais c'est exactement ce que lui a promis Raymond, le premier jour.

Alors elle murmure simplement qu'elle est désolée.

*191e jour*

— Je crois qu'il est temps, il dit.

Léonie en manque une ou deux respirations. Temps de quoi ? De lui rendre sa liberté ? De la déposer là où il l'a embarquée au printemps ? De s'excuser – pour tout, vraiment, je suis tellement, tellement désolé, si tu savais ?

Drôle d'idée. Léo se traiterait volontiers d'idiote, si ça ne signifiait pas une chose : elle n'a pas perdu espoir. Pas tout à fait. OK, elle est toujours là, et aux dernières nouvelles personne n'est venu sonner à la porte, aucun groupe d'intervention armé jusqu'aux dents ne l'a enfoncée. Mais on doit la chercher, n'est-ce pas ? Il y a une enquête, des policiers qui se démènent pour recouper des indices, interroger des témoins. Parfois, elle imagine les initiatives de ses proches. Elle se les représente au cours de battues, bottes en caoutchouc et long bâton à la main. Elle visualise des groupes sur les réseaux sociaux, les bouteilles à la mer. Mais pas trop, parce que ça la ramène à l'angoisse que doivent éprouver sa mère, ses amis. À la sienne.

Drôle d'idée, ouais. Raymond ne réfléchit pas comme le commun des mortels. Il n'a aucune notion, aucune conscience du mal qu'il lui fait. Il faudrait une révélation divine plutôt musclée pour que ça change. Lumière dorée, musique des anges – harpes et flûtes – et une bonne grosse voix imposante. Quoique, il entend peut-être déjà des voix. Avec des barjots pareils, faut s'attendre à tout.

— Je trouve aussi, répond-elle. Tu me relâches tout de suite, ou après le dîner ?

Une tentative sans frais. On ne risque rien à essayer, après tout. Réaction assez prévisible, Raymond éclate de rire, lui ébouriffe les cheveux comme à une gamine.

— Je t'adore. La vie est mille fois plus belle avec toi.

— Désolée de ne pas te retourner le compliment.

Une moue, traduite par : ne te montre pas si vacharde, ne suis-je pas gentil et prévenant ? Puis très vite de nouveau son sourire.

— Ça te dirait, un dîner avec moi ? En bas ?

Une saloperie de réaction pavlovienne, elle redresse la tête, dos droit, oreilles à l'affût. Sortir de la chambre. Voir autre chose que ces quatre murs et la porte rouge. Manger à une vraie table. L'envie est telle qu'elle ferait presque la belle, papattes en l'air et sourire de brave fille pour obtenir ce privilège. Sa propre attitude l'exaspère. Des claques, Léo.

— Tu te pomponnes pour l'occasion ?

Il lui tend la main qu'il avait dissimulée jusque-là. Au creux de sa paume ouverte, un tube de rouge à lèvres, du mascara et un crayon de khôl. Léonie les rafle d'un geste sec, va se planter devant le miroir, dans sa salle de bains miniature.

Elle commence par le rouge à lèvres. Pas une merde pour midinettes, mais un produit de marque. La nuance lui plaît. Ni trop vive ni trop prude, et en accord avec son teint. Le genre de chose qu'elle aurait aimé recevoir, avant.

Elle fixe son reflet, le bâton juste devant sa bouche.

Hors de question qu'elle joue à la fille docile et bien élevée.

Elle appuie le rouge au centre de ses lèvres, puis le balade de gauche à droite. Ça déborde de partout, ça fait fleurir un sourire féroce, presque sanglant, sur son visage. Une couche de khôl à la truelle vient parfaire le tout. Elle zappe le mascara. Ses cils sont déjà saturés de noir, de toute manière.

— Je suis prête.

Elle se retourne, provocante. Raymond hausse un sourcil, semble hésiter et puis – il part d'un fou rire. Le truc à se tenir les côtes. Au bout d'une éternité et demie, il essuie une larme au coin d'un œil et lui prend la main.

— Si vraiment c'est ce que tu veux...

Léonie comprend qu'il l'a eue, une fois de plus. Trop tard pour faire machine arrière, savonner tout ça et recommencer. Tant pis. La porte rouge s'ouvre déjà. Newton la rejoint sur le palier, hésite. Il préfère reculer, se réfugier en terrain connu. Poule mouillée.

Une volée d'escalier – vingt-deux marches. Le bois grince sous ses pieds. Un corridor assez sombre – il est dix-neuf heures passées, mi-novembre, normal que la luminosité soit faible.

Sa tête tourne presque, à Léonie. Trop de choses à regarder. Le séjour, immense, avec une baie vitrée qui donne sur le jardin. Épuré. Canapé moelleux, télé XXL – presque un écran de cinéma, ce truc. De l'autre côté, la cuisine hyper moderne, avec un de ces îlots comme on n'en voit presque que dans les séries américaines. Surplombé de marbre anthracite et flanqué de deux tabourets de bar. Et une table, bois massif, six chaises à l'assise en tissu gris clair. Le tout donne une impression d'élégance, de confort raffiné.

— Je t'en prie.

Un geste, Raymond désigne la table, tire une chaise à son intention. Une délicieuse odeur de viande braisée flotte dans l'air. Léonie en baverait presque. Elle s'assied – la sensation d'être une reine malgré son maquillage de clown. Son petit doigt lui serine quelque chose qu'elle n'écoute pas, il fait mention de Stockholm à plusieurs reprises, mais elle s'en moque, ferme-la donc un peu que je puisse profiter de cet instant. La table est déjà mise, serviettes en tissu bleu-gris, verres à vin en cristal. De vrais couverts. Elle effleure le manche de sa fourchette du bout de l'index, elle a l'air lourde, mais : clac. Raymond vient de fixer une autre corde au bracelet sur sa cheville. Celle-là est plus fine, et de couleur orange. Ça jure avec les tons neutres de la décoration.

— Désolé, mais c'est encore nécessaire, n'est-ce pas ?

Il caresse sa joue du revers de la main. Pour une fois, Léonie ne se dérobe pas. Elle hésite entre montrer les crocs et acquiescer. Alors elle reste immobile.

Raymond s'affaire à la cuisine, tranche un énorme morceau de viande – rumsteck, filet ? –, peaufine ses assiettes comme un chef étoilé. Il en dépose une devant Léonie – elle bave, maintenant, c'est officiel –, lui sert un verre de vin rouge, robe couleur rubis. Il sourit, lui souhaite bon appétit. C'est étrange de le voir manger, étrange de se sentir observée alors qu'elle découpe mâche mâche avale. Mais c'est délicieux, un sacré bon cuistot, Raymond, alors elle ne dit rien mais sourit en retour.

— J'aimerais que tu prennes tous tes repas ici, désormais.

Elle relève la tête, des petits légumes au beurre plein la bouche.

— Ça sera quoi, la contrepartie ?

Il y en a toujours une. Toujours, partout. Ça fait longtemps qu'elle a compris ça. Le gratuit, ça n'existe pas.

Raymond lève les mains, paumes en évidence, regarde comme je suis sincère :

— Rien, enfin ! Je veux juste qu'on soit bien ensemble, toi et moi.

— C'est ça, ouais.

Un regard lourd et sombre en direction de la corde. De sa jambe jusqu'à l'autre extrémité, rivetée sous le bar. Il capte le sous-entendu.

— Considère cela comme un désagrément temporaire. Un jour… On verra.

Un sourire encourageant. Il promet de se mettre en quatre aux fourneaux. De préparer tous ses plats préférés. Et puis des soirées télé, l'accès à sa vidéothèque, deux cents films au moins, des chefs-d'œuvre pour la plupart. Léonie prend une gorgée de vin, observe à la ronde. Remarque Newton, qui s'est risqué à descendre l'escalier et attend au bout du corridor. Après tant de temps dans la chambre, ce rez-de-chaussée doit ressembler à un nouveau monde à explorer, un univers vierge et mystérieux. Où tout est possible.

Alors – encore un peu de vin – Léonie hoche la tête. Un mouvement bref, presque imperceptible.

— D'accord.

Pour le reste, comme l'a dit Raymond, elle verra.

# 6.

## Diane

La porte close la nargue. Envie de la franchir le menton haut, de la claquer le plus fort possible. Mais pas avant d'avoir dit ses quatre vérités à Christopher. De tout lui balancer à la gueule, tout ce qui s'amoncelle et pèse et suinte depuis si longtemps. Entre eux, c'était voué à l'échec, dès le début. Elle l'a toujours su.

Mais elle n'est pas ce genre de femme. Les scènes, les cris, les verres de vin à la figure ou les assiettes jetées par terre, très peu pour elle.

Mais quand même. Quitter l'appartement sans mot dire, aller à son rendez-vous comme prévu et revenir toujours muette, ce serait perdre définitivement. La goutte d'eau de trop est tombée aujourd'hui. Pas la faute de Swann, non, ce n'est qu'un gamin plein d'écorchures à l'intérieur, un gamin inconscient de la portée de ses paroles. Son père, par contre…

Diane baisse la main qui visait la poignée, retourne dans le séjour à pas silencieux. Christopher s'applique à faire semblant de ne pas la voir. Elle est déjà invisible à ses yeux.

— Je vais partir, Chris.

Il daigne enfin rabattre l'écran de son ordinateur. Le pose sur la table basse.

— Pour de bon, ajoute-t-elle.

La précision n'était pas nécessaire. Christopher a compris. Il fonctionne de manière diamétralement opposée à Diane. Rien que lui et son ego en ligne de mire. Les autres, comme Diane ou son fils, plusieurs coudées derrière. Mais il a conscience qu'il y a plus de vide que de substance entre eux, aucun doute là-dessus.

— Je viendrai chercher mes affaires après mon rendez-vous.

— D'accord.

Il se lève, hésitant, mains dans les poches, sur les hanches, puis ballantes. Et tout à coup elle se retrouve dans ses bras, le front collé contre sa poitrine, l'odeur de son eau de toilette et de sa peau, la position si familière, cette chaleur sur sa nuque, dans son dos. Elle s'imagine qu'elle va éclater en sanglots, mais non, à peine une boule dans sa gorge, cette vague de nostalgie qui enfle et gronde au loin. Elle la submergera tôt ou tard, mais pas là, pas maintenant. Diane en profite, se détache volontairement de leur étreinte. Une dernière caresse sur sa joue rasée de frais, un sourire. Rien d'autre n'est nécessaire.

— Prends soin de toi, dit-il.

Elle hoche la tête, oui, elle y veillera, qu'il en fasse autant. Un ultime regard, il semble triste mais pas tant que ça. Penaud. Un peu soulagé aussi, peut-être.

Pas de bruit ou de cris, pas de fracas. Une sortie digne. Digne d'elle.

Elle referme la porte en silence.

*Quarante-six jours après l'accident*

Sa charlotte et son masque lui ont laissé des marques disgracieuses sur le visage. Des traits rouges, comme imprimés en 3D, de part et d'autre du front et sous les yeux. Diane finit de se laver les mains, puis frotte machinalement dessus. Le reflet dans le miroir se moque d'elle. Elle sait pourtant qu'il suffit d'attendre un peu, de les laisser disparaître. Terrible comme elle cherche encore et toujours à influer sur des choses qui lui échappent. On a prise sur tellement peu d'éléments de nos vies, finalement.

Elle quitte le lavabo, les railleries de son reflet. Aujourd'hui est une bonne journée, voilà ce qu'elle doit se répéter. Une intervention chirurgicale couronnée de succès. Pas évident, quand le patient avoisine les cent quatre-vingts kilos et pourrait vous arracher le bras d'un simple coup de mâchoires. Encore moins quand on essaye de gérer non seulement son métier et ses aléas, mais aussi le suivi des soins de son frère, encore considéré comme comateux. La plupart de ses collègues sont compréhensifs. Pas tous. Certains ne veulent pas entendre que l'accident de Loïc représente bien plus qu'un simple accroc dans la délicate broderie de sa vie privée et professionnelle. Ils ne peuvent pas voir que le fil s'est rompu net, déchirant les motifs au passage.

Le responsable en chef du parc n'est heureusement pas de ceux-là. Il considère ses employés avec détachement, mais sollicitude. Avec son soutien, Diane a pu bénéficier d'un horaire allégé pour rester le plus possible au chevet de Loïc. Une situation qui ne peut pas durer éternellement. Côté privé, les factures continuent de tomber à intervalles réguliers, et elle refuse de demander à Christopher de l'aider. De toute manière, ce n'est pas comme s'il lui avait proposé quoi que ce soit. Côté pro, son engagement n'est plus aussi entier qu'avant. Elle a relégué ses protégés à poil ou à plume en deuxième position. La logique voudrait qu'on lui trouve un remplaçant, une personne plus apte qu'elle à gérer l'équipe des vétérinaires et soigneurs. Elle ne s'en offusquerait pas. Au contraire, elle espère que des annonces ont déjà été passées, que des candidatures suivent.

Au vestiaire, changement de tenue et de chaussures. À l'extérieur du bâtiment, le soleil cogne fort. Diane lui échappe en s'enfonçant sur le chemin entre les chênes centenaires. Un parfum de fleurs, des iris si elle ne se trompe pas, flotte dans l'air chaud. Le vent léger dans les feuilles, des cris d'enfants au loin. Chair de poule sur les bras, la nuque. Une drôle d'émotion. Diane fonctionne par à-coups automatiques depuis un bon mois. Une tâche après l'autre. Ne pas s'attarder sur quoi que ce soit de superflu, son ressenti, sa fatigue. Ne pas se laisser parasiter, de peur de craquer. Sauf ici. Ici, la vie ne peut simplement pas être réduite au silence. Végétale ou animale, elle chante à la face du monde, tantôt joyeuse, tantôt triste et cernée de douleur. Ici, Diane peut baisser les armes et vivre pour de vrai. Et ça fait un bien fou.

Elle l'aperçoit près de l'enclos des ours polaires, en pleine discussion avec le grand manitou. Alexandre Kaiser. Son amour de jeunesse. Des souvenirs de cours pratiques et d'interminables soirées à bûcher la théorie lui reviennent. Une de ces soirées, en particulier, avait débouché sur quelque chose de beaucoup moins scolaire. Puis il y a eu les stages, les examens, chacun pour soi. Alex a suivi ses rêves. Il est parti en Afrique et en Amazonie, tandis que Diane restait sur place, avec Loïc et ses dix ans de moins. Ça pourrait ressembler à du gâchis, mais elle ne ressent aucune amertume. Chacun trace sa voie. La sienne devait être linéaire, et ne plus recroiser celle d'Alexandre. La preuve que le destin existe peut-être. Et que le sien prend un malin plaisir à lui tomber dessus quand elle s'y attend le moins.

Son chef envisage donc bel et bien de la rétrograder. Et d'offrir son poste à Alexandre. Un pincement au cœur. Quand même. Il aurait pu lui en parler d'abord. Une réaction vite effacée. C'est un très bon choix. Le meilleur.

Comme elle s'est immobilisée au bord du chemin, les mains dans les poches, Alexandre finit par l'apercevoir. Et la reconnaître. Un bref moment de surprise, une hésitation, puis un sourire. Il abandonne son interlocuteur en plein monologue, s'approche lentement, presque avec précaution, comme si elle risquait de s'enfuir, de s'envoler au loin.

— Ça alors. Diane…

Il hésite de nouveau. Accolade, bises, poignée de main ? Il finit par la prendre à bout de bras pour la contempler de haut en bas.

— Combien de temps ça fait ?

— Je préfère ne pas compter, ça nous ficherait le bourdon. En tout cas, ça fait plaisir de te revoir, Alex.

— Et comment !

Se sentant mis de côté, le responsable du parc s'invite comme un cheveu sur la soupe, se réjouit que tout le monde se connaisse déjà, vante les mérites de chacun. Alexandre ne lui accorde aucune attention.

— Attends, c'est toi que je devrais remplacer ?

Diane s'amuse de voir son patron, pris en faute, marquer un discret pas en retrait.

— Ça serait formidable.

Gêne d'un côté. Sourire de l'autre. Elle pense sincèrement ce qu'elle vient de dire.

— Termine ta visite, et on en discute devant un café.

Elle désigne le restaurant du zoo du menton, s'éloigne sur un signe de la main.

Alexandre. Elle sait qu'il est revenu plusieurs fois au pays. Des escales plus ou moins longues dans son périple aux quatre coins du monde. Pourtant, elle n'a jamais cherché à reprendre contact.

Mais lui non plus.

Une demi-heure plus tard, ils se retrouvent dans la file du self-service. Ils échangent des banalités. Elle apprend qu'il s'est marié, qu'il est devenu père deux ans auparavant. Une fille. Elle lui parle de Christopher, évoque des souvenirs, mais attend d'avoir une tasse entre les mains pour se lancer dans le vif du sujet. Loïc. L'accident, sa lente et incertaine récupération.

— Je ne veux pas voler ta place. J'ignorais que tu avais terminé…

— Il n'est pas question de ça, coupe-t-elle. Je sais que ce n'est pas ton genre. On fonctionnera à merveille ensemble. Pour le reste, j'ai besoin de temps pour m'occuper de mon frère. Et de respirer.

D'un geste de la main, elle englobe les alentours. Les tables pleines de gens heureux et détendus sur la terrasse. L'océan de verdure en contrebas. Une vibration positive résonne dans ces lieux. Un son fait d'énergie pure qui la gagne à chaque inspiration.

Alex sourit. Il a compris ce qu'elle voulait dire. Sans doute ressent-il la même chose.

— Je suis content de te retrouver, Diane.

Ses bras autour d'elle, sa chaleur. Diane ferme les yeux et sourit à son tour. C'est bon d'être là, tout contre lui. Ça ressemble un peu à la maison.

*Quatre-vingt-deux jours après l'accident*

Glasgow 12.

Ouverture des yeux à la demande. Trois points. Plus besoin de presser un objet dur sur ses ongles ou son sternum. Un bruit, ou mieux, le son d'une voix, un appel suffisent. Son ouïe est sauve, et il se souvient de son nom. Sa vue semble également intacte. Il reconnaît les personnes penchées sur lui.

Réponse verbale confuse. Quatre points. Son élocution se résume à des gémissements inarticulés. Mais il semble comprendre ce qu'on lui demande. Avoir conscience de l'endroit où il se trouve, même si cela reste vague, même s'il oublie les détails entre deux questions.

Réponse motrice orientée. Cinq points. Là, on parle encore de mouvement de retrait à la douleur. Un mouvement parfois brusque et violent. Du côté droit seulement.

Le gauche restera sans doute paralysé de haut en bas. Le visage partagé en deux tel un masque de carnaval. Le bras crispé, replié contre la poitrine comme une aile inutile.

Une somme de 12, bordel. Un sacré bon score. Diane lève les bras en l'air, esquisse un pas de danse avant de se reprendre. Un doigt d'honneur à l'adresse des anciennes pages pleines de nombres moins encourageants conviendrait mieux. Elle va s'asseoir au bord du lit, passe une main douce sur la joue droite de son frère.

— Salut Sherlock.

Ses iris d'un bleu très clair la cherchent, dérivent avant de s'arrimer fermement. Il prononce quelque chose qui ressemble à un râle. Sa voix est rauque, déformée par ses lèvres qui refusent de bouger, de se plier comme il le faudrait. Mais ça reste sa voix, et qu'est-ce que c'est bon de l'entendre. Diane lui sourit puis le saoule de petits mots stupides, un bombardement de phrases sans importance. Tout pour ne pas s'arrêter sur ses joues creusées, les crispations peu naturelles sur son front. Tout pour entretenir la sensation qu'il est là, avec elle, et que désormais tout ira de mieux en mieux jusqu'à aller bien. Il aura besoin d'elle, mais elle sera là, toujours.

À un moment, ses jambes s'agitent sous les draps. Elle pose une main sur son mollet, ça l'apaise. Il cherche alors à former une suite de sons, mais rien ne vient comme il le voudrait. Il s'énerve, reprend depuis le début, sans plus de succès. Diane devine davantage qu'elle ne comprend ce qu'il veut dire.

— Ophélie ne viendra plus, affirme-t-elle.

Loïc referme les yeux, détourne la tête. Est-ce qu'il pleure ? Diane ne souhaitait pas se montrer cassante. Son ressentiment est remonté d'un bloc à la surface, il s'est exprimé presque sans filtre. S'il n'y en avait eu aucun, elle aurait ajouté quelques insultes bien senties.

Elle fouille dans son sac, y déniche un vieux ticket de caisse et un stylo-bille qu'elle place dans la main de Loïc.

— Explique-moi.

Le stylo tombe deux fois sur les draps, transperce le papier trop mince. Diane parvient malgré tout à déchiffrer la série de lettres capitales maladroites :

*PAS COMME ÇA*

Pas comme ça. Ces mots se déversent dans l'esprit de Diane, chacun une goutte d'horreur, de désespoir. Il ne veut plus quoi ? Vivre ? C'est ça ? Elle se serait démenée et battue au long de ces interminables semaines, elle l'aurait soutenu tout ce temps et avec tant de force pour qu'il jette l'éponge ?

— Non Loïc. Tu n'as pas le droit de dire ça. Tu n'as pas le droit d'abandonner. Je te l'interdis, tu m'entends ? Je te l'interdis !

Elle s'est levée sans s'en rendre compte, et soudain elle se retrouve dans le couloir, au pas de course jusqu'à la sortie la plus proche. Elle se précipite vers les maigres buissons qui décorent l'allée, se plie en deux, certaine de rendre tout le contenu de son estomac. Mais malgré les crampes qui déchirent son ventre, rien ne se produit. Trop de vide au-dedans. Tremblante, en sueur, elle se stabilise d'une main à un poteau indicateur. Urgences et maternité à gauche. Pédiatrie à droite. Centre de rééducation vers l'arrière.

Sa respiration s'égalise. Elle essuie son front, remet de l'ordre dans ses cheveux. Retourne vers Loïc. Il est resté prostré, à moitié sur le côté. Sa main valide pressée contre sa bouche.

Un geste volontaire pour étouffer ses pleurs. Volontaire. Ça vaut un putain de 6, m'sieurs-dames. Un putain de 6 sur 6.

Diane s'agenouille au bas du lit, décolle ses doigts de son visage, y glisse les siens.

— Ne me laisse pas tomber, Loïc. Pas avant de savoir jusqu'où tes progrès pourront te mener. On va continuer à se battre, ensemble. Je serai toujours là pour toi, tu le sais, n'est-ce pas ?

Au bout d'une attente interminable, Loïc lâche un son qui ressemble à un « d'accord ». Elle le remercie d'un baiser sur le front. Ils en ont vu d'autres, tous les deux. Les obstacles, ils les ont toujours surmontés. Pas question que ça change aujourd'hui.

*Macabre découverte dans la forêt du Roi-Neuf*

*Un groupe d'enfants en classe verte a fait une macabre découverte ce jeudi dans la forêt du Roi-Neuf : selon leur institutrice, les écoliers de CE2 étaient en pleine partie de cache-cache quand l'un d'entre eux a buté sur un corps en partie dissimulé dans un fourré.*

*La dépouille serait celle d'Hugo L., porté disparu il y a quelques semaines. Une enquête a été ouverte pour déterminer les causes de la mort du jeune homme.*

*Les enfants, choqués par ce tragique événement, ont été pris en charge par une cellule d'aide psychologique, disponible également pour leurs familles et le personnel scolaire encadrant cette sortie.*

# 7.

# Léonie

Elle a tout vomi. Pas eu le temps d'aller jusqu'aux toilettes. L'évier de la cuisine, ça a été juste, surtout qu'il a fallu contourner Raymond.

Le front en sueur, le buste agité de spasmes douloureux, Léonie se tient des deux mains à l'élégant robinet en acier chromé. Ça tremble partout en elle, magnitude maximale sur l'échelle de Richter. Elle se dit qu'elle va peut-être se disloquer en minuscules fragments qui s'écouleront dans la bonde de l'évier, emportés par l'eau glacée. Mais non. Ça finit par passer, la crise, les palpitations, les convulsions au fin fond de l'estomac et ailleurs. Elle crache un dernier reste de bile, se rince la bouche qu'elle essuie du revers de la main.

Bon, de toute évidence, sa longue séquestration ne l'a pas transformée en monstre sans cœur, dénué d'émotions. Pas complètement, en tout cas. Un point positif.

Elle avise Raymond. Depuis son passage à tabac, il ne la regarde plus avec cet air moqueur. La mâchoire tombante, l'œil vitreux, il a perdu son attitude de grand seigneur.

— Tu fais moins le fier, hein, mon Raymond ?

Pas mal, comme réplique fanfaronne. Ce serait mieux si son ton avait suivi, crâneur et menaçant, plutôt que de se la jouer pétocharde. Allez, encore un essai.

— Et regarde, maintenant, mon gros. Regarde comment je vais partir d'ici. La tête haute et sans me retourner.

Elle marche jusqu'à la porte-fenêtre restée ouverte, hésite, revient sur ses pas pour assener un dernier coup de pied au cadavre. L'envie de lui en filer encore un pour chaque fois qu'il l'a violée, mais ça, elle ne l'a pas compté. Certains nombres ne doivent jamais être additionnés.

La porte, la terrasse en bois, le gazon bien vert. Ça tourne autour d'elle, ça tangue, comme si elle se l'était fichu à elle-même, ce coup de pied, et en pleine face. Elle se sent tomber dans l'herbe – au moins, elle est allée plus loin qu'à sa première tentative –, elle sent aussi que l'oxygène lui manque, impossible de respirer avec cette panique en mode sangsue dans sa gorge et autour de ses poumons. Elle recule en se poussant des talons, les fesses dans l'herbe douce. Et en se fichant des baffes virtuelles, accompagnées d'insultes à sa propre intention. Six ans qu'elle ne rêve que de ça, de se retrouver dehors, de quitter cet endroit. Six ans, et voilà qu'elle se trouve incapable de réaliser ce seul et unique objectif. Même plus besoin de petite voix intérieure et détestable. Bravo, Raymond. Beau boulot de destruction mentale.

Le gazon, la terrasse en bois, la porte. Léonie ne retrouve son souffle qu'une fois le seuil franchi. Elle aspire de longues goulées d'air, comme si celui de la cuisine était plus pur, plus riche. Et pourtant, ça commence à sentir autre chose que la rose. Cet idiot de Raymond a dû se faire dessus, comme tout bon mort qui se respecte.

Léonie reste un moment là, assise sur le sol près de ce corps qui pue la merde, à le regarder, les sourcils froncés. Il peut bien essayer de la chercher, avec ses petits soucis de sphincters. Elle n'en a strictement rien à cirer. *Idem* pour ses règles à la con, ses interdictions. D'accord, elle n'a pas réussi à briser la principale d'entre elles. Mais elle peut au moins la détourner. Et faire voler de nombreuses autres en éclats. Un rictus de défi grimpe à ses lèvres.

— Tu refuses toujours que je sorte, hein ? Alors dans ce cas, je vais rester ici. Et visiter à ma façon.

Qu'il entende : explorer toutes les pièces qui lui étaient inaccessibles, corde trop courte oblige.

Direction le corridor. Devant elle, l'escalier qui mène à l'étage supérieur. Vingt-deux marches jusqu'à la porte rouge et sa chambre. À sa droite, une porte d'entrée classique. Elle l'ouvre – pas d'accès de panique, de toute manière elle n'a pas envisagé de la franchir –, découvre une paire de baskets posées sur le perron, lacets en désordre. Une allée bordée de buissons fleuris, un abri pour voiture, un break Volvo gris garé dessous. Un chemin de gravillon. Elle ne regarde pas où il mène, c'est trop tôt pour ça, pas envie de voir débouler une nouvelle crise. Juste avant de refermer le battant, elle voit encore une sonnette, un bouton blanc tout simple avec un nom écrit en majuscules. R. CARPENTIER. Elle le retourne dans sa tête, ce patronyme, le fait même rouler sur sa langue, mais sans le prononcer pour de bon. On ne sait jamais. L'invoquer comme ça pourrait ramener Raymond à la vie, genre boucle infernale. Tout recommencerait depuis le début, parce qu'elle n'a pas été fichue de mettre les voiles.

Trois autres portes de l'autre côté du hall. Numéro 1 : une salle de bains super classe, baignoire à remous et tout le tralala. Léonie ouvre l'armoire à pharmacie. Sur la gauche, tous les produits nécessaires à ce que Raymond conserve son trône de roi de la basse-cour. Lotion après-rasage pour peaux sensibles, régénérant capillaire, sérum anti-âge, compléments alimentaires bourrés de vitamines et de minéraux. De quoi entretenir son sourire de psychopathe aussi, entre le dentifrice blanchissant et le fil interdentaire, disponibles en plusieurs exemplaires, sortes et arômes. Un rien narcissique, le Raymond. Et parano. Parce que, sur la droite, on trouve tout ce qu'il faut pour convertir une captive affublée d'un prénom léonin pas franchement ravie de sa condition en gentil petit agneau docile. Tranquillisants, antidépresseurs et somnifères en veux-tu en voilà. Des fioles et des seringues sous emballage stérile, également. Ça inquiète davantage Léonie, qui ne se souvient pas d'une quelconque injection. Elle examine la peau sur ses avant-bras, au creux de ses coudes, mais pas de marques de piqûre. Un truc à vérifier. Ce tordu était bien capable de la shooter en lui plantant son aiguille entre deux orteils.

Numéro 2 : une pièce de belles dimensions, lumineuse, aménagée en bureau. Des murs d'un blanc tellement blanc qu'il blesse les yeux, un seul tableau assez moche – une scène champêtre un rien vieillotte – face à la large fenêtre. Une table de travail en bois brillant, un fauteuil digne d'un pdg de multinationale. Tout est tiré au cordeau ici, le sous-main aligné au bord de la table, le stylo de marque bien perpendiculaire, l'énorme écran d'ordinateur parfaitement au centre du meuble. Narcissique, parano et maniaque. Bon, elle s'en doutait depuis un bout de temps, Léonie. Et la liste des qualificatifs ne s'arrête pas là. Elle s'installe dans le fauteuil, ouvre un à un les tiroirs du bureau – rien que des articles de papeterie, des timbres. Pas de carnets à spirale planqués sous une pile d'enveloppes avec mention de ses identifiants et mots de passe. Dommage. Elle s'est toujours demandé comment Raymond parvenait à assurer un tel train de vie – vêtements griffés, grands crus à chaque repas – avec une simple retraite. D'accord, il a exercé comme toubib, possédait son propre cabinet, d'accord, il ne partait pas en vacances, puisqu'il devait garder un œil sur sa prisonnière… Mais quand même. Il donnait l'impression de ne jamais compter son argent, ou même devoir y réfléchir.

Léonie délaisse la pièce pour se rendre dans la numéro 3. Elle reconnaît la chambre d'emblée, hésite à y entrer, se force pour y parvenir. Elle y est déjà venue. Juste après avoir frôlé la mort sous les poings de Raymond. Oui, c'était ce soir-là.

Le soir de ses vingt ans.

## *330e jour*

Un coup de patte sur sa joue. Plus une caresse, en fait. Juste les coussinets, les griffes sont rentrées – tu viens jouer, humaine ?

— Laisse-moi tranquille, Newton.

Le chat insiste, alors Léonie répète son ordre plus fort, l'accompagne d'un geste agacé. Le petit tigré va se jucher sur le rebord de la fenêtre, miaule comme une âme en peine.

Pas envie. Ni de balader sa souris en feutre, au bout d'une ficelle – ça le rend dingue, Newton, il fait des bonds de sauterelle à s'en disloquer la colonne vertébrale. Ni de se plonger dans un livre – elle a fini par ouvrir les traités de mathématiques, l'un trop basique, l'autre passionnant. Pas même de se lever. Pas aujourd'hui.

Elle s'est adaptée, Léonie. Comme les premiers mammifères ayant peuplé la planète, elle a évolué. Ces bestioles ancestrales ont perdu une queue ou allongé leurs pattes. Elle s'est ajustée au cadre imposé par Raymond. À ses règles, ses habitudes. À ses envies – sauf *ça*, bien sûr, ça jamais elle ne voudra, ni demain ni dans mille ans. Souvent, ils discutent. S'il n'était pas un taré capable de séquestrer une fille comme elle, Raymond pourrait être sympa. Intéressant. Il a de la culture. De l'intelligence. Il lui parle du monde, de l'actualité – elle ose regarder la télévision, mais seulement des films, pas le journal du soir ou de reportages – et lui demande son avis. Et il l'écoute vraiment. Même s'il n'est pas d'accord, et ça arrive souvent, bien entendu. Comment une victime et son bourreau pourraient-ils être toujours sur la même longueur d'onde ? Il l'écoute et prend plaisir à débattre avec elle, sans agressivité. Et ça lui fait mal de l'avouer, mais parfois ces discussions à bâtons rompus lui sont agréables, à elle aussi.

Stockholm, Stockholm. Est-ce que c'est là que ça commence à tourner ? Après dix mois entre les mains de son ravisseur ? Non. Elle n'en est pas encore là, à l'apprécier vraiment. Elle continue à chercher à s'enfuir à la moindre occasion. La preuve au bas de son dos, une brûlure récente, le choc de la matraque électrique. Elle gardera sans doute une cicatrice.

— Eh bien alors ? Encore à jouer à la marmotte paresseuse ? Ce n'est pas de cet animal qu'est tiré ton prénom, mon petit cœur !

Raymond s'approche. Sourire et chemise bleu marine. Léonie n'a pas entendu les verrous tourner – trop lasse, trop occupée à ruminer. Ça fait du bruit, les pensées qu'on ressasse. Surtout quand elles sont noires et lourdes comme celles qui encombrent son esprit.

— Tu ne te sens pas bien ?

Il s'installe au bord du matelas, pose une main sur son épaule. Prévenant. Envie de le balancer au sol, de s'asseoir à califourchon sur son torse, les genoux sur ses bras et de frapper, frapper, de lui coller la corde autour du cou et de serrer, serrer. Léonie se dégage, un geste impatient comme avec Newton tout à l'heure, mais beaucoup plus sec. Rien de plus. Ce fantasme de baston et d'étranglement, elle a déjà essayé de le réaliser. Plus ridicule tu meurs. Elle ne mesure qu'un mètre soixante-deux, Léonie, et elle considère les pots de confiture comme de redoutables adversaires.

— Ça va. Fiche-moi la paix.

— Ah, non, tu descends avec moi. J'ai besoin d'un petit coup de main pour terminer le dîner.

Une nouveauté dans ce quotidien millimétré : elle a été nommée commis de cuisine. Son domaine de compétence se résume à laver de la salade ou peler légumes et pommes de terre. Rien de dangereux – pour Raymond, s'entend. Ça lui donne malgré tout une sensation d'utilité. Vague, lointaine et brève.

Ce soir, il s'agit justement de composer une salade. Batavia, carottes râpées, un peu de maïs si elle veut. Vinaigrette. Elle passe les feuilles sous l'eau du robinet, glacée. Ça lui engourdit les doigts, mais à l'intérieur elle sent bouillonner. Trop d'acide ravalé, ça grimpe le long de son œsophage et soudain elle dit :

— C'est mon anniversaire.

De l'autre bout du plan de travail, Raymond écarquille les yeux.

— Pourquoi tu ne me l'as pas dit ? J'aurais préparé autre chose qu'une bête lasagne…

— J'adore la lasagne.

Une constatation froide, presque clinique. La vérité : c'est son plat favori. Raymond se fend d'un sourire béat-ravi.

— Si ce n'est pas la preuve que nous sommes faits l'un pour l'autre !

La lave acide a envahi toutes ses veines, elle coule en crépitant. Ses mains se crispent sur les couverts à salade, elles convulsent, tour à tour brûlantes et glacées. La droite se détend en premier, un geste comme une catapulte, la large cuillère en bois heurte la poitrine de Raymond avant de rebondir au sol. Tache d'huile sur sa chemise. Un trait noir en forme de point d'interrogation sur fond bleu marine.

— Mais toi je te déteste. Putain, ce que je te hais ! J'ai vingt ans aujourd'hui, connard !

Main gauche, même effet.

— Je devrais fêter ça avec ma famille, mes amis. Dîner au restaurant. Sortir en boîte de nuit. Mais je suis ici !

Le saladier suit, la sauce éclabousse tout sur son passage. Léonie hurle comme jamais, elle lui balance à la figure tout ce que ses doigts rencontrent – poivrier, boîte de conserve, un concert de fracas en mi majeur.

— Tu as bousillé ma vie !

Quelque chose de lourd a atteint Raymond au visage, du sang perle à son arcade. Léonie continue, enragée, cette fois elle va peut-être…

— Ça suffit !

Il est sur elle en deux enjambées. Bien plus grand, bien plus fort. Pour la première, toute première fois, il y a de la colère dans ses yeux, de la folie. Il la gifle, sa lèvre inférieure explose, et ensuite, ensuite. Ce n'est plus une simple punition comme quand elle essaye de s'enfuir, c'est un déchaînement de violence, un cyclone qui se nourrit d'une tempête pour redoubler et s'abattre, foudre et grêlons. Léonie s'écroule, elle ne cherche pas à se protéger. La douleur disparaît d'un coup et elle se dit – au travers d'une sorte de brume plutôt agréable – que voilà, c'est peut-être mieux comme ça. La boucle est bouclée, une boucle de vingt ans, pas un jour de plus ou de moins. Un nombre propre et net. Oui, c'est bien comme ça.

Et puis, les ténèbres.

## *331e jour*

Tableau en clair-obscur. La nuit partout, sauf autour d'un rectangle sur sa droite. Une fenêtre, mais pas la sienne, celle-là est plus large, plus haute, dissimulée par d'épais rideaux. Un son lancinant lui vrille les oreilles, une plainte continue, mélange de pleurs et de mots crachés mâchés ravalés. Léonie tourne la tête – pas trop, attention sinon – et découvre Raymond. Dévasté. Une zone de guerre après la bataille. La chemise hors du pantalon, maculée de sang. Son sang à elle.

Oh.

Elle est vivante, finalement.

Encore un mouvement que Raymond remarque, cette fois, et il accourt, se jette à genoux, enveloppe une de ses mains dans les siennes comme on prend un oisillon tombé du nid. Et ça se déverse de ses lèvres, les excuses, les pardons, les serments jusqu'à l'infini et au-delà. Plus jamais ça n'arrivera, promis, juré, je ne suis rien sans toi, rien qu'une coquille vide, plus d'âme, brisée, elle s'en irait avec la tienne si tu venais à disparaître alors tu comprends, il faut que tu restes, il faut que je puisse continuer à t'aimer sinon je disparais moi aussi.

Léonie pleure, mais pas parce qu'elle a mal.

Elle a eu un aperçu d'un autre visage de Raymond, à plusieurs années-lumière de son habituel masque souriant. Et c'était terrifiant.

Mieux vaut vivre en compagnie du Dr Jekyll que de mourir sous les coups de Mr. Hyde. Survivre, plutôt. Se détacher de ses émotions. Tourner la manette sur pilote automatique. Indifférent à tout.

Survivre, c'est déjà ça. C'est mieux que rien.

Alors si elle pleure, c'est parce qu'elle a compris. Il ne la laissera jamais partir. Il a gagné, définitivement gagné.

# 8.

# Diane

La séance est presque terminée lorsqu'elle arrive enfin. Pavel, le fidèle et valeureux kiné, est seul pour effectuer ces gestes si douloureux, mais essentiels. Forcer sur la jambe récalcitrante, le bras toujours recroquevillé. Étirer les muscles raidis un à un. Un travail de titan qui laisse aussi bien le thérapeute que son patient à bout de souffle et en sueur. Mais la souffrance revient intégralement au second.

— Qu'est-ce qui t'a retardée ? Rien de grave j'espère ?

Pavel lui lance une serviette, s'éponge le visage dans une autre. Diane s'occupe de tamponner le front et les tempes de Loïc. En quatre ans, elle n'a dû rater qu'une demi-douzaine de séances. Autant dire que ça forge un lien. Pavel fait désormais partie de ses amis proches, avec ses blagues foireuses, ses méthodes étranges et ses muscles à toute épreuve. Mais lui parler de sa rupture lui semble inopportun. C'est encore trop frais pour être réel.

— Non, rien de grave. Désolée de ne pas avoir été là.

Elle colle une bise sur la joue de son frère qui la regarde en coin, l'air grincheux.

— Aucun souci. D'un côté, ça me rassure.

Étrange remarque, de la part de Pavel. Il lui adresse un clin d'œil taquin.

— Je sais bien quel est ton but, à la longue, ma grande. Tu espères tout apprendre de moi pour me remplacer. Vous comptez vous enfuir, tous les deux, braquer une banque et vous réfugier au Mexique, c'est ça ?

Ils feraient une paire de Bonnie and Clyde pour le moins bancale. Diane rit à cette évocation, mais Loïc reste de marbre.

— Et là, au moins, tu as pu réaliser tes manipulations secrètes sans que j'en voie rien, c'est ça ?

— Exactement. Donc, si tu pouvais avoir le même contretemps la semaine prochaine, ce serait parfait.

— Ça va être compliqué de rejouer ma journée à l'identique. Si je suis en retard, c'est parce que je viens de rompre avec Christopher.

Voilà. Les mots sont sortis tout seuls, spontanés. Et étrangement légers.

Pavel a cette expression effarée, celle des gens qui ont mis les pieds dans le plat. De l'autre côté par contre, Loïc pousse un gémissement qui ressemble à un rire. Il tape de la main droite contre la gauche dans un applaudissement biscornu et saccadé. Grand sourire sur son visage tout tordu. Ça fait des mois que Diane ne l'a pas vu si réjoui. Une part d'elle voudrait le sermonner. Se rend-il seulement compte de ce que cela signifie, pour elle ? du chamboulement que ça implique ? Mais c'est plus fort qu'elle, presque irrésistible : ce sentiment de légèreté, de naturel l'emporte. Et elle se laisse aller à rire elle aussi. Ça fait mal, mais ça fait du bien.

*Six cent cinquante jours après l'accident*

Ses semelles couinent sur le linoléum. Une horreur couleur jaune poussin. Qui donc décide de ce genre de choses ? Un architecte sous acide ? Un décorateur frustré par le chiffre au bas de sa fiche de paie, ou d'humeur farceuse ? Diane s'applique à ne pas déraper et se retrouver les quatre fers en l'air. Tant pis pour les empreintes, vestiges de neige fondue, qu'elle laisse derrière elle à chaque pas.

Quinze jours que Loïc a été transféré ici, au centre de soins de suite et de réadaptation La Colombière. Une grande partie des pensionnaires affichent plus de soixante-quinze printemps, la majorité n'en repartira pas, ou alors les pieds devant.

Elle déteste déjà cet endroit.

Loïc a fêté ses vingt-huit ans à l'hôpital. Puis il y a eu le premier établissement spécialisé, en placement provisoire. Noël et la nouvelle année, des cadeaux et un fond de champagne bu en cachette dans sa chambre, bien avant minuit. Sa vingt-neuvième bougie. Il ne s'est plus jamais plaint. N'a plus jamais parlé d'en finir. Du moins pas devant Diane.

Le mois dernier, le couperet est tombé. Après plus de dix-huit mois, il ne reste guère d'espoir d'amélioration supplémentaire. Le staff médical leur a annoncé ça avec fatalisme. Comme s'ils devaient plutôt se féliciter de ce qui avait déjà été atteint. Comme si la perspective de ne plus pouvoir se déplacer, manger ou s'habiller sans aide était réjouissante. Comme si l'on pouvait applaudir l'idée de ne plus jamais tenir un rasoir, de se coucher épuisé chaque soir à vingt heures alors qu'on était un jeune homme plein d'énergie. Comme s'il était possible de se contenter de ça. De cette demi-vie.

Devant la chambre de son frère, Diane s'arrête. Elle jette un regard en arrière sur les traînées grisâtres qui jalonnent son trajet. Une aide-soignante chargée d'un plateau la croise avec un sourire très doux. Diane ne parvient pas à le lui rendre. Ce centre SSR, c'est ce qu'elle a trouvé de mieux. Pas trop loin de chez elle. Avec toutes les ressources dont Loïc pourrait avoir besoin. Mais le savoir entouré de vieillards grabataires et d'invalides en tous genres la déprime profondément. Les colombes en métal qui ornent la façade du bâtiment ne parviennent pas à alléger ce sentiment.

Au fond, ce n'est pas l'endroit qu'elle déteste. Mais son propre sentiment d'échec et de culpabilité. Elle n'a pas réussi à sauver son petit frère, à le ramener à sa vie d'avant. Pis : elle l'a enfermé dans une cage. Avec l'interdiction formelle de baisser les bras. Quel genre de tortionnaire est-elle devenue ?

Assez de pensées sinistres. Diane prend une grande inspiration, pousse la porte. Et reste bouche bée.

La fenêtre est ouverte aux quatre vents, on entend la pluie continue frapper le toit et le sol. Des gouttes ricochent sur la rambarde, viennent tremper le cadre offert par Jonas, Arthur et Natalia, et que personne n'a encore eu le temps de fixer au mur. La température doit avoisiner les quinze degrés dans la chambre. Malgré tout ça, Loïc ne porte qu'un short et un tee-shirt sans manches.

Et il se tient debout.

Diane commence par paniquer. A-t-il quitté son lit tout seul ? ouvert la fenêtre lui-même ? Dans quel but ? S'y jeter pour finir le boulot ? Une idée stupide, songe-t-elle. Il sait que sa chambre est au premier étage. À part se casser encore une fois un bras, il ne risque pas grand-chose. Alors quoi ?

Elle reste figée dans l'encadrement de la porte jusqu'à ce qu'un courant d'air la rabatte. Et que son cerveau se remette à fonctionner dans un mode plus normal. Loïc n'est pas seul : un gaillard est accroupi devant lui, une paume plaquée sur sa jambe gauche qui tressaute. Il aperçoit Diane par en dessous, se redresse avec un sourire. Discret, le sourire. Rien à voir avec celui qui fend le visage de Loïc, et qui s'élargit encore lorsqu'il se tourne vers sa sœur. Il tente un geste de son bras valide, vacille, se rattrape *in extremis* à la paroi. Explose de rire. L'inconnu en blanc l'imite tout en lui rappelant de ne pas faire le con. Ces mots, texto.

— Fais pas le con, Loïc.

Diane ne sait plus si elle doit rire aussi ou pleurer. Parce que mine de rien, c'est beaucoup d'émotions en même temps. Un éclat de bonheur brut. Et un nouvel allié. Elle voudrait se précipiter vers son frère, le serrer dans ses bras, mais ça le déséquilibrerait. Alors elle reste là, immobile, les mains sur sa bouche qui ne sait toujours pas quoi faire, quoi dire.

— Je crois que ça suffit pour aujourd'hui, mon pote.

Un gémissement théâtral lui répond.

— Assez joué au frimeur. Faut en garder un peu pour les prochaines séances. Sinon, je ne servirai plus à rien et mes visites te manqueront. Un aller simple pour la déprime, ça.

Loïc se drape dans une expression de môme boudeur, renforcée par ses muscles paralysés. Il accepte toutefois de retourner dans son lit. L'effort qu'il vient de fournir a dû être colossal, les gouttes de sueur qui perlent sur son front et sous son nez l'attestent. Le soignant lui tend un kleenex, referme la fenêtre, puis s'avance vers Diane, une main tendue.

— Vous devez être la grande sœur ?

— Oui. Diane Sorel. Enfin… Diane.

Une poigne ferme qui colle bien avec son visage franc et sa silhouette trapue, tout en force.

— Enchanté. Pavel. Le nouveau kiné de ce drôle de numéro.

— Je ne savais pas qu'il…

— Qu'il pouvait se lever ? Bien sûr que si. C'est juste que personne n'a dû le lui demander de la bonne façon, jusqu'ici.

Loïc se met à ricaner depuis son lit. Il a des petits morceaux de papier coincés dans la moustache. Le kiné le regarde d'un air complice.

— Plus sérieusement, miss, ça, c'était du show. Un peu de paillettes pour vos beaux yeux, et un peu de motivation pour lui. Il est capable de beaucoup de choses encore, j'en suis persuadé et je vais l'aider de mon mieux. Par contre, il est prévenu : il va en chier.

Nouvel esclaffement sarcastique. Loïc fixe sa poche de stomie d'un air goguenard. Son tout nouveau pote le remarque et se met à pouffer. Diane ne tarde pas à les rejoindre. Si Loïc parvient à se moquer de cette poche et de tout ce qu'elle implique, elle peut bien oublier la couleur du linoléum ainsi que tout le reste. Et espérer des jours meilleurs.

# 9.

## Jonas

Le bleu du ciel sous le décalque en vert tendre des arbres, des parfums printaniers dans la brise légère. Un trille joyeux ici et là, comme pour accorder au silence un minimum de rythme et de vie. Si l'on se contente de regarder en l'air à la recherche des oiseaux chanteurs, l'endroit a tout d'un havre de paix.

Par contre si comme Jonas on se concentre sur le sol, le tableau perd son apparence idyllique. Plus de corps étalé sur le tapis de mousse et de feuilles mortes, mais Jonas sait exactement où se trouvaient les pieds chaussés de baskets orange fluo, et dans quel angle s'articulaient les bras. Il pourrait dessiner à main levée l'emplacement de chaque lésion, morsure ou griffure. Il plaint les gosses à l'origine de cette triste découverte. Malgré le soutien psychologique offert par les autorités, cauchemars et autres symptômes de traumatisme seront au menu des familles pour longtemps.

— Tu comptes prendre racine ?

L'impatience pointe dans la voix éraillée de Natalia. Elle doit crever d'envie d'aller s'en griller une à bonne distance de la scène de crime. Si elle se tient comme ça, les mains comprimées sous ses bras croisés, ce n'est pas en raison du froid, mais pour s'empêcher de se ronger les ongles à cause du manque de nicotine. Jonas balaie une dernière fois le sol du regard et décide d'abréger ses souffrances.

— Pas ici.

Il marche à reculons, bousculant Julien au passage. Le bleu sursaute comme si ce contact l'avait soudain réveillé et marmonne des excuses. Jonas l'ignore et poursuit son mouvement. Ce n'est pourtant pas l'envie de le secouer qui lui manque. Sa présence lui a été plus ou moins imposée après qu'il a viré trois autres potentiels membres de la *team*. Pas sa faute, à Julien. C'est un bon gars, bosseur, un peu lent à la comprenette parfois, mais très efficace quand il s'agit de tâches de fond, et une perle pour tout ce qui touche à l'informatique.

Il n'est simplement pas Loïc, voilà tout.

Personne ne le sera jamais.

Qu'est-ce qu'il lui manque ! Chaque jour. Et pas seulement au travail.

Bien entendu, il est resté en contact. On n'abandonne pas un ami. Encore moins celui qui, si le monde était mieux fait, si le destin ne lui avait pas ri à la gueule de la sorte, serait devenu davantage que ça. Un amant. Une âme sœur.

Jonas a l'habitude de souffrir en silence. C'était déjà le cas avant l'accident, avec cette conscience douloureuse de leurs différences. C'est encore pire maintenant. Ses moments d'abattement lui rappellent à quel point il est impuissant.

Pendant une période, il a cru retrouver Loïc, du moins en partie. C'était un peu plus d'un an après son entrée dans l'établissement de soins où il végète désormais. L'équipe médicale cherchait le moyen d'entretenir ses capacités cognitives. Faire travailler sa mémoire, son sens de la logique, du raisonnement. Sans cela, ses interactions avec des tiers risquaient de s'étioler, et son envie de vivre avec elles. Lui demander de remplir des grilles de mots cachés ou de jouer au Memory, comme les autres pensionnaires âgés, n'était pas suffisant. Il lui en fallait plus. Un coup de fouet mental.

C'est Diane qui a eu l'idée. Sans en parler à qui que ce soit, elle s'est pointée un jour au commissariat, s'est plantée devant son bureau. Jonas n'a pas eu le temps de lui dire bonjour.

— Mon frère est toujours un officier de police, a-t-elle balancé en guise d'introduction.

Une phrase à mi-chemin entre la question et l'affirmation. Jonas a acquiescé sans comprendre où elle voulait en venir.

— Alors donne-lui du travail. Fais-le bosser sur d'anciennes affaires. N'importe quoi, pourvu que ça apporte du sens à ses journées. Tu le connais, il a besoin de se sentir utile.

Ça n'avait rien de légal, mais tout le monde a fermé les yeux. Une flamme a recommencé à briller dans ceux de Loïc. Il est redevenu un flic. Paralysé, limité, incapable de parler, mais un flic quand même. Diane, elle, a été au bout de son initiative, allant jusqu'à lui lire des dossiers entiers. Procès-verbaux, comptes-rendus de légiste ou de balistique, tout ça sans ciller.

Mais ce nouveau souffle s'est lentement affaibli. Loïc a fini par prendre conscience que ses réflexions ne menaient à rien de tangible. Au plus parvenait-il à des conclusions que d'autres avaient déjà posées. Son accident ne l'avait pas rendu extralucide.

Il lui manquait cette synergie de groupe, celle qui permet d'avancer de théorie en théorie. Pas pour rien que les forces de police sont constituées en unités, en petits noyaux solides.

Un soupir. Le sien, de noyau, l'attend sur le sentier tout proche. Jonas s'arrache à la fois à ses pensées mélancoliques et à la couche de mousse spongieuse. Il marque un grand pas, histoire de ne pas piétiner certaines traces. Une partie d'entre elles indiquent que le corps a été traîné. Par qui, ou plutôt par quoi, cela reste à définir.

Natalia rempoche son mobile lorsqu'il la rejoint. Son autre main tient un mégot duquel elle tire une dernière dose de poison.

— On a la confirmation. C'est bien Hugo Laurens.

Jonas hoche la tête à l'intention de sa capitaine. Que dire ? Que c'est moche ? Ça l'aurait été quelle que soit l'identité du cadavre. Là, il sait à qui il va devoir annoncer une mauvaise nouvelle, la pire que des parents puissent entendre. Ceux d'Hugo Laurens campent dans le hall du commissariat depuis des jours. Il les a croisés ce matin, avant de se mettre en route pour la forêt du Roi-Neuf. À en juger par leur regard, ils avaient déjà compris.

— D'accord. On rentre et on démarre.

Un nouveau départ pour cette affaire. Jonas aurait préféré qu'elle en reste à un simple avis de disparition. Il ne la sent pas, cette histoire. Un mauvais pressentiment.

Une petite cinquantaine de mètres, et ils retrouvent un sentier, qui s'élargit au fur et à mesure qu'ils s'approchent de l'orée du bois.

— J'imagine déjà les gros titres des journaux, grommelle Natalia tandis qu'ils remontent en voiture.

Ce genre de cas a tendance à booster la fantaisie des journalistes. Ils ne manqueront pas d'inventer une créature fantastique capable de croquer tout cru le premier joggeur venu.

En songeant aux traces qu'a laissées Hugo, aux signes évidents de lutte, au sang, à ses blessures et à la distance sur laquelle il a été traîné, Jonas se dit qu'ils n'auront sans doute pas entièrement tort.

# 10.

## Léonie

Cette chambre. Les coups, l'impression de partir pour de bon, puis son réveil au son des pleurs de Raymond. Un mauvais souvenir à exorciser de plus. Et ça tombe bien, puisque Léonie s'en sent capable. Quitter la maison viendra plus tard, pour l'instant elle saute sur le lit comme une gamine sur un trampoline, se roule dans les draps satinés. Vachement confortable, le plumard.

Essoufflée, elle se cale dans les oreillers. Les murs et le plafond sont d'un blanc un peu moins froid que dans le bureau, mais absolument monochrome. Aucun élément décoratif pour rompre cette monotonie, ce vide visuel. Le dressing adjacent contient une impressionnante série de chemises réparties avec soin. Unies ou à fines rayures, de toutes les nuances de bleu. Des pantalons assortis pliés sur des cintres. Et une bonne douzaine de paires de chaussures vernies au-dessous. Tout est tellement parfaitement rangé que ça en devient flippant. Léonie a presque envie de retourner dans la cuisine, s'assurer que Raymond est toujours à cent pour cent mort. Qu'il n'est pas debout en train d'épousseter sa chemise, ou d'éponger les flaques d'eau sur le sol. Merde. Rien que l'idée la met mal à l'aise, la pousse à se relever. Tout confortable qu'il soit, elle ne pourrait – ni ne voudrait – dormir dans ce lit. Ce blanc l'oppresse. Le goût de Raymond pour les espaces épurés se ressent dans chaque pièce, mais pas autant qu'ici. Ou dans le bureau, avec cette croûte qui détonne sur le reste de la décoration.

Léonie se glisse de nouveau dans la pièce – stupide, cette manière qu'elle a de marcher sur la pointe des pieds, mais c'est plus fort qu'elle. L'impression que la maison entière l'observe, qu'elle a repris le boulot de Raymond. Qu'elle n'apprécie pas de voir une intruse se balader librement dans un périmètre interdit. Elle lui adresse un double doigt d'honneur. Un sur chaque main.

Les murs sont toujours aussi clairs, on se croirait sur un glacier à quatre mille mètres d'altitude un jour de beau temps, et sans lunettes de soleil. Léonie se dirige droit vers le tableau, l'observe de près, détaille chaque coup de pinceau, cherche en vain une signature. Pas du Van Gogh ou du Monet – ni Manet, elle ne sait jamais lequel est lequel. C'est bien trop fade, sans relief, et mal encadré en plus. Comme si on avait voulu rendre l'objet léger. Mobile. Facile à enlever.

Non. Ça ressemblerait trop à un vieux film de gangsters. Elle pose ses mains de part et d'autre du cadre, le soulève.

Si. Il y a un coffre-fort planqué derrière. Un gros truc rectangulaire doté d'un pavé numérique. Léonie laisse échapper un hoquet mi-ricanement, mi-défi. Se campe solidement sur ses jambes. Alors, Raymond, quel nombre pouvait te sembler assez important pour servir de sésame ? Le code postal de ton village natal ? Ta date de naissance ? Ou celle…

Elle n'ose presque pas y croire, Léo. Ce serait trop beau pour être vrai. Il n'aurait pas été assez con pour ça. Mais en même temps, toute son existence – non, leurs existences, à tous les deux – tournait autour de ça. Alors elle commence par taper 1205, pour le 12 mai, le jour où Raymond l'a enlevée. Elle ajoute l'année.

Et là.

Un bruit de rouages. La porte qui s'ouvre sur un mouvement de ressort et un clac.

Elle part d'un rire nerveux qui s'amplifie et lui fait mal aux côtes.

— Alors ça, mon salaud ! Sacré Raymond !

Devant elle, tassées dans le ventre de ce fichu coffre, des liasses de billets à perte de vue.

## *765e jour*

— Celle-là.

L'écran de l'ordinateur affiche une suite interminable de robes. Noires ou multicolores, de diverses longueurs, certaines portées par des modèles dans des poses langoureuses, bouche en cœur. Raymond vient d'en pointer une du doigt. Noire, satinée, sans manches. Dentelle au décolleté. Quatre cent quarante-neuf euros. D'un clic de souris, Léonie sélectionne sa taille, l'envoie valser dans son panier numérique. Le total dépasse déjà les deux mille cinq cents euros, et elle n'a pas encore parcouru les autres catégories – pantalons, jupes, chemisiers et tee-shirts. Lingerie. Autant de vêtements qui ne verront pas l'extérieur de la maison. Autant de tenues dont seul Raymond profitera.

— Pourquoi t'as pas plutôt acheté une femme, Crésus ?

Une docile, prête à tout pour le satisfaire. Une avec qui il aurait pu se promener dehors, main dans la main. Qu'il n'aurait pas dû attacher en permanence, ou frapper en cas de rébellion. Une volontaire.

Il pose sa main sur sa nuque, parcourt la démarcation de ses cheveux de son pouce. Presque agréable. Un peu comme cette séance de shopping. Sympa de pouvoir claquer son pognon sans compter – et il doit en avoir de sacrées réserves, Raymond.

— Je ne voulais personne d'autre que toi.

Puis il s'exclame, lui demande de remonter la page, désigne une autre robe. Trop courte et évasée. Léonie peut presque sentir sa main se faufiler sous l'ourlet, sinuer le long de sa cuisse. Non. Pas celle-là.

La tête lui tourne à la fin de ses achats en ligne. Tellement de choses disponibles, à sa portée. Mais rien dont elle puisse vraiment rêver.

Raymond lui permet d'utiliser son ordinateur depuis un certain temps. Seulement dans ce genre de but. Elle peut commander vêtements, livres, articles de beauté ou de décoration. Des draps neufs, plein de motifs colorés, comme chez elle. De quoi remplir et même faire déborder sa bibliothèque, dans la chambre du haut. De quoi se faire belle pour Raymond.

Par contre, interdiction de chercher un autre site sur le navigateur. Sa barre de favoris ne contient que des boutiques en ligne. Surtout pas de pages dédiées à l'actualité – elle vit dans une bulle hors du monde depuis plus de deux ans. Le continent américain aurait pu être englouti par l'océan, l'Afrique brûler de bout en bout, l'humanité déposer un premier astronaute sur Mars, si Raymond ne le lui avait pas dit, elle n'en aurait rien su. Elle l'a supplié de lui donner accès à des sites scientifiques. Après un long examen, il a refusé. La plupart hébergent des forums. Trop dangereux.

Sa bulle est hermétique, plus résistante que du diamant. Une cage dorée, gardée par un cerbère amoureux.

Léonie se lève, lui laissant le soin de terminer la commande. Le paquet ne sera pas livré ici. Raymond possède une boîte postale, quelque part. Quelque part. Elle ignore toujours où elle se trouve. Si sa maison – la sienne, celle où elle vivait avec sa mère – se situe à un jet de pierre ou à des milliers de kilomètres. Le climat est plus ou moins semblable à celui qu'elle a toujours connu. Difficile à dire, en restant en permanence à l'intérieur.

Elle s'éloigne du secrétaire sur lequel est placé l'ordinateur. Au maximum – jusqu'à ce que la corde se tende et l'empêche de progresser d'un pas supplémentaire. La vue, depuis la baie vitrée. Le soleil de juin. Elle ferme les yeux, s'imagine dehors, sur une chaise longue, un verre à cocktail à la main – un de ces trucs en triangle inversé, bardés de fruits coupés en étoiles, de pailles multicolores et de petits parasols en papier.

Il est près d'elle avant que la première larme dévale le long de sa joue.

— Ne sois pas triste, mon ange.

Pour une fois, elle penche la tête et la laisse se poser contre le torse de Raymond. Pas parce qu'il vient de dépenser une fortune pour assouvir ses désirs, non, Léo ne s'abaissera jamais à une telle vénalité. Mais parce que, tout simplement, elle a parfois besoin de chaleur humaine. De tendresse. Pour l'instant, seul Raymond peut la lui apporter.

Elle espère que son cœur ne se tarira pas complètement avant que cela change.

## *1 257ᵉ jour*

Dans ses rêves, elle retrouve Bastien. Il la cajole comme elle aime. Des mots, des gestes que Raymond ne connaîtra jamais. Lui continue de la forcer tout en se montrant tendre. Quel mélange incongru. Trois ans et demi plus tôt, Léonie n'aurait jamais cru que cela soit possible.

L'emprise de Raymond semble totale. Vrai ou faux ? Faux, faux faux. Elle veut s'en convaincre à tout prix. Après tout, il ne peut atteindre son refuge intérieur. Cet endroit secret, privé, où elle se laisse aller à rêver. Qu'elle soit endormie ou non.

Vivre seule devenait insupportable. Léonie a réalisé ça, puis, presque aussitôt après, elle a percuté qu'elle n'était pas seule. Raymond n'entre pas dans l'équation, bien entendu. Mais il y a Newton. Cet imbécile lui reste anormalement loyal et refuse de quitter la maison. Peut-être a-t-il une trouille bleue des brins d'herbe mouvants sur la pelouse, ou des vols d'hirondelles en escadrille collé serré.

Et dans son château fort intérieur, il y a Bastien, ses étreintes sous un drap soyeux rabattu jusqu'au-dessus de leurs têtes, cocon de douceur. Ou sa mère, avec qui elle discute de tout et de rien, assise en tailleur sur le canapé, une tasse de thé chaud au creux des mains. Parfois, elle rejoint sa bande d'amis, Manu, Hugo, Leïla, Nathan et Nella, sirote des cocktails avec eux. Rit aux éclats. Ou elle fait la paix avec Jacques, son beau-père. Non, pas la paix. Une trêve. C'est déjà pas mal.

Mais il y a aussi les autres rêves – les vrais, ceux qui tournent souvent au cauchemar. Ceux-là sont soit horriblement réalistes, soit complètement loufoques. Bastien en tenue de chevalier, monté sur un fier destrier noir, une lance à la main. Elle l'aperçoit par la fenêtre de sa chambre. Il galope des heures durant, sans progresser, sans s'approcher d'elle. Sa mère, seule sur le canapé. Le cendrier déborde, alors elle écrase ses cigarettes dans les coussins, une fumée sombre et âcre s'en échappe, voltige au ralenti autour d'elle comme pour l'engloutir. Un tourbillon gris qui l'efface peu à peu. Et dans les bars, les discothèques, ses amis ne la reconnaissent plus. Ils ignorent ses appels, lui tournent le dos pour évoquer cette pauvre idiote de Léonie, incapable de rentrer chez elle sans chaperon et surtout sans encombre. Elle doit être morte, à l'heure qu'il est – depuis un sacré bail, même, pourrir dans un sous-bois ou dans une cave. Rictus de pitié, à peine une seconde de silence respectueux et allez, on reprend une tournée ?

Rien n'est vrai dans ces rêves. Même dans ceux qu'elle scénarise et dirige. Ils ne sont qu'un baiser sur une brûlure. Sitôt qu'elle rouvre les yeux, elle retrouve sa chambre, la porte rouge. Elle sent la main de Raymond sur son genou ou son épaule. Et – à sa propre épouvante – elle se surprend à apprécier ces brefs moments de lucidité, de normalité. Ces points fixes dans son quotidien vicié. Raymond est sa seule référence. Le seul être auquel elle peut encore se raccrocher.

Il est là à chaque instant de sa réalité, supplantant ses fantasmes et ses chimères.

Son ravisseur.

L'homme de sa vie.

*Le retour de la bête du Gévaudan ?*

*Loup, chien de combat, voire sanglier ou monstre chimérique : les suppositions vont bon train après la découverte en début de semaine d'un deuxième corps dans la forêt du Roi-Neuf. Selon des sources policières, la dépouille retrouvée mardi porterait elle aussi de nombreuses blessures indiquant l'implication d'un animal. Son identité n'a pas encore été établie, mais un signalement pour un homme entre 45 et 50 ans, corpulence moyenne et cheveux bruns courts, a été lancé.*

*Les parents de la première victime, Hugo L., 26 ans, exigent une expertise en bonne et due forme, ainsi qu'un comparatif entre ces deux cas à la troublante similarité. De quoi alimenter fantasmes et légendes autour de ces bois obscurs et faire revenir des monstres de temps qui ne l'étaient pas moins.*

## 11.

## Diane

C'est idiot, elle le sait. Elle l'a compris dès que la porte s'est refermée derrière elle. Le clac sec comme pour lui signaler qu'elle n'a plus vingt ans. Qu'elle n'évolue pas dans une émission de télé-réalité, soleil, abdominaux en vrac, coucheries et injections de silicone. Elle est définitivement trop vieille pour ça. Trop rangée, banale et ennuyeuse, aussi. Impossible de rattraper ce genre de train-là, avec des wagons nommés passion, désir et envie, après tant de temps à vivre entre parenthèses. À quarante-deux ans, elle devrait plutôt se faire une raison. Accepter que le meilleur soit derrière elle, et tant pis si elle n'en a profité qu'à moitié. Oui, elle devrait inventer une excuse, filer avant qu'il ne soit…

Trop tard. Alex lève les yeux de son écran d'ordinateur, et les mots sortent de sa bouche, pas moyen de les retenir.

— Je voulais te dire… Avec Christopher, c'est fini. Je suis partie.

Une longue seconde de vide, une portion de temps aspirée, hermétique. Puis il détourne la tête.

— Désolé pour toi.

— C'est tout ce que ça te fait ?

— Et que veux-tu que ça me fasse ?

L'impression d'être dans un de ces vieux films en noir et blanc. Un film dont elle serait la belle, mystérieuse et sulfureuse héroïne. Ça pourrait presque être vrai. Un simple coup de pouce à la réalité… Elle ferme les yeux, juste une seconde mais assez fort pour brouiller la scène. Alexandre se lève lentement, presque au ralenti. Et soudain, il explose. D'une main, il balaye la surface de son bureau. Son clavier, plusieurs dossiers bourrés de feuilles volantes, tout y passe. Ça retombe au sol dans un curieux mélange de fracas et de douceur.

— Bordel de merde, pourquoi est-ce que ça me fait quelque chose ?

Appuyé des deux poings sur la table, il fixe Diane. Pas besoin de dons extrasensoriels pour savoir qu'il évoque le même souvenir qu'elle. Ce soir-là, il y a un peu plus de deux ans. La semaine avait été éprouvante. Des jours et des nuits à se battre pour la survie d'une des mascottes du zoo, deux opérations consécutives, les nerfs à fleur de peau. Une fois la certitude acquise que tout irait bien, ils se sont tombé dans les bras. Un baiser a suivi. Et puis… un autre. Le souffle qui devient rauque, les vêtements qu'on s'arrache à la hâte. Celle de jouir, là, tout de suite, fort. Quelque chose de bestial, au bout du compte.

Un dérapage. Rien d'autre.

La gêne n'est venue que plus tard. Pour Alexandre, surtout, vis-à-vis de sa famille. Diane n'était pas aveugle. Elle se doutait depuis longtemps que Christopher la trompait. Qu'il ne se contentait pas d'écrire lors de ses semaines de retraite loin du monde. Pas aveugle, non, mais complètement stupide. Lorsque, quelques jours plus tard, Alex a envisagé de quitter sa femme, c'est elle qui a dit non. Elle qui est restée loyale à un homme avec qui elle n'avait aucun avenir.

Quelle cruche. Bête à manger du foin, et trouillarde en plus. Alexandre se serait montré bien plus impliqué que Chris, et ça, ça lui faisait peur. Quel bordel dans sa tête.

— Qu'est-ce que tu veux, Diane ?

— Je ne sais pas.

Un aveu du bout des lèvres. Elle n'aurait pas dû venir, pas pour lui annoncer ça de but en blanc.

— Je suis toujours marié. Camille aura six ans la semaine prochaine. Elle est en âge de comprendre ce que la séparation de ses parents signifierait. D'en souffrir.

— Tous les enfants de divorcés ne finissent pas perturbés.

— N'essaye pas de t'intégrer aux statistiques. Avec ton passé familial, ça fausserait tout.

Sa phrase a le mordant d'un coup de fouet. Diane baisse le regard, honteuse. Avoir évoqué sa jeunesse avec lui, même en partie, même en dissimulant ou en enjolivant certaines parties, était une erreur. Un moment de faiblesse qui remonte à très loin. Presque étrange qu'il s'en souvienne.

En deux enjambées, Alex est devant elle, tout proche – trop proche, avec ses hanches pressées contre les siennes. Il pousse de deux doigts sur son menton pour la forcer à relever la tête. Parcourt l'arête de sa mâchoire. Ses iris crépitent de rage et d'une forme malsaine de désir.

— Alors tu veux quoi ? Qu'on s'organise un cinq-à-sept régulier ? Dans un hôtel bon marché, ou carrément dans les vestiaires ? Dis-moi ce que tu veux.

Ce qu'elle aimerait, c'est revenir en arrière. Retourner dans le passé. Le suivre en Tanzanie, au Kenya, lui proposer d'autres destinations qu'ils découvriraient ensemble. Être celle dont il refuse de se séparer. Une vie en trois dimensions, riche en couleurs.

Elle veut tout. Mais ce qu'elle dit, c'est :

— Rien.

— Menteuse.

— Oui. Mais c'est mieux comme ça. Arrête, maintenant. Tu me fais peur, Alex.

Ces mots douchent sa colère d'un coup. Il recule, les mains levées en signe de reddition. Contourne son bureau, s'affale lourdement sur sa chaise.

— Pardonne-moi, souffle-t-il, le visage dissimulé dans ses paumes.

Il continue, avoue qu'il ferait n'importe quoi pour elle. Que jamais il n'aurait dû accepter ce poste. Qu'il l'aime depuis toujours. Que briser son mariage serait au-dessus de ses forces. Une contradiction après l'autre, jusqu'à ce que Diane le rejoigne. Elle passe la main dans ses cheveux. Ils sont beaucoup plus courts qu'à l'époque, quand ils étaient étudiants, mais toujours aussi épais et denses.

— Qu'est-ce qu'on va faire ?

Pourquoi lui pose-t-il cette question ? Elle est aussi perdue que lui.

— Rien.

Et puis un baiser. À peine un effleurement des lèvres. Et puis… un autre.

# 12.

## Léonie

Trois millions deux cent cinquante-sept mille et des poussières.

Léonie a fait le calcul à trois reprises, assise en tailleur devant le coffre, les liasses de cent, deux cents et cinq cents euros réparties autour d'elle.

Plus de trois millions. Une petite fortune planquée derrière un tableau si affreux qu'il en est presque une invitation à le décrocher.

D'accord, elle seule pouvait trouver du premier coup le code à huit chiffres. Mais quand même. C'est tellement absurde. Les ficelles sont tellement grosses. De l'emplacement du coffre-fort à son code, en passant par cette atrocité aux couleurs ternes. À croire – oui, à croire que Raymond voulait qu'elle puisse mettre la main sur son magot.

Unique bénéficiaire de son assurance-vie.

— Putain, Raymond.

Des pensées émergent dans son brouillard de stupeur. Encore floues, mais pernicieuses.

Raymond se savait-il malade ? à la merci d'un cœur déficient ?

Avait-il conscience qu'il aurait pu mourir ailleurs, hors de portée, et condamner Léonie par la même occasion ?

Le trip des amants éternels d'un côté, un legs tacite des plus nobles de l'autre. Un pile ou face grâce auquel Raymond se retrouvait de toute manière gagnant.

Ses promesses d'amour infini résonnent à ses oreilles. Ce type était vraiment barge. Pas juste un peu, hein. Jusqu'à la moelle. Léonie le maudit une bonne douzaine de fois tout en replaçant chaque liasse dans le coffre, bien rangée entre les parois en acier. Elle ne veut même pas savoir comment il a pu accumuler une telle fortune. Bien entendu, il a pu gagner au loto, mais d'autres éventualités lui ficheraient davantage la trouille. Elle a eu son compte d'émotions fortes pour la journée.

Oui, assez d'agitation et de confusion. Elle quitte le bureau à reculons. Pas encore prête pour une nouvelle tentative à l'extérieur. Elle reste figée au milieu du corridor – il y a un cadavre dans la cuisine et un trésor dans le bureau, il y a une corde et un rivet à côté de son lit dans la chambre du haut, bon sang, on dirait une partie grandeur nature et complètement détraquée de Cluedo. Sauf que le colonel Moutarde n'a rien fait, promis juré craché.

Léonie se réfugie sur le canapé, dans le séjour, de là elle ne sent pas l'odeur que dégage Raymond – ça va empirer, il faudrait faire quelque chose. Combien de temps avant que ça devienne insupportable ? que la putréfaction démarre, les asticots, tout le reste ? Est-ce qu'elle aura trouvé la force de partir d'ici là ? Elle se roule en boule, un coussin tenu serré contre sa poitrine. Et c'est idiot, mais elle pleure comme une madeleine, les chutes du Niagara en version lacrymale. C'est idiot parce qu'il n'y a pas de raison particulière, elle ne va quand même pas verser de larmes sur Raymond, et encore moins sur son magot. Un trop-plein, sans doute. Un beaucoup trop-plein et pas de pilules blanches et roses pour égaliser son humeur – plus jamais.

Le coussin est trempé et un rien visqueux de morve quand elle s'assoupit, un mauvais sommeil entrecoupé de visions cauchemardesques. Raymond en mode zombie, la nuque tordue dans un angle grotesque et des vers qui dégringolent de sa bouche dès qu'il lui sourit. L'impression de se réveiller sous ses caresses, debout, ma petite lionne, une belle journée nous attend. Elle ouvre les yeux en pleine panique, mais non, pas de Raymond assis à côté d'elle, pas de sourire, ni pourri ni étincelant.

Newton fait honneur à son nom en tournant autour de la table basse, satellite poilu et miaulant. Il s'échappe lorsqu'elle fait mine de le hisser dans ses bras, saute sur tous les meubles, la met au défi de le suivre. Peu de chances qu'elle bondisse après lui. Ses jambes sont douloureuses. Voilà ce qui arrive quand on se prend pour un footballeur pro et qu'on remplace le ballon par un cadavre encore tiède.

Frustré de ne pas la voir l'accompagner dans son délire, le chat se pose sur la bibliothèque et entreprend de se nettoyer les pattes de fond en comble. Léo le rejoint, une caresse entre deux coups de langue sur les coussinets. Puis elle se penche sur le contenu du meuble. Contrairement aux deux autres, plus près du canapé et pleins à craquer de films gravés sur DVD, elle ne sait pas ce qui s'y trouve. Raymond a toujours refusé qu'elle s'en approche. Longtemps, Léonie s'est imaginé qu'il recelait des preuves. Des images d'autres filles séquestrées là avant elle. Des albums photo macabres, des souvenirs laissés par ses victimes – journaux intimes, lettres, appels à l'aide. Depuis, elle a compris qu'il n'y avait eu personne avant elle. Elle demeurera la seule et unique proie de Raymond. Ça devrait être un soulagement, mais... Ouais, elle se serait volontiers passée de cette exclusivité.

L'étage du haut contient effectivement des albums photo. Raymond bébé, enfant, premières bougies sur des gâteaux garnis de framboises ou en vacances, assis sur une plage de galets. Entouré d'adultes souriants – ses parents, sans doute. Raymond bien sage, la raie sur le côté, un cartable sur le dos. Son âge augmente au fil des pages et des albums, l'image propre et polie qu'il renvoie demeure. Adolescence, études, voyages, mariage – une belle femme, cheveux châtains, l'air timide. Elle mange Raymond du regard. Comme si elle ne croyait pas à sa chance. Tu parles. Elle en a eu de la chance, un bol d'enfer, mais en se séparant de lui. Léonie ignore qui a mis le coup de grâce à leur relation. Un sujet classé secret défense.

Les livres sur le rayon du milieu sont factices. De simples couvertures reliées cuir, mais longues d'à peine cinq centimètres, et creuses. Derrière, des DVD. Des dizaines. Léonie en prend un au hasard, son cœur manque un battement. Sur la pochette, une inscription au feutre noir : « Léonie/17 ».

Il y en a quarante-six en tout. Soigneusement numérotés et classés.

Casse-les en deux. Tous. Oublie qu'ils existent. Ne les regarde surtout...

Regarde. Même si ce n'est qu'une fraction de seconde. Tu as besoin de savoir. Si tu ne le fais pas, ça te hantera.

— Silence !

Des avis contraires continuent à submerger son esprit. Tous judicieux. Elle pourrait se passer de les visionner. Elle devine ce qui se trouve sur ces disques. Le voir ne lui apportera rien de bon.

Elle le sait. Mais elle glisse le disque numéro 17 dans le lecteur. Doit s'y prendre à trois fois pour allumer la télévision, lancer le visionnage.

Ce qu'elle découvre la laisse sidérée. Elle prend un autre disque au hasard, le brise presque en le pressant dans la fente avec trop de force. C'est elle, c'est bien elle sur ces images. Parfois nue, endormie. Parfois apprêtée avec soin, et bien réveillée. Des scènes d'abus ou de repas romantiques s'enchaînent sans scénario évident.

Une suite de souvenirs, comme dans un album.

Sauf qu'elle ne se rappelle aucun de ces moments.

# 13.

## Diane

— Essaye, au moins.

Diane jette un œil las au contenu de son assiette. Salade verte, crudités, avocat coupé en fines lamelles. Un petit pain tout rond et encore tiède posé en équilibre sur le bord.

— Merci, Jonas. Mais je n'ai vraiment pas faim.

Jonas, l'ami fidèle jusqu'à la moelle. C'est chez lui qu'elle est venue frapper. Natalia ou Arthur lui auraient sans doute dit oui également, mais leurs liens se sont distendus depuis l'accident de Loïc. Ils se sont mués en une politesse teintée de gêne. Pas de ça avec Jonas. Il l'a accueillie sans condition.

— De quoi te sens-tu coupable ? D'avoir largué Christopher ? couché avec Alexandre ? D'avoir fait les deux le même jour ?

Jonas, le clairvoyant. Il soutient son regard avec une telle force qu'elle finit par flancher. Elle se focalise sur sa fourchette, passe le doigt sur ses pointes, appuie sur chacune, l'une après l'autre, jusqu'à ressentir une autre forme de douleur. Plus concrète, mais moins vive. Autrefois, ça l'apaisait. Elle se servait de ça – la brûlure d'une lame dans sa chair, juste quelques gouttes de sang, pas plus, elle devait conserver ses forces pour protéger Loïc, qui l'aurait fait à part elle ? Elle s'en servait pour se sentir vivante, s'appuyer sur des cicatrices visibles.

— Diane. Arrête.

Une main sur la sienne, douce mais ferme. Il l'oblige à lâcher prise, lui retire le couvert. Diane se met à parler sans savoir ce qui va sortir de sa bouche. Ses propres mots la surprennent.

— Après avoir quitté Alexandre, j'ai marché tout droit dans le parc. Jusqu'à la volière réservée aux perroquets. Il y avait cet ara à gorge bleue. D'habitude, ils font un boucan pas possible, des cris stridents qui te vrillent les tympans. Mais celui-là me regardait droit dans les yeux, sans un bruit.

Jonas presse sa main pour l'encourager. Vas-y. Faut que ça sorte.

— Je me suis mise à pleurer. Ce n'est pas venu en face de l'homme que je quittais. Ni avec celui que je m'apprête à blesser, parce que j'en suis consciente, Alex et moi ne pourrons que souffrir ensemble. Non, c'est venu devant un oiseau exotique privé de son chant.

— Pourquoi ?

— C'était comme s'il m'accusait de l'avoir mis en cage. De mettre tout le monde en cage. Loïc. Christopher, Alex…

— Toi.

Elle s'interrompt, la bouche ouverte. Ébranlée par une simple syllabe.

— Peut-être.

Une caresse sur sa main, un sourire sans joie.

— C'est le cas, je peux te le garantir. Les barreaux qu'on choisit pour soi sont toujours les plus épais. Mais aucun n'est infranchissable.

Diane baisse la tête pour échapper au regard de son ami.

Elle aimerait tant le croire.

Une fois déplié, le canapé convertible tient tout juste entre le mur et une armoire. Les pieds de Diane frôlent une pile de linge en attente de repassage chaque fois qu'elle se tourne. Quelques ressorts tentent de s'incruster dans ses côtes ou d'épouser ses vertèbres, l'oreiller a la souplesse d'un tronc d'arbre et les parois d'une épaisseur ridicule ne filtrent rien des bruits en provenance du séjour, où Jonas travaille encore malgré l'heure tardive.

Malgré ces éléments perturbateurs, Diane se sent bien. En sécurité. L'étroitesse des lieux, le son régulier d'un clavier martelé, même les soupirs de Jonas, tout cela forme un cocon protecteur autour d'elle, un film irisé sur ses pensées sombres. Si seulement le sommeil ne la fuyait pas, tout serait parfait.

Un raclement de chaise, de l'autre côté de la paroi. Diane devine les déplacements de Jonas. Un bref passage à la cuisine, un tintement de verre dans le lave-vaisselle. Puis quelques pas lourds le long du corridor, de l'eau qui s'écoule plus loin, à peine audible. Fin de journée pour son hôte. Il lui a proposé de rester autant qu'elle le souhaiterait. Mais elle ne compte pas le déranger longtemps.

Juste le temps de retrouver un équilibre. Une base assez solide pour se reconstruire. Recommencer, ou plutôt entamer un nouveau chapitre de sa vie, qui refuse d'être un long fleuve tranquille.

Le silence. Diane ouvre les yeux par réflexe, comme si cela pouvait lui permettre d'aiguiser son ouïe, de percevoir les battements de cœur de Jonas dans sa chambre, toujours plus calmes. Elle repousse ses cheveux en arrière, détaille ses mains dans la semi-obscurité. Ses paumes pas aussi douces qu'elle le souhaiterait, mais révélatrices de son métier parfois rugueux. Elle continue plus loin, ses avant-bras, sa peau si pâle, presque transparente. Les bleus sur ses poignets, d'autres plus anciens un peu plus haut. L'entrelacs de veines juste en dessous. Quelques vieilles cicatrices datant d'une autre époque, d'une autre vie.

Paupières closes. Elle n'aime pas plonger dans le passé. Évoquer les personnes qui ont planté les premiers barreaux de sa cage. Elle force ses pensées à se diriger ailleurs. S'imagine marcher au cœur du parc, là où les feuilles des chênes centenaires se rejoignent pour former un ciel d'un vert éclatant. Elle sombre peut-être à ce moment-là, ou rêve encore à moitié éveillée, puisqu'elle voit Loïc perché sur une branche à côté du perroquet à gorge bleue muet. Tous les deux la toisent, dans un silence accusateur. Elle finit par ouvrir la cage, mais aucun d'eux n'esquisse le moindre geste.

— Tu crois que c'est aussi simple que ça ? demande Loïc, les sourcils froncés.

Un bond dans sa poitrine. Diane écarquille les yeux pour capter le plus de lumière possible. Le drap est moite, froissé tant elle l'a serré entre ses poings.

Tant que son frère ne pourra pas voler à nouveau, il aura besoin d'elle. Et elle de force pour le soutenir, l'aider à façonner ses ailes, plume par plume. Elle est prête à tout. Elle l'est depuis toujours.

## 14.

## Léonie

OK, ç'a peut-être été une crise d'hystérie. Avec l'accès – non, les accès – de panique du matin, ça fait plein de nouveautés à tester.

Elle a d'abord cru devoir vomir encore. Retour à la case lavabo, l'estomac sur programme essorage, mais rien, pas une goutte. Les crampes estompées, de nouveau capable de se redresser et de produire un son différent d'un geignement, elle s'est mise à hurler comme une damnée. Newton a eu la trouille de sa vie. Face à ce démon en colère, il a préféré affronter les dangers du dehors. Il doit encore être planqué sous un buisson, ou alors ses instincts immémoriaux ont enfin refait surface et il chasse la souris.

Se déglinguer les cordes vocales n'était pas suffisant. Léonie est retournée vers Raymond et… bon Dieu, ce qu'elle lui avait fait jusque-là ressemblait à une bourrade amicale. Quand elle s'est rendu compte qu'il ne restait pas grand-chose de son visage, elle s'est remise à gueuler, et elle serait peut-être repartie pour un nouveau cycle de violence pure si ce n'avait pas été trop, tout simplement trop, et qu'elle n'était pas tombée dans les pommes.

Là elle se réveille et s'aperçoit qu'une mare de substance rougeâtre et visqueuse atteint presque sa joue. Qu'elle s'écoule depuis les vestiges de la bouche de Raymond. Elle rampe en arrière, un gémissement dans la gorge. Se relève, détaille le champ de bataille qu'est devenue la cuisine. Elle ne peut pas la laisser dans cet état. Elle ne peut pas laisser ce corps ici et risquer un nouvel accès de furie. De folie.

À reculons jusqu'à l'escalier, les vingt-deux marches, la porte rouge. Sa chambre, ancienne prison, aux allures de sanctuaire, désormais. Quel calme. À croire qu'il ne s'est jamais rien passé. Que son existence va reprendre à l'identique des six dernières années. La corde verte l'attend. L'envie de la fixer à sa cheville, de sentir son poids rassurant.

Non. Plus jamais ça.

Elle redescend à l'aveugle, la vue obstruée par le rideau de douche roulé en boule sur ses bras. La ronde de poissons la fixe tandis qu'elle l'étend à côté de Raymond. Ils louchent de leurs yeux bigleux sur chacun de ses gestes. Tirer sur les coins du tissu plastifié. Soulever les jambes, hisser, pousser – pas possible comme on devient lourd, une fois mort. Même Raymond avec son hygiène de vie irréprochable. Il ne pesait pas autant avant, même quand il s'allongeait sur elle.

Un effort démesuré, mais à la fin, un paquet propre et net, plastique et bande adhésive. Léonie l'attrape par le bas – elle refuse d'appeler ça les pieds –, le tracte en direction de la terrasse, change d'avis. Traverse tout le corridor avec sa charge, parvient à la porte d'entrée. La gorge en feu, les tempes entre une enclume et un très gros marteau. Un fou rire se fraye un passage dans tout ça. Elle, Léonie Marchal, vingt-cinq ans, est en train de se débarrasser d'un cadavre. Tout cela ne doit être qu'un rêve. Plus bizarre et sanguinolent que ceux qu'elle a l'habitude de faire. Ça ne peut pas être possible.

Et pourtant.

Elle abandonne le paquet sur le pas de la porte.

Ne reste plus qu'à nettoyer.

Balai, serpillière. Des litres et des litres d'eau crasseuse en dégradé de couleurs sous le parfum lavande de la javel. La nuit est tombée lorsque Léonie déclare la cuisine à nouveau propre et fonctionnelle. Aucune chance qu'elle refasse une tentative de sortie. Tout ce noir, ça l'engloutirait d'un coup, hop ! disparue sans laisser de traces pour la deuxième fois. Elle garde malgré tout la porte-fenêtre ouverte. Newton n'est pas rentré.

Elle essaye de ne pas penser au paquet devant la porte. Au fait qu'il faudra gérer ça, tôt ou tard.

Il reste le séjour à ranger. Elle s'occupe tout d'abord du sofa, tapote les coussins pour les regonfler. Les balance au sol et marche dessus quand elle s'aperçoit que Raymond faisait toujours ça. Ses manies n'étaient quand même pas contagieuses, si ?

Vient ensuite la série de DVD. Elle replace chaque boîtier dans la bibliothèque. Dans l'ordre. Pas de maniaquerie là-dessous, plutôt un espoir inconscient que, si elle parvient à recréer le même agencement, rien n'aura existé pour de vrai. Dans ce cas, elle pourrait oublier ces images, en laver son esprit comme elle vient de le faire avec le sang et la merde sur le sol de la cuisine.

Le résultat n'est – hélas – pas aussi probant. Ça doit être plus dur à ripoliner, une mémoire.

Un tour sur elle-même. C'est bon, tout est en ordre. Plus aucun signe ni indice du drame de la journée. À part elle et sa cheville libre. À son tour, donc. Elle a six ans de vide à combler.

D'abord, essayer de se retrouver.

Retour dans le bureau, un coup d'œil au tableau moche, un coup d'index sur l'interrupteur du poste fixe. L'ordinateur démarre sur une note conquérante. Pas de mot de passe. Il y en avait pourtant un sur le portable que Léonie pouvait utiliser – de manière très limitée. Même s'il s'agissait plutôt d'une blague que d'autre chose, puisque le sésame était composé de leurs deux prénoms réunis par un tiret. Sacré Raymond.

Léonie lance le moteur de recherche. Ses doigts s'immobilisent une seconde sur le clavier, puis tapent deux mots.

« Léonie Marchal ».

Soixante-douze mille résultats environ. Des dizaines et des dizaines de pages, des milliers de sites, d'articles. Ils ne peuvent pas tous la concerner. Il doit y avoir d'autres Léonie Marchal. Inconnues ou célèbres pour autre chose qu'avoir été enlevées.

Léo clique sur les premiers liens. L'annonce de sa disparition dans la presse, à jour deux, quatre, puis sept. Un communiqué de police. Un groupe Facebook auquel elle ne peut pas accéder – il a peut-être été vidé de son contenu, effacé, et il n'en subsiste qu'un fantôme numérique.

Mais à la page 2.

Page 2, deuxième ligne. Une vidéo démarre. La musique du générique grésille dans le haut-parleur, racoleuse. Une émission que Léonie connaît d'avant, un truc sordide qu'on regarde d'un œil distrait en fin de soirée parce qu'il n'y a rien d'intéressant sur les autres chaînes. De toute manière, ce qu'elle relate n'arrive qu'aux autres.

La présentatrice – moulée dans un pantalon noir extra-slim, rouge à lèvres corail, brushing parfait – commence d'une voix qui se veut mystérieuse et tragique à la fois.

— Ce soir, nous allons revenir sur une énigme. Celle de la disparition de Léonie Marchal, il y a tout juste cinq ans.

Cinq ans. Ce reportage est donc passé à la télévision l'an dernier. Raymond l'a-t-il vu ? S'est-il amusé de la déconfiture des intervenants, de l'échec total des recherches ? S'est-il félicité de son génie ? À côté de la créature en noir, une photo s'incruste sur l'écran. Une photo d'elle, prise par sa mère. Le souvenir de cet instant précis se catapulte dans sa mémoire comme une bille de flipper. Les thuyas derrière elle, un peu secs et à la taille approximative, bordent le jardin de sa maison. Ce jour-là, Daiko, le chien des voisins, un affreux croisé roux aux pattes surdimensionnées, a trouvé un moyen de traverser la haie. Il a jeté son dévolu sur une chemise de Jacques qui séchait sur l'étendoir. Ne l'a rendue qu'au terme d'une lutte sans pitié, d'ordres et de cajoleries entrecoupés de jets d'eau froide directement du tuyau d'arrosage. Jacques est parti calmer sa colère au bar-tabac du coin, laissant Léonie et sa mère seules. Elles ont attendu qu'il soit loin pour laisser libre cours à leur fou rire. Ont déjeuné d'une salade au soleil. C'est là que sa mère a pris cette photo. Comme ça, sans raison particulière. Parce qu'elle la trouvait jolie – attends, ma chérie, ne bouge pas, tu es tellement jolie comme ça – et qu'elle aime ces petits moments de complicité, ces moments tout doux, d'une précieuse banalité.

Pause. Perdue dans ses souvenirs, Léo n'a rien saisi aux dernières phrases. Retour en arrière, trente secondes. La présentatrice dresse un tableau sommaire des circonstances. La soirée en boîte avec des amis. Ce témoignage selon lequel un homme aurait suivi Léonie à son départ.

Musique. Des notes pompeuses, violons, tambour. Une série de clichés essaie de résumer la vie de Léonie. D'abord petite fille sur une plage, accroupie devant un château de sable. À califourchon sur le dos d'un poney. Un peu plus grande, début de l'adolescence, une moue boudeuse sur les lèvres. Les dernières la montrent dans des poses moins angéliques, voire carrément scabreuses. En équilibre précaire sur des talons vertigineux, une bouteille de bière à la main. En jupe trop courte. Les images clignotent, entrecoupées de flashs lumineux et d'ombres inquiétantes, virent au noir et blanc.

Un nouveau tonnerre de musique, puis le calme. Une voix off articule chaque syllabe à l'extrême. À l'écran, le village de Léonie. Sa rue, et tout au bout, sa maison. La voix entame un portrait que Léonie peine à reconnaître comme le sien. On fait mention du décès de son père, l'année où elle aurait dû entrer au CP. La décision de repousser ses débuts d'écolière d'un an. Les adjectifs fusent. Introvertie. Mal adaptée. Solitaire. Dotée d'intérêts peu communs. N'importe quoi. Léonie n'a peut-être pas été populaire, reine du lycée ou *cheerleader*, mais elle a toujours pu compter sur un cercle d'amis. Quant à son âge, personne ne s'en préoccupait en terminale. Elle n'était pas la plus vieille de sa classe, loin de là.

Et depuis quand considère-t-on une passion pour les matières scientifiques comme une tare ?

Encore une salve de notes cinglantes. Maintenant que les téléspectateurs la voient comme une geek inapte à la vie sociale, on épluche les dernières semaines avant sa disparition. Des détails insignifiants sont présentés comme autant de preuves à charge. Une mauvaise note, une moyenne prétendument en baisse – pas vrai.

Coup de poing invisible dans l'estomac. Bastien apparaît à l'écran – mais pas son Bastien, non, une version plus âgée. Plus adulte. Moins maigrichon et beaucoup moins chevelu. Il n'a plus rien à voir avec le chevalier blanc de ses rêves éveillés. Le temps l'a-t-il tant transformé ? Ou cet homme n'est-il qu'un acteur mandaté pour jouer un rôle, celui – comme l'indique un bandeau en bas de l'écran – de Bastien, fiancé de Léonie ? La mine contrite, les mains jointes avec sérieux, il explique qu'il l'aimait beaucoup.

Beaucoup.

Connard. Elle, elle l'aimait tout court.

Il reprend avec des trémolos. Dit sa culpabilité de ne pas l'avoir accompagnée ce soir-là. Ment – mais seule Léonie sait qu'il ment – sur les raisons qui l'ont poussé à rester chez lui. Met tout sur le dos des cours à réviser. Léonie se crispe tellement sur la souris qu'elle presse sur pause sans le vouloir. Elle en profite pour se lever, parcourt le bureau d'un pas rageur. En quelques mots et avec des larmes de crocodile dans les yeux, le pseudo-Bastien vient de la faire passer pour une dévergondée ayant mis ses études au deuxième plan, et prête à sortir avec n'importe qui plutôt que de soutenir son fiancé – non mais ce terme, du délire !

*Play.* Des images tournées en ville, dans la soirée. Une rue animée, des terrasses bondées, des jeunes par grappes, rires, cigarettes et gobelets de bière. Un minutage de sa dernière soirée – hé, les gars, ce n'est pas la dernière, elle est toujours vivante ! Des plans caméra au poing et volontairement flous de la boîte de nuit. Et sans transition, un témoignage sous couvert d'anonymat. Juste une silhouette filmée de dos et à contre-jour, mais Léonie reconnaît immédiatement sa voix. Étonnant. Elle et Nella n'étaient pas des intimes.

Et pourtant. C'est la seule à l'avoir suivie des yeux lorsqu'elle a quitté leur groupe, ce soir-là. La seule à s'être inquiétée de voir un inconnu la rejoindre. Un homme qu'elle décrit comme plus âgé, élégant, à l'aise dans la foule. Troublée – un pressentiment, peut-être –, elle est sortie dans la rue à son tour.

Mais il était déjà trop tard.

Les autres l'ont rassurée. Elle se bilait pour rien. Qui aurait voulu s'attaquer à Léo ? Un cocktail après l'autre, elle a fini par les croire. Inutile de se faire des films.

Tout a changé le lendemain. Nella n'a pas hésité une seconde avant de contacter les enquêteurs, de leur confier ce qu'elle avait – ou pensait avoir – vu.

Sans doute réfléchirait-elle à deux fois, si c'était à refaire. Si elle savait d'avance les insinuations, les demandes de prise de sang, les questions sur sa consommation d'alcool, sur celle d'éventuelles substances illicites. La manière dont la police et la presse ont démonté son témoignage, pièce par pièce. L'ont décrédibilisée, elle. Voilà pourquoi elle ne parle pas à visage découvert. Parce qu'elle en a assez de cette image de graine d'alcoolique, de jeunesse perdue, ratée.

Mais elle a décidé de parler quand même. Pour son amie. Elle le dit comme ça, texto : pour mon amie.

Ça laisse Léonie scotchée. Elle comptait dans sa bande quelqu'un d'assez fidèle pour risquer de se prendre une volée de bois vert en répétant sa vérité – et ne le savait pas. Pour être franche, elle n'a guère songé à Nella au cours des dernières années. Par contre Nella a souvent dû penser à elle. Étonnant qu'elle n'en soit pas venue à la haïr.

La musique reprend, plus ridicule chaque fois, accompagne des images entrecoupées de flashs de lumière en mode stroboscopique. Et soudain, Léonie se retrouve dans son salon. Tout y est. Le canapé aux motifs orangés, les gros coussins en velours. La vieille crédence héritée de sa grand-mère après son placement dans une maison de retraite. Les quelques cadres photo cloués aux murs, certains un peu décalés de manière à planquer des taches sur le crépi. La table en cerisier polie par l'âge.

Non, tout n'y est pas.

Sa mère n'est pas là. Il n'y a que ce rustre de Jacques au centre de l'image, les bras croisés devant une tasse aux rebords brunis. Il est encore plus moche et épais que dans son souvenir. Le cheveu rare. La barbe aléatoire. Mais ce qui surprend le plus Léonie, c'est ce qui franchit ses lèvres :

— Des gens ont raconté plein de bêtises sur Léonie. Alors oui, c'est vrai, on ne s'entendait pas comme larrons en foire, elle et moi. Mais j'ai pris la place de son père, et à un moment pas facile, en plus. Faut la comprendre. Et puis j'ai mon caractère. Léo, c'était une gentille fille.

Voilà que Jacques lave son honneur. Par contre, ses mentions d'elle sont accordées au passé. Moins agréable.

— Si je vous entends bien, vous ne croyez pas à la possibilité qu'elle soit partie volontairement ? demande une journaliste hors cadre.

Jacques secoue la tête – gauche droite, gauche, les sourcils froncés – puis frotte le coin de son œil. Puis l'autre. Léonie sait d'instinct qu'elle va détester ce qui va suivre.

— Jamais elle n'aurait fait ça à sa mère. Elles s'adoraient. Si Léo avait simplement fugué, elle aurait appris, pour Pauline, et…

— Elle aurait su pour sa maladie.

— Oui.

Cette syllabe, un souffle, et Jacques se détourne. On devine qu'il se lève pour mettre fin à l'entretien, mais le reportage se poursuit. Un cliché de Léonie et sa mère envahit l'écran.

Violons sirupeux en fond sonore.

Voix off pour expliquer le décès de Pauline Marchal, quatre ans, cinq mois et huit jours après la disparition de sa fille.

— NON !

Elle l'a hurlé, ce non, Léonie. Plus fort que n'importe lequel des non criés en six ans. Il y en a pourtant eu un sacré paquet.

Mais ça – non.

Cette journée avec le chien tout en pattes, la chemise abîmée, la salade, les rires complices. Il n'y en aura plus jamais de comme ça.

Pire, on l'a privée de dire au revoir à sa mère.

Et ça, plus que tout, c'est intolérable.

Ça brûle et ça se déchire au fond d'elle. En surface on ne voit rien encore – la sidération. Juste un masque vide, du calme avant la tempête.

Elle se rassied – tiens, elle s'était levée. Regarde la fin de l'émission. Dix ou vingt minutes durant lesquelles plusieurs experts exposent leur manière de voir les choses. Un psy que Léonie n'a jamais croisé lui invente une dépression doublée de pulsions suicidaires. Le commandant de police chargé de l'enquête – un certain Franck Berthier – assure qu'elle est partie de son plein gré. Rappelle qu'elle était majeure, et libre de ses mouvements. Il a classé l'affaire.

Ils ont tous classé l'affaire.

Ce flic. Les autres spécialistes en tout genre. Bastien.

Ils l'ont abandonnée. Enterrée avant l'heure.

Putain de merde, ils vont payer cher pour ça.

## 15.

## Jonas

Il faut se méfier des hasards. On a tendance à y voir des rapports cachés, des ramifications. On s'imagine une connexion entre des éléments dont la collision, finalement, ne s'avère n'être que ça : un hasard.

Jonas fixe les visages affichés sur son écran d'ordinateur. Sur la gauche, Hugo Laurens. Sur la droite, Marc Ranoud, la deuxième victime de la forêt du Roi-Neuf, tout juste identifiée.

Coïncidence numéro 1 : tous les deux ont fréquenté la même classe au lycée. Le premier derrière une des tables inconfortables, le deuxième sur l'estrade. Un étudiant et son prof. Agrégé d'histoire-géo. Le truc rasoir au possible.

S'il n'était question que de ça, Jonas aurait déposé cette information dans la case des éléments sans importance. Ranoud a sans doute enseigné à des centaines de lycéens. Mais la coïncidence numéro 2 rend ce choix caduc.

Les deux victimes de la forêt du Roi-Neuf ont été entendues dans ce même commissariat, six ans auparavant. Dans le cadre de la même enquête. Une affaire de disparition. Une formalité pour Hugo Laurens, camarade de classe de la disparue, et une des dernières personnes à l'avoir vue vivante. Son témoignage n'avait pas apporté grand-chose, et le jeune homme semblait aussi clean qu'on peut l'être à cet âge.

Pour Marc Ranoud, les choses se sont avérées plus compliquées. Sa tendance à flirter avec n'importe quel individu de sexe féminin, collègues et élèves comprises, et ses sous-entendus graveleux n'ont pas joué en sa faveur. Le groupe de Franck Berthier, chargé du dossier à l'époque, l'a cuisiné jusqu'à ce qu'il soit cuit à point, voire rôti sur les côtés. Il n'en est hélas pas ressorti quoi que ce soit de concret pour l'enquête. Par contre, la brigade des mineurs s'est empressée de prendre le relais. Mise à pied pour Ranoud avec interdiction formelle d'enseigner.

La fille n'a jamais été retrouvée. Selon l'historique informatique, l'enquête a été mise de côté au bout de deux ans de recherches vaines. Puis close définitivement à la demande de la famille. Pour Berthier, cela ne faisait pas un pli : la gamine était partie de son propre chef. Elle était majeure et libre de disparaître dans la nature, si tel était son choix.

En trois clics, Jonas accède au dossier. Le nom – Léonie Marchal – lui semble familier. Ça fait tilt après quelques secondes. Sans l'accident de Loïc, c'est son groupe qui s'en serait chargé. Ce constat le fige un bref instant, le ramène à ces heures d'angoisse, à l'hôpital. L'ascenseur émotionnel des jours suivants.

Stop. Assez pensé à Loïc. Il s'ébroue, passe de page en page jusqu'à trouver une liste de témoins. Ceux qui rejoignent le cercle de la double coïncidence l'intéressent avant tout. Il griffonne des noms sur un bloc-notes, souligne le premier d'un trait de stylo impatient.

Nella Tomasi. Même classe de lycée, même bande d'amis qu'Hugo Laurens. Et que Léonie Marchal. Mieux : elle a été le témoin principal lors de la disparition de Léonie. Une raison de plus pour se renseigner sur elle.

— Qui êtes-vous, mademoiselle Tomasi ?

Basculement sur un autre programme de recherche. Le fichier des cartes d'identité lui offre un premier élément de réponse avec la photo d'une jeune femme au visage harmonieux encadré par de longs cheveux bruns. Elle regarde droit vers l'objectif, comme par défi, comme pour dissimuler un air rêveur qu'elle ne souhaite pas révéler au monde.

En creusant un peu plus profond, Jonas apprend qu'elle habite toujours dans la région. Et qu'elle exerce le métier de thanatopractrice. Étonnant. Ce n'est pas donné à tout le monde. L'histoire de Léonie et surtout la manière dont les forces de l'ordre et la presse l'ont traitée ont peut-être contribué à la dégoûter des vivants.

Retour au dossier Marchal. La lecture des procès-verbaux laisse un goût amer à Jonas. L'impression que la jeune fille n'a pas été prise au sérieux par le groupe de Berthier. Voire qu'elle a été discréditée.

Ça ne se serait pas passé de cette manière avec son équipe.

— Alors, victime ou vengeresse ?

Le visage d'Arthur émerge du haut de son poste d'ordinateur, sourcils en circonflexes. Jonas se rend compte qu'il a parlé à voix haute.

— Laisse tomber, je radote.

— Tu es un peu jeune pour ça, chef.

— Et aussi pour que tu m'appelles chef.

Arthur et Natalia savent qu'il déteste ça. Et adorent le faire mousser avec ce simple mot de quatre lettres.

— Tu tiens la boutique ? Je sors un moment.

Arthur se fend d'un geste mi-courbette, mi-chasseur de mouches. Il proposera peut-être de l'accompagner, alors Jonas s'éclipse vite. Être seul lui permet de mieux réfléchir. Voilà pourquoi il travaille souvent de son appartement, le soir. Ou la nuit. Comme la veille, une fois Diane couchée.

Sa chère Diane. Elle lui fait de la peine. Sa culpabilité envers Loïc, immense. Jonas ne connaît aucune autre fratrie aussi fusionnelle. Il aimerait tant pouvoir adoucir le quotidien de Diane. Plus qu'en lui offrant un convertible inconfortable. Au moins s'est-elle définitivement séparée de Christopher. Un enfoiré, selon lui. La seule chose qu'il espère est qu'elle ne se jettera pas tête baissée dans une autre relation sans avenir. Elle mérite mieux.

La radio lui livre une purée de notes finement hachée jusqu'à ce qu'il quitte le parking souterrain. Jonas monte le volume et ne pense plus à rien d'autre qu'aux règles de la circulation. Quarante minutes plus tard, il se gare le long d'une rue, à proximité d'un bâtiment de deux étages. Un panneau barre sa façade, juste au-dessus de baies vitrées garnies de couronnes de fleurs en tissu. Une police sobre et élégante sur fond bordeaux, le tout avec un cadre doré. « Pompes funèbres Girard ».

Jonas s'apprête à s'annoncer à la porte principale quand il la voit sortir par le côté de la bâtisse. Plus grande que dans son imagination. Plus brune aussi. Ses cheveux balaient son dos, de ses épaules à ses reins. Un énorme chien marche à côté d'elle, sans laisse. Un croisé dogue allemand et Dieu sait quoi d'autre, au pelage feu et cendre.

Une bête impressionnante.

Capable d'égorger un homme, de le traîner sur une longue distance avant de l'abandonner à l'écart ?

Nella Tomasi traverse la rue d'un pas décidé et s'engouffre dans un goulet aux allures de passage secret. Au bout d'une dizaine de mètres entre un mur de brique et un autre de ronces, il émerge sur le cimetière. L'entreprise de pompes funèbres est donc située juste en face du dernier domicile de ses clients. Un choix aussi pratique que judicieux.

Ce sentier n'est toutefois pas le chemin d'accès officiel. Les seuls à l'emprunter doivent être ceux que le deuil rend pressés. Et Nella, qui marche droit jusqu'à une tombe. Jonas songe à la rejoindre, lui adresser la parole. Puis renonce. Pas le moment, et surtout pas l'endroit.

Il attend à l'écart qu'elle se recueille, puis s'en aille, le chien toujours sur ses talons. Il s'approche alors de la tombe. Lit le nom sur la stèle en granit rose.

« Léonie Marchal ».

Pas de dates. Comme si Léonie n'était jamais morte. Jamais née, non plus.

De toute évidence, il n'y a pas que l'enquête qui ait été enterrée.

# 16.

# Diane

L'obscurité a presque tout englouti. Diane sait qu'il voit bien mieux qu'elle dans la pénombre. Qu'il attend son heure, sûr de cet avantage.

Quand le silence devient aussi épais que la nuit, il s'avance, gronde tout bas. Diane ne bouge pas. Elle l'observe, silhouette souple et furtive. Ses cent pas tracés de gauche à droite se rapprochent chaque fois davantage. Diane n'esquisse toujours pas le moindre geste.

Il est tout près désormais. Diane peut voir ses yeux refléter le peu de lumière en provenance du couloir. Elle crée des étincelles dorées autour de ses pupilles, souligne la tension de ses muscles sous son pelage.

Il gronde un peu plus fort et, cette fois, elle lui répond.

— Tout va bien. Parce que je n'ai pas peur de toi. Et que tu n'as pas peur de moi.

L'animal n'est plus qu'à quelques centimètres de son visage, désormais. Narines frémissantes, il hume son odeur familière.

Et, alors qu'il pourrait l'égorger d'un coup de crocs, il se frotte à elle comme un gros chat.

— Voilà, dit-elle en acceptant ce signe d'appartenance. Tu vois ? On est bien, tous les deux. On est pareils.

# 17.

## Léonie

Marche arrière. Une vingtaine de mètres au ralenti. Le moteur cale, Léonie s'applique avec les pédales, tourne de nouveau la clé de contact. Avec une automatique, ça aurait été plus facile, franchement, Raymond. Marche avant, ça geint sous le capot, elle passe la deuxième. Ses cours de conduite accompagnée remontent à bien longtemps. Elle en avait pris huit, moitié avec un professeur d'auto-école, l'autre avec sa mère. Jacques était de la partie lors du dernier, la ceinture serrée au maximum sous sa bedaine et une main agrippée à la poignée de la portière. Pas la grande confiance.

Léonie conduisait pourtant de manière très prudente. Les yeux bien rivés à la route, des contrôles réguliers dans le rétroviseur. Jamais au-dessus de la vitesse autorisée. Si quelque chose l'avait distraite, ça n'aurait été ni une conversation ni une chanson à la radio – elle roulait de préférence en silence. Non, la seule chose capable de la déconcentrer, c'était ses propres pensées. Son imagination qui filait avec le carburant le long des pistons du moteur dans un cycle de compression et de combustion. La mécanique, c'est aussi des mathématiques.

Freinage en douceur. Elle est parvenue au bout du chemin de gravier. Le cœur qui tape fort, mais pas trop, pas assez pour la faire reculer. Devant elle, un muret tapissé de ronces plus dissuasives que du fil de fer barbelé. Au centre, un portail haut d'à peine un mètre cinquante. Elle caresse l'idée de le défoncer, la Volvo tiendrait sans problème le choc, un petit moment de folie. Mais ça risquerait d'attirer l'attention, alors non, elle sort sagement pour l'ouvrir – pas besoin de clé ou de code, heureusement.

La chance s'est de nouveau rangée de son côté, comme une déesse qui l'aurait oubliée six longues années durant, et puis hop, un coup d'œil bienveillant. Elle s'est même réconciliée avec les probabilités. Franchement, quelles étaient les chances pour que Raymond casse sa pipe à ses pieds et non pas lors d'un déplacement ? Pour qu'il lui laisse une fortune en héritage plus ou moins volontaire ? Elle se sent invincible, Léonie. Elle a réussi à quitter la maison – d'accord, ça lui a pris trois jours, mais là c'est bon, fini les crises de panique sitôt qu'elle envisage ne serait-ce que de mettre un orteil à l'extérieur, la preuve est là, hein, elle conduit le break de Raymond et personne ne sait jusqu'où elle ira, pas même elle. Tout ça sans ressentir d'oppression, souffle court ou gorge serrée à en étouffer. Ça a un certain goût de liberté, enfin.

Presque. Parce que la vraie liberté, Léonie aurait dû la partager avec ceux qu'elle aime. Mais sa mère est partie pour toujours, et Bastien aussi, d'une certaine manière. Ce type bien propre sur lui qui lui ressemblait, celui du reportage télé, elle ne le connaît pas.

Alors quoi ? Renouer quand même ? Ou rester là, en retrait, se construire une autre vie, peut-être ? Léonie n'a pas encore tranché.

Quel que soit son choix, elle a des tâches à accomplir d'abord. Des tâches importantes. Alors, une fois le portail refermé derrière elle, elle s'engage sur la route – à droite, mais ça aurait pu être à gauche – et passe ses vitesses jusqu'à la quatrième. Tout en douceur, sans à-coups ni excès. Les probabilités se montrent gentilles avec elle pour le moment, mais mieux vaut ne pas trop les titiller. Surtout vu ce qui brinquebale dans son coffre.

Sur les premiers dix ou quinze kilomètres, rien. Pas âme qui vive. Juste cette bande d'asphalte sombre, presque rectiligne, déroulée entre deux tapis verts. Des prairies, des haies d'arbres variés – chênes, érables, saules pleureurs. Les branches viennent chatouiller le toit, font office de pare-soleil. Léonie ouvre sa fenêtre, ça sent le printemps, l'herbe fraîche et les fleurs de tilleul.

Ensuite, une forêt. La route serpente, ça monte, ça descend. Des sentiers s'échappent de part et d'autre, s'enfoncent dans les bois touffus. Pas sûr qu'ils débouchent tous quelque part. La végétation doit les avaler d'un seul coup de gueule chlorophyllée, les recracher sous forme de buissons et de mousse un peu plus loin.

Une intersection. Une simple fourche, aucun panneau ou signe distinctif. Léonie choisit le côté droit, ce sera plus facile de se souvenir de la direction à prendre lors du retour.

Elle l'aperçoit peu après. Posté en tailleur sur un monticule mi-roche, mi-souche d'arbre, le buste et la tête courbés sur quelque chose d'invisible pour elle.

Le premier être humain qu'elle voit depuis six ans. En dehors de Raymond, bien sûr.

Un gamin. Ses jambes maigres émergent d'un short en jean, une casquette de base-ball recouvre une tignasse claire. Il lève la tête en entendant le bruit du moteur. Regarde Léo droit dans les yeux, à travers le pare-brise. Ça lui fiche des frissons. Les larmes aux yeux. Elle freine sur les derniers mètres, s'arrête à sa hauteur. L'envie de sortir, de se précipiter sur lui sans même refermer sa portière et de le serrer dans ses bras. Ben alors. Un môme inconnu. Ça tourne pas très rond dans sa tête, pour envisager des choses pareilles. La réaction qu'il aurait. Un coup de griffes, des cris avant de s'enfuir à toute allure, alerter sa mère, son grand frère, quelqu'un. Mieux vaut rester dans la voiture, ceinture attachée et tout.

Elle abaisse quand même la fenêtre côté passager. Son sourire doit ressembler à une grimace, le garçon n'essaye pas de le lui rendre.

— Salut.

Pas de réponse. Il dévoile l'objet qu'il tenait entre ses jambes – un lance-pierre fabriqué avec un bout de bois en Y et un gros élastique. Il fait mine de catapulter un objet invisible sur Léonie, qui fait mine de le rattraper de justesse. Ça, ça le fait vaguement sourire. Autant pousser sa chance plus loin.

— Tu habites dans le coin ?

Froncement de sourcils.

— Je parle pas avec des inconnus.

OK, ce n'était pas la question idéale. Mais déjà, du soulagement. Il parle la même langue. Sans accent particulier. Raymond ne l'a donc pas emmenée à l'étranger.

— Je ne voulais pas te faire peur. Tu pourrais me dire où on est ? Je crois que je me suis perdue.

— J'ai pas peur. Et branche ton GPS, banane.

Le gamin lui assène un deuxième tir imaginaire, se laisse glisser de son trône improvisé et file sans demander son reste.

*Banane.*

Léonie éclate de rire, remet les gaz. Avec un tel répondant, celui-là ne risque pas d'être kidnappé.

Elle pile un peu plus loin. Le pied écrasé sur la pédale de frein. Les yeux rivés sur le panneau rectangulaire sur la droite de la route. Un nom de village. Un nom familier.

Elle se trouve en terrain connu. À moins de cent kilomètres de chez elle.

Moins de cent kilomètres, bon sang.

Au moins, elle connaît l'endroit parfait.

Sans prendre garde aux nids-de-poule qui bordent la route, elle exécute un virage à cent quatre-vingts degrés. Revient sur ses pas. Le gamin a disparu. Léonie se demande ce qu'il fichait là. S'il attendait quelque chose ou quelqu'un. Elle n'a pas vu d'autre véhicule.

Il sort très vite de son esprit, expédié par des pensées rageuses, brûlantes.

Moins de cent kilomètres.

Pas d'au revoir à sa mère.

Six années de gâchées.

Personne d'assez fort pour la retrouver.

Mains serrées sur le volant. Pas moites ni glacées. Juste serrées à en déformer le plastique, comme une saloperie d'oiseau de proie. Elle oublie de passer des vitesses, n'écoute pas les plaintes du moteur. Qui l'a écoutée, elle, hein ? Qui ?

Ça cogne et tremble au fond d'elle. Des nombres se heurtent. Des 100, des 6, des 0. Ils se multiplient et ce connard de chiffre nul reste vainqueur par K.-O. Presque de la triche, mais c'est comme ça : au final, il reste zéro. Rien. Du vide.

Léonie pleure quand elle parvient à destination. Ça lui pique les joues, ces sillons presque plus acides que salés. Elle décolle ses mains du volant, tourne la clé de contact, essuie ce qu'elle peut de son visage. Quelques pas, puis une pause entre les sapins vertigineux pour se reprendre, courbée en deux, les mains en appui sur ses genoux. Encore quelques pas, avec prudence. Le terrain est traître, dans le coin.

C'est pour ça qu'elle a choisi de venir là.

Pour en finir avec Raymond.

Le plus compliqué, c'est de le sortir du coffre. Quoique le mettre là-dedans ait été pire. Ça lui a valu quelques embardées de panique et un sacré mal de dos. Un dernier effort, des bruits dégueulasses quand il heurte le sol, toujours emballé dans le rideau de douche qui se déchire en partie. Léonie rabat ce qu'elle peut pour ne pas voir le contenu de son paquet macabre.

Reste à le tirer, pas bien loin mais il pesait lourd, Raymond. Les êtres vicieux possèdent peut-être une densité supérieure aux autres. Une belle allégorie pour expliquer leur chute aux enfers, et l'accession des autres aux portes du paradis. Raymond s'y connaissait, en matière de vice. Avec une masse pareille, il va tomber comme une météorite jusqu'aux flammes les plus ancestrales. Pile devant le trône de Lucifer.

Une demi-heure d'efforts. Elle aurait peut-être dû venir durant la nuit – on pourrait la surprendre, un promeneur, un adepte de la cueillette des champignons, quelqu'un qui resterait stupéfait de tomber sur une jeune rousse transportant un cadavre, qui partirait au pas de course, craignant pour sa vie, implorant pitié. Mais la nuit, le manque de visibilité, ça serait plus dangereux. Un faux pas et elle retrouverait Raymond dans la file d'attente du purgatoire.

Enfin, elle atteint son objectif. La falaise n'est pas particulièrement haute, mais elle forme de petits goulets, plus bas. Des fissures, des grottes. Dissimulées par une végétation luxuriante. Elle réfléchit un moment – laisser Raymond dans son emballage cadeau, ou pas ? Décide que non, il paraît qu'il rôde pas mal d'animaux sauvages dans le coin, l'un d'entre eux sera peut-être intéressé par un peu de viande plus tout à fait fraîche. Alors elle s'escrime sur les morceaux de bande adhésive, arrache tout. En respirant avec la bouche, parce que l'odeur est insupportable. Sans trop regarder, parce que c'est encore pire que l'odeur.

Mais juste avant de lui donner la dernière impulsion, juste avant de le faire basculer dans le précipice, elle le fixe quand même.

Et lui dit « Adieu, Raymond. » d'une voix presque ferme. Presque douce.

Il commence par glisser lentement. Prend de la vitesse. Rebondit, heurte de jeunes pousses d'arbres qui ploient et se brisent sur son passage. Sa chute semble durer des heures. Une éternité de fracas – en accord avec l'éternité d'horreur qu'il lui a fait vivre.

Elle ne reprend son souffle qu'une fois le calme revenu. Replie le rideau aux poissons bigleux en un carré bien net. Efface ses traces de son mieux. Les couleurs du ciel annoncent de la pluie. Elle s'occupera du reste.

Les premières gouttes heurtent le pare-brise juste avant qu'elle atteigne la dernière bifurcation. Léonie abaisse sa fenêtre, et prétend qu'elles seules mouillent son visage.

*La « bête » sort du bois*

*Les témoignages en provenance des villages bordant la forêt du Roi-Neuf s'accumulent. Si certains se montrent des plus fantaisistes, d'autres sont solides et se recoupent de manière troublante.*

*Trois personnes ont ainsi rapporté avoir aperçu un animal rôder vers l'orée du bois le soir de la disparition d'Hugo L. Le jeune homme était parti courir, comme en témoigne sa voiture retrouvée vide au début d'un sentier. Si les témoins s'accordent sur le fait que l'animal était seul, les avis divergent quant à sa nature ou sa race. Il pourrait aussi bien s'agir d'un loup que d'un gros chien.*

*Il est à rappeler que si la région compte bien deux meutes répertoriées, les attaques de loups contre l'homme sont extrêmement rares. Les seuls dommages recensés depuis des dizaines d'années concernent des troupeaux de moutons.*

# 18.

# Diane

Sourires de façade, rires trop bruyants. Rien de spontané. Comme une énième couche de peinture sur une clôture au bois vermoulu. On ne peut pas toujours arracher les planches et les remplacer par du neuf, du lisse.

Là, il resterait des espaces, des vides béants. Alors, deux fois par mois environ, Arthur et Natalia accompagnent Jonas pour sa visite à la Colombière. Ils viennent chercher Loïc dans sa chambre et descendent à la cafétéria. Les quatre, réunis autour de la même table. Comme avant. Sauf que Loïc reste de travers dans sa chaise roulante, la tête calée entre deux éléments recouverts de mousse, son bras paralysé agité çà et là par des soubresauts. Sauf que Diane, ou Jonas si elle manque à l'appel, doit transvaser sa boisson dans un gobelet à paille, le lui tendre, et vérifier que rien ne s'écoule sur son menton.

Diane devrait peut-être se montrer moins amère. Être reconnaissante envers ces gens qui continuent à considérer Loïc comme un ami, presque un membre de leur famille. Le temps a passé. Natalia a conservé ses chemisiers stricts, mais coupé ses dreadlocks. Arthur a eu l'occasion de se marier et de divorcer, de retrouver une amoureuse qui l'a quitté pour un autre au métier et aux horaires plus plan-plan. Ils auraient pu ranger Loïc dans la case « autrefois », lui tourner le dos, ne plus se préoccuper de cet ancien collègue au destin tragique ou de sa grande sœur, dévouée mais un peu névrosée. Ils ne l'ont pas fait. Leurs visites sont plus espacées que celles de Jonas, leurs coups de fil évasifs, mais ils ont le mérite d'exister dans le système solaire si restreint de Loïc, de graviter autour de lui en une ronde immuable.

Si certains jours leur présence revient pour Loïc à un rappel douloureux de ce qu'il a perdu, aujourd'hui elle semble lui faire du bien. Il participe de son mieux à la discussion, rit à l'évocation de certains souvenirs. Il utilise même le tableau magique accroché à son fauteuil pour poser des questions ou répondre à celles des autres à coups de feutre effaçable. Diane espère qu'il ne fait pas semblant, que tout cela ne se résume pas à un effort pour apaiser sa constante inquiétude et sa fatigue, mais depuis quelques jours elle a l'impression qu'il va mieux. Une pente ascendante dans la longue série de vagues à affronter depuis son accident, insinue son pessimisme. Qui sait. Peut-être que non. Peut-être qu'il s'agit d'un souffle de volonté toute neuve, un surplus de rage de vivre. Ça arrive, parfois cinq, dix ou vingt ans après des traumatismes similaires, a-t-elle lu dans certaines études scientifiques. Ne reste plus qu'à y croire.

Diane observe leur groupe de loin, son plateau à la main. C'est à son tour de s'acquitter de la tournée. Sodas *light* et cafés. Rien qui ressemble aux apéros de l'époque. Ceux partagés dans cette vieille brasserie du quartier du commissariat, avec ses tables rondes collantes et ses chaises dépareillées. Diane rejoignait souvent l'équipe après le travail, juste pour un verre, un verre qui finissait par s'étirer toute la soirée et une bonne partie de la nuit. Les quatre collègues refaisaient le monde ou leur affaire en cours. Et Diane restait là, comblée de voir son frère si heureux. À sa place.

« Il y en a eu un troisième ? » écrit Loïc avec soin, la langue entre les dents, lorsqu'elle revient avec son chargement de boissons.

Diane ouvre la bouche pour lire ses pattes de mouche à haute voix, mais Jonas les a déjà déchiffrées à l'envers.

— Oui. Un troisième cadavre. Un fana de spéléo l'a retrouvé ce matin, toujours dans le même périmètre.

Un coup de réglette efface-tout. Tout le monde patiente sur la prochaine question. Loïc se penche sur son tableau. Les strates de ruban adhésif transparent ou coloré sur les bords lui donnent un air d'ancien papyrus. Ou de jouet malmené par une horde de gamins atteints d'hyperactivité. Une solution informatisée aurait été plus simple, et plus facile à utiliser pour Loïc. Mais les claviers le perturbent. Un problème neurologique, les lettres s'embrouillent, jouent à saute-mouton ou dansent la gigue jusqu'à lui donner la nausée. Alors, en attendant qu'un déclic salvateur lui permette de retrouver l'usage de la parole, ce morceau de plastique rafistolé reste son seul moyen de communication. Loïc se redresse et le présente à son auditoire.

« Aussi bouffé ? »

— Pas complètement bouffé, mais il porte également des marques de morsure. C'est bien la première fois qu'on doit s'occuper d'un truc pareil. Je ne me réjouis pas follement du passage chez le légiste.

Natalia se détourne, l'air de rien, et Arthur scrute ses ongles. Ils semblent l'un comme l'autre soulagés de ne pas devoir accompagner leur supérieur dans le froid de l'Institut médico-légal. Quant à Loïc, il avise sa sœur et lui adresse un clin d'œil. En tout cas, Diane veut croire qu'il s'agissait de ça et non d'un spasme facial.

« Il te manque pas un lion ? »

Diane éclate de rire. Non seulement il s'intéresse à une discussion, mais en plus il fait de l'humour. Un véritable mieux. De quoi faire fondre sa morosité comme un morceau d'iceberg perdu aux Caraïbes.

— Je pense que je l'aurais remarqué. Mais je ferai un appel chez les lions demain matin, on ne sait jamais. Chez les autres félins aussi, tant qu'à faire.

Encore un clin d'œil. Pas une secousse nerveuse, cette fois elle en est sûre. Elle retourne son sourire à Loïc après l'avoir élargi de quelques centimètres encore.

Une fois Loïc bien installé dans ses quartiers, tout à portée de main, Diane s'en va. Dans le couloir, trois membres du staff médical tentent de convaincre une vieille dame de rejoindre sa chambre. Elle résiste, arguant que sa petite-fille devrait arriver sous peu. Qu'elles iront prendre le thé ensemble, celui aromatisé à la bergamote, avec des petits gâteaux. Diane lui adresse un signe et se hâte de s'éloigner. Elle refuse d'alourdir de nouveau sa journée. Juste là, elle a l'impression d'être un peu plus légère que d'habitude. Et que, dehors, le soleil brille plus fort dans un ciel plus bleu.

Jonas l'attend sur le parking. Il ouvre son coffre, se penche pour en sortir quelque chose. Une boîte de laquelle dépassent une série de dossiers cartonnés. Il la pose sur le capot de la voiture de Diane.

— Il t'a de nouveau demandé un dossier ?

L'excitation forme de petites bulles pétillantes autour et dans son cœur. Loïc s'est désintéressé de tout ça. Leur dernière « affaire » entre frère et sœur remonte à des mois. L'étudier l'a plongé dans une profonde mélancolie. Sentiment de perte de temps, d'inutilité. Diane n'a pas su le convaincre de continuer.

Jonas acquiesce, les mains toujours sur la boîte, comme s'il hésitait à la lui donner.

— Cette fois, il m'a demandé les copies d'un cas en particulier. Est-ce que tu saurais pourquoi il s'y intéresse ?

Il tire le premier dossier de la rangée. Sous la mention « classé », un simple nom.

« Léonie Marchal ».

Les bulles explosent toutes en même temps. Une détonation assourdissante, suivie de silence, intérieur comme extérieur. Avec émotion, Jonas précise :

— Il s'agit de l'affaire sur laquelle nous aurions dû enquêter si…

Un geste en direction du centre médicalisé, comme pour résumer ces six années, l'accident, les opérations, la rééducation. La perte de Loïc tel qu'il était.

— Léonie Marchal n'a jamais été retrouvée, explique-t-il. Un certificat de vaines recherches a été établi l'an dernier à la demande de la famille. Une démarche commune, après tant de temps. Ça permet aux proches de faire leur deuil. De procéder à un ensevelissement, même sans dépouille.

Il range le dossier avec soin, comme gêné par cet aveu d'impuissance. Cet échec ne lui incombe pourtant pas.

— Je me souviens de cette histoire, avoue Diane.

Elle se souvient de la première fois où elle a entendu le nom de Léonie Marchal. Quelque part au cours de cette nuit sans fin, à l'hôpital. La salle d'attente austère, l'angoisse. Un avant-goût d'enfer.

Mais elle l'a de nouveau entendu par la suite. Ou, pour être plus précise, elle l'a lu et relu. Jonas ne semble pas se le rappeler, mais Loïc et elle ont étudié cette affaire il y a un peu plus d'un an. Elle lui a lu la totalité des documents qui constituent le dossier. Tout, jusqu'aux phrases en petits caractères.

Elle cligne des yeux à trois ou quatre reprises, très vite, très fort. Comme chaque fois qu'elle espère voir la réalité prendre un autre cours. Mais le souvenir reste tapi dans son esprit, à l'affût. Il est toujours là, quelque part. Une marée noire inexorable.

Jonas fait glisser la boîte dans sa direction. Quelques centimètres, pas plus, et sans la lâcher.

— J'aurai besoin de toi sur ce coup-là, Diane. Si Loïc trouve quelque chose, un détail que personne n'aurait remarqué, n'importe quoi... Même si ça a l'air dingue, s'il te plaît, fais-m'en part.

— Je croyais que l'affaire était classée.

— C'est le cas.

— Mais je...

— C'est important, Diane.

Elle connaît assez bien Jonas pour savoir qu'il ne dira rien de plus. Alors elle promet de le tenir informé.

Ce n'est qu'à ce prix qu'il libère son trésor. Non sans une dernière recommandation.

— Tout cela n'est toujours pas franchement légal, donc…

— Ne t'inquiète pas. Je resterai discrète.

Mais curieuse malgré tout. Loïc ne lui a pas parlé de son envie de reprendre ce travail de l'ombre. Pourquoi maintenant, et pourquoi ce cas précis ?

Aurait-il deviné quelque chose ?

Jonas se penche pour l'embrasser sur la joue.

— Tu viens dîner ?

— Pas ce soir. J'aimerais finir de m'installer.

Un demi-mensonge. Elle a encore à faire dans son nouveau chez-soi. Un deux-pièces sans âme, mais fonctionnel et doté de toutes les commodités nécessaires. Proche du jardin zoologique qui plus est.

— Ne t'inquiète pas, ajoute-t-elle devant la mine de Jonas. Mon frigo est rempli de bonnes choses. Et si tu veux toujours de moi, je viendrai avec plaisir demain.

— Vendu. Prends soin de toi.

Diane regarde son ange gardien s'éloigner de son habituel pas alerte, puis reste un instant à contempler les documents bien ordonnés dans leur boîte. Le compte-rendu de la fin d'une vie.

Puisse-t-il servir à en faire redémarrer une autre.

Elle le donnera à Loïc. Mais pas tout de suite. Demain, peut-être, et elle le laissera l'étudier tout seul. Là, elle pose le carton au bas du siège arrière, claque la portière. Hors de sa vue. Un geste inutile, elle en a conscience.

Inutile parce que chaque information, chaque caractère de ce dossier de plusieurs centaines de pages est resté gravé dans sa mémoire. Bien sûr, il la renvoie à l'accident de son frère. Mais pas qu'à ça. Jonas ne peut pas le savoir, bien entendu. Pas plus que Loïc.

Cette histoire de jeune fille rousse disparue en compagnie d'un inconnu, ça l'a ramenée à sa propre enfance.

Et à Monsieur.

# 19.

## Léonie

Newton gère beaucoup mieux qu'elle.

Lui aussi a connu des moments de panique lorsque toutes les portes de la maison se sont ouvertes. Après sa première expérience à l'extérieur, il a passé une journée entière caché sous le lit à l'étage, tremblotant et misérable. Vingt-quatre heures de miaous déchirants à chaque bruit, chaque courant d'air. Et puis, comme si un programme interne avait fini par débuguer et fonctionner à plein régime, il est redescendu pour affronter la vie sauvage, ses papillons, ses ombres mouvantes, ses odeurs.

Et la belle vie sur la terrasse.

Il semble apprécier ça, le bougre. Il peut rester là des heures, à se dorer le poil au soleil. Léonie l'envie. Même débarrassée – définitivement – de Raymond, elle peine à prendre pied dans cette nouvelle liberté. À s'affranchir de ses barreaux mentaux.

Voilà où elle en est, un mois après le décès de Raymond. Toujours à se faufiler d'une pièce à l'autre comme une ombre – en évitant la chambre du rez-de-chaussée. À prendre ses repas dans le salon, le plus loin possible de l'endroit où… Pourtant, l'odeur a disparu.

Sur le sol, plus de traces. Vive la javel et tous ces nettoyants capables de bouffer la pierre naturelle et de flinguer les cours d'eau, leur faune, leur flore et les orteils de ceux qui se risqueraient à les y tremper.

Les bons petits plats de Raymond lui manquent. Ça lui a fait tout drôle quand elle s'est regardée dans le miroir, vraiment, longuement, sans cette fichue corde à la patte. Elle s'y est redécouverte. Plus vieille peut-être. Plus ronde, ça sans aucun doute. Elle qui considérait les longs repas et les préparations alambiquées qui les précédaient comme du temps perdu a bien profité du savoir-faire de son geôlier. Combien de poids a-t-elle pris au cours de ces six années ? Quelle amplitude de courbe autour de ses hanches, de ses seins ? Difficile à déterminer – elle ignore ce qu'aurait affiché sa balance, avant.

En tout cas, elle s'imagine très bien l'expression de Raymond s'il pouvait la voir, juste là. Assise en tailleur sur le canapé, une barquette en plastique contenant une salade toute prête calée entre les jambes. Froncement de sourcils – pour sa position et le risque de mettre de la sauce partout sur le tissu délicat – puis sourire goguenard – pour son choix de menu, alors, ma petite lionne, plus capable de laver de la laitue sans moi ?

Ouais. Toujours la gueule ouverte, le Raymond. Pourtant elle a relevé de sacrés défis, Léonie. Se débarrasser de son corps. Continuer de fouiller son bureau, jusqu'à découvrir quelques-uns de ses petits trucs et astuces : numéro de carte de crédit, codes bancaires, identifiants sur des sites en ligne, la totale. Elle continue à faire des commandes régulières – pas envie qu'un brusque changement puisse mettre la puce à l'oreille d'un employé consciencieux. Le comble : demander à être fournie en calmants et somnifères dont Raymond la gavait. Léonie a jeté ces merdes à la poubelle. Pas dans celle de la maison, non, directement à côté de la boîte postale où Raymond se faisait tout livrer. À croire que personne ne connaissait son adresse. Malin.

Très malin, même.

Léonie balance sa barquette de salade – César, avec des lardons, des croûtons et une sauce salée par le diable lui-même – sur la table basse. Il rigolerait bien, Raymond, s'il la voyait perdue comme ça. Lui toujours si sûr de lui. Si organisé. Sans lui pour planifier ses journées, tout régler à la minute près – lève-toi, avale ça, couche-toi là –, c'est vrai qu'elle est déboussolée.

Faut que ça change.

Si elle se retrouve derrière l'ordinateur, c'est surtout pour ça. Pour lui montrer qu'elle est capable de poursuivre un but. De s'organiser.

L'historique de recherche indique un nom – le sien. Elle en tape un autre. Creuse un peu. Finit par trouver une adresse susceptible de correspondre. Une adresse en ville. Elle la localise, un quartier sympa, animé mais pas trop. Proche de lieux familiers. Oui, ça doit être ça. Elle s'imagine les balcons fleuris, le primeur en bas de l'immeuble, stand de fruits frais, des pêches peut-être, à moins que ce ne soit un peu tôt dans la saison.

Elle se prépare en débattant sur ce point ô combien important. Passe un pantalon et un tee-shirt propres entre fruits et légumes. Dissimule ses cheveux roux sous un joli foulard en réfléchissant précocité des melons et conditions météo propices. Noue ses lacets avec des considérations sur la production de masse en Espagne.

Au fond, elle s'en fiche, songe-t-elle une fois au volant de la voiture de Raymond. Elle préfère les fraises. Sûr qu'elle en trouvera.

Le GPS – *banane*, c'est vrai que c'est pratique, ces engins – l'emmène pile là où il faut. La rue est proprette, le bâtiment un peu plus décrépit que dans son imagination. Elle passe devant, continue, tourne au coin. Se gare une rue plus loin. Revient à pied, l'air de rien mais la main serrée sur ses clés, dans sa poche. La nuit s'installe. Des gens la croisent, la frôlent. Pressés de rentrer chez eux, de retrouver une famille. Un amoureux. Un dîner prêt à être servi, ou plus prosaïquement un fauteuil craquelé, une paire de chaussons et un écran de télé. À chacun ses petits bonheurs.

Il y a bien un primeur dans la rue. Qui vend des pêches. Des jaunes et des blanches toutes plates. Aucune idée de leur provenance.

Et il y a ce nom sur l'interphone.

Elle fait un autre tour du pâté de maisons. Se rendre jusqu'ici, c'était déjà beaucoup. Appuyer sur le bouton d'un blanc plus tout blanc à côté de l'étiquette portant ce nom, son nom à lui, c'est une étape supérieure. Les fruits ne suffiront pas, quant à la distraction mentale.

Elle marche pas loin d'une heure et plusieurs kilomètres avant d'oser franchir ce pas-là.

Un coup de sonnette. Une poignée de secondes d'attente, interminables. Puis un grésillement. Elle ouvre la bouche pour s'annoncer – zut ! que dire ? Salut, c'est Léo, tu te souviens de moi ? Mais pas besoin de réfléchir, la porte vitrée se déverrouille avec un claquement sec. Léonie choisit l'escalier, oui, il faut grimper jusqu'au huitième, ça prendra des plombes, mille fois plus long qu'en ascenseur, mais c'est le but.

Elle doit sonner de nouveau, à la porte de l'appartement cette fois. Et alors…

Alors, Bastien ouvre.

D'abord, son allure. Très éloignée de l'image qu'elle en avait gardée. Encore plus que dans le reportage télé. Le visage un peu bouffi, les tempes dégarnies – le haut du crâne aussi. Sa chemise est froissée, manches retroussées de manière asymétrique, col de travers, pans sortis du pantalon. Une tache à la hauteur du troisième bouton. Ketchup, peut-être, ou sauce cocktail. Il avait l'habitude d'y noyer ses frites.

Après, son expression. Un peu vide, un peu… inexpressive. Il semble usé de l'intérieur. Délavé. Pas à force d'avoir été trop sollicité. On dirait plutôt qu'une couche de poussière s'est accumulée sur son âme.

Il la dévisage sans la voir vraiment, le regard qui passe au travers. Hausse un sourcil. Attend manifestement qu'elle explique sa présence. Une raison, un motif.

— Salut Bastien.

Quelle entrée en matière, non mais sérieux, faut pas qu'elle vise des concours d'éloquence. Par chance, ça semble suffire à allumer une étincelle, une petite, fragile. Pour l'entretenir, elle ajoute :

— C'est moi.

Là, c'est sûr, il a percuté. Si fort qu'il en recule d'un pas.

— Léo ?

Un blanc, puis ça redémarre.

— Oh, bon sang. Léo ? C'est vraiment toi ? Comment… ?

Trop d'interrogations en même temps, trop pour y répondre sur un palier.

— Je peux ?

Elle désigne l'espace derrière lui, d'un signe du menton. Lui, planté là, stupéfait – les deux ronds de flan prennent tout leur sens –, met plusieurs secondes avant de réagir. Il s'efface – bien sûr, entre –, referme la porte dans son dos, la suit dans le corridor jusqu'à un séjour assez cosy pour un célibataire. Mais peut-être n'est-il pas célibataire, le nom unique sur la boîte aux lettres n'est pas une preuve en soi. Raymond vivait bien avec quelqu'un depuis six ans, sans indication. Bon, d'accord, ça n'a rien à voir, elle s'égare, des pensées en pagaille comme une portée de chiots. Ou de poussins. Voilà, ses pensées sont comme de tout petits poussins pioupioutant à s'en fissurer les cordes vocales – est-ce que ça a aussi des cordes vocales, les poussins, et pourquoi Bastien tient-il son visage entre ses mains, des mains chaudes et familières même si ce type n'est pas le Bastien d'autrefois, on est d'accord là-dessus. Mais elles lui rappellent l'avant, l'avant-Raymond, et c'est bon et douloureux à la fois.

Léonie s'arrache à ce contact. De manière un peu brutale, à en juger par la grimace penaude de Bastien. Il met une distance polie entre eux, croise les mains. Un enfant de chœur dégarni. Qui se met à lui poser des dizaines de questions en même temps, un mélange de quoi, où, quand, comment. Le tout avec l'œil humide et des trémolos dans la voix.

Ce type n'a définitivement plus rien à voir avec son Bastien. Et encore moins avec le fringant chevalier de ses fantasmes.

Il s'excuse de la presser, l'installe sur le canapé en cuir blanc – en tout cas, il ne doit pas avoir d'enfants avec un tel mobilier. Elle s'assied du bout des fesses, comme si elle risquait de tacher le cuir souple, comme s'il restait du sang de Raymond à l'arrière de son pantalon en plus de ses mains qu'elle cache entre ses genoux puisqu'elle ne sait pas trop quoi en faire. Bastien s'agite, part en direction de la cuisine, revient sur ses pas, change d'avis, avance, recule et sautille comme un personnage de ces jeux vidéo qu'il affectionnait. Il lui faut plus de cinq minutes pour disposer deux verres sur la table basse. Deux verres vides. Les remplir, c'était l'étape suivante, le niveau supérieur, pas assez de crédits de vie ou de points bonus pour cette tâche, retour au palier précédent.

— C'est incroyable. Léo... Tout le monde... On te croyait morte. Et tu es là.

— Je suis là, oui.

— Ouais. Incroyable. Mais vrai. C'est fou.

Il commence gentiment à la fatiguer, là. Il lui file le tournis. Elle attrape une de ses mains au vol, entre un geste pour effacer une larme et un autre visant à aplatir ses cheveux. Il se méprend – rien de tendre là-dedans, elle voulait juste l'immobiliser –, croise ses doigts aux siens, sourit en mode guimauve.

— J'ai été enlevée, lance-t-elle de but en blanc. Enlevée, puis séquestrée.

Ça lui vide les poumons, style gros coup de poing sur le tube de mayonnaise. Exclamation, re-yeux en soucoupes.

— Comment la police t'a-t-elle retrouvée ?

Une question plus irritante qu'un spray d'acide fluorhydrique. Comme si elle avait pu espérer quoi que ce soit des flics chargés de l'enquête. Celui du reportage l'a cataloguée comme bonne à rien dès le début. Pas digne d'être retrouvée, ou en tout cas pas digne de l'effort qu'il aurait dû fournir pour ça.

— Ils n'y sont pour rien. J'ai pu me… libérer toute seule.

Elle se voit mal avouer toute la vérité d'un coup. L'agonie de Raymond. Son corps ficelé dans le rideau de douche, puis dévalant la pente.

Une chose après l'autre.

— Oh. Le type court toujours ? C'est pour ça que rien n'a filtré dans la presse, que personne n'a été averti ?

— En fait, c'est surtout moi qui n'ai averti personne. J'ai appris que ma mère était…

Bastien lui écrabouille les doigts. Un signe de compassion, apparemment. Il renifle en même temps. Ça doit donc être vrai. Le reportage télé n'était pas que truffé de mensonges. Une prise de conscience douloureuse, mais au moins, elle a obtenu la réponse à une de ses plus importantes questions.

— Enfin bref. Tu es la première personne que je viens voir.

Là, il devient fou, Bastien. Il se propulse du canapé, gesticule – l'avantage, c'est qu'il a libéré sa pauvre main désormais toute moite et meurtrie.

— Tu plaisantes ? Mais il faut qu'on aille voir les flics ! Qu'on informe tout le monde, que…

Léonie parvient à lui arracher son mobile juste avant qu'il compose un numéro d'urgence. Qui est-ce qu'on appelle, dans ce genre de cas ? La police, les pompiers, ou carrément une ambulance ? En demandant une camisole de force, parce que là, à en croire le regard qu'il lui lance, il la croit complètement dingue.

Elle doit user de tous ses charmes pour le calmer. Lui promettre que oui, bien sûr, elle contactera les forces de l'ordre sitôt qu'elle quittera son appartement. Il pourra l'accompagner, volontiers, c'est gentil de sa part, si, si. Mais que tout d'abord, elle aimerait se poser un moment, souffler, discuter des années passées, savoir ce qui s'est produit dans le monde, son ancien monde.

Alors Bastien obtempère et remonte le fil de sa ligne temporelle. L'obtention du bac, sans mention – pas étonnant – mais suffisant pour intégrer une école de commerce. Son diplôme, les stages, le premier CDI. Les vacances avec les copains, au début. Nathan, Hugo, Manu, Leïla. Il rougit un peu en prononçant son nom. N'évoque pas Nella une seule fois. Par contre, il répète à quel point Léonie leur manquait. Il insiste un peu trop là-dessus, ça finit par sonner faux.

— Tu es sortie avec elle, n'est-ce pas ? Leïla.

Cette fois, il rougit tellement que c'en est comique. Pas besoin de détecteur de mensonges. Un sourire triste monte aux lèvres de Léonie, mais s'efface aussitôt tandis qu'elle réalise.

— Elle n'était pas là. Le soir où j'ai été enlevée.

Penaud, le Bastien. Il tente de bafouiller des justifications, que ça remonte à six ans. Comme s'il pouvait y avoir prescription sur des choses pareilles. Comme si Léonie avait patiemment collectionné des pardons au long de sa captivité.

— Je savais que tu me baratinais. Que tu n'étais pas resté chez toi pour réviser. Mais je pensais que c'était pour traîner devant tes stupides jeux, pas pour…

Pas pour caresser la peau dorée de Leïla. Ses magnifiques cheveux noirs, ses seins parfaits, toujours mis en valeur dans un décolleté aguichant sans être vulgaire. Il fallait être aveugle pour ne pas être attiré par Leïla. Mais un vrai salaud pour se la taper dans le dos de sa petite amie officielle.

— Et dire que tout ce temps, je me raccrochais à toi, à l'espoir qu'un beau jour tu me retrouverais. Que tu te battrais pour me libérer et m'emmener loin de cet enfer. Quelle pauvre idiote.

— Arrête, Léo. Tu n'es pas dans ton état normal. Tu vas respirer un bon coup, te calmer, et ensuite on ira voir la police.

Son bras sur ses épaules, il la pousse en direction du balcon. Non mais sérieusement. Pour qui se prend-il pour la traiter comme une hystérique à deux balles ? A-t-il seulement conscience de ce qu'elle a vécu, traversé, enduré ? Non, bien sûr que non. Parce que, pendant tout ce temps, lui culbutait Leïla sur son canapé blanc.

Il la tient à bout de bras, un air supérieur sur le visage, style je suis le seul à avoir grandi et appris comment fonctionne la vie. Ça bouillonne à l'intérieur de Léonie, de grosses bulles acides, ça chuinte, ça grince et tape. Un concentré de colère et de frustration. De la rage pure, froide, mordante.

— Rends-moi mon téléphone, maintenant.

Oh, c'est vrai, l'appareil est toujours coincé dans sa main gauche. Elle esquisse un geste pour le lui tendre, docile, soumise. Six ans qu'elle obéit aux ordres du mâle alpha. Brave bête bien conditionnée.

Mais.

Mais au même moment, une autre partie de son cerveau, celle atteinte par le bouillonnement, celle qui crépite sous ce flux de lave, celle-là s'insurge. Elle influe sur une série de muscles qui créent un mouvement beaucoup plus vif. Son bras part comme un ressort, droit comme devrait l'être la justice. Sa paume percute le torse de Bastien, freinage minime malgré sa masse, un vecteur dans toute sa splendeur, droit devant toute. Bastien se retrouve déséquilibré, recule d'un pas, pas suffisant, mouline en vain, continue de pencher vers l'arrière dans un angle défavorable. Ses hanches rencontrent la rambarde pile entre deux jardinières – pas de fleurs, des sortes de sapins rabougris, ça doit demander moins d'entretien et des arrosages moins fréquents – plus d'équilibre du tout, il passe par-dessus.

Et il tombe.

Du huitième étage.

Un son, mat et craquant à la fois. Léonie l'entend résonner dans ses oreilles, drôle d'écho répétitif. Elle ne se penche pas pour observer en bas. Le bruit, les cris qui lui parviennent suffisent à la renseigner.

Elle vient de tuer un autre homme.

Cette fois, elle ne s'attarde pas sur place.

## 20.

## Loïc

On me pose sans cesse des questions.

Est-ce que tu sens si j'appuie là, tu as soif, ton pied, tu peux le bouger, quel jour on est, vous avez mal monsieur Sorel, te souviens-tu de ce qui s'est passé ce jour-là, le jour d'avant, le jour d'après, tu m'entends, on commence, on arrête, vous voulez bien essayer de serrer ma main, à quoi tu penses, un peu de musique, sais-tu qui je suis, tu as faim, sommeil ?

Mais on ne me pose jamais les bonnes.

Personne ne s'intéresse vraiment à ce qui se passe dans ma tête. Et il s'en passe, des trucs. Ça carbure à mille à l'heure, là-dedans. Comme pour compenser l'état pitoyable de mon corps. Mon corps. Plus qu'un carcan, une prison étroite, mon putain de bras gauche en guise de barreau, le nombre de jours, de mois, d'années gravé sur ma tronche de travers. Un truc à traîner, une peine à vie, à mort.

Est-ce que tu préférerais mourir ?

C'est la pire, celle-là. Franchement, comment y répondre ? Elle n'offre que deux options, oui ou non. Même moi, même sans ma bouche rebelle, mais avec mon fabuleux outil de communication, le bien nommé tableau magique, je devrais être capable d'y répondre. Sauf que c'est plus compliqué que ça. Qu'est-ce que j'en sais, de la mort ? OK, la version de vie à laquelle je suis astreint depuis six ans n'a rien de folichon. Et non, après tout ce temps, je n'ai plus grand espoir que ça s'améliore de manière significative. Mais si la fin – la grande, la définitive –, si c'était pire encore ? Les deux bras paralysés au lieu d'un seul, plus possible de se gratter le bout du nez ou les couilles et la douleur – cette putain de DOULEUR, flammes et lames de glace, papier de verre et crocs venimeux – constante, dans tout le corps ?

Non, je ne tiendrais pas.

OK, personne ne peut me garantir que ça se passerait de la sorte. Quand même. Mieux vaut s'assurer d'un minimum, d'un tout petit bout de peau de chagrin.

Mais leur sollicitude. La pitié que certains ne peuvent pas dissimuler. Le temps perdu à me poser toutes ces questions stupides, inutiles. Les blouses blanches, les amis – le peu qu'il me reste. Même Diane. Bon Dieu, grande sœur. Tu as déjà tant sacrifié dans ton désir obstiné de me protéger. Tant de rêves. Tu continues et ça me bouffe. Mais comment te dire ça alors que ma langue s'obstine à me narguer ? Comment te le faire comprendre ? Je déprime, oui, c'est vrai. Certains jours plus que d'autres, mais ça reste en continu, une tâche de fond dans mon cerveau, une toile d'araignée qui s'étend, maille après maille. Je déprime, mais pas parce que je suis devenu un boulet. Je déprime parce que ce boulet est accroché à ta cheville et que c'est toi qui en tires tout le poids.

Ça défile, ça tourne, tourne, tourne, ma culpabilité, mes propres questions et celles des autres. Un bruit de fond constant qui se mêle aux sensations physiques désagréables. Un bourdonnement qui se met à hurler, à cracher ses poumons viciés de temps en temps – souvent sans raison, toujours sans préavis.

Alors qu'est-ce qu'il me fait du bien, son silence.

La première fois, elle n'a fait que passer devant ma chambre. À l'affût, mais légère, tellement légère. La deuxième, ses grands yeux clairs se sont posés droit sur moi. Elle est restée immobile, comme un renard sentant un piège. Je lui ai fait un signe, index devant ma bouche tordue, et elle m'a souri avant de disparaître.

Et puis un jour – ou plutôt une nuit, elle vient toujours la nuit – elle est entrée. J'avais deviné son identité depuis quelque temps déjà.

*Je te vois.*

Voilà ce que j'avais prévu en guise d'accueil. Pas de grand discours – j'en serais incapable, de toute manière. Juste ma façon de lui dire. Je la vois, vraiment. Une étrange connexion, une dimension supplémentaire. Le temps, l'âme, je ne sais pas quoi exactement. Une chose est sûre : elle ne risque rien avec moi.

Et je ne risque rien avec elle.

Pas de pitié, déjà. Dès le début, elle m'a considéré avec une sorte de froideur pas tout à fait clinique, mais très détachée. Pas d'empathie forcée. Pas de dégoût non plus. Avec elle, mon bras fichu n'est qu'un bras fichu. Ma gueule a une sale gueule, et alors ? Pas de quoi en faire toute une histoire.

Pas de questions à la con, non plus. Elle ne m'a jamais rien demandé. Elle s'assied là, dans le fauteuil. Remonte ses genoux contre sa poitrine, les entoure de ses bras graciles. Parfois, on ne fait rien. On ne se dit rien. Elle pose son menton contre ses genoux, ferme les yeux, somnole peut-être. Les autres fois, c'est moi qui lui parle. Par écrit, lettre après lettre. La bonne blague.

Elle sait que je m'appelle Loïc. Que j'ai eu un accident de parapente. Qu'avant ça, voler, c'était… J'ai pas eu les mots, ils n'existent pas, ni dans ma tête ni dans le dictionnaire, mais elle m'a compris quand même.

Je continuerais volontiers comme ça. Je la garderais pour moi. Ses visites, ses sourires, sa manière de ramener ses cheveux roux sur une épaule, sa manière de me regarder, de me prendre simplement pour ce que je suis, sans essayer de voir ce que j'étais ou ce que j'aurais pu devenir si…

Ce n'est hélas pas possible.

Un jour, sa grand-mère, la gentille Henriette, va finir par perdre ce qu'il lui reste de mémoire. Elle ne reconnaîtra plus sa petite-fille, ou croira ceux qui lui assurent que non, hélas, ma petite dame, la réalité est tout autre. Qu'elle imagine ses visites.

Henriette ne tardera pas à s'avouer vaincue. Sa lutte contre la démence dure depuis si longtemps. Elle s'en ira, accompagnée d'un de ses chers airs d'accordéon, défier l'au-delà. La tête haute et sa canne à la main. Ce petit bout de femme tout ridé et courbé est bien plus courageux que moi.

Peut-être aussi que Diane comprendra avant. Si elle n'a pas déjà compris. Elle pense bien faire. Joue au détective, recoupe les indices, creuse çà et là. Mais elle se méprend sur mes intentions. Sur l'énigme à résoudre. Je n'ai plus aucune envie de m'investir dans le rôle du policier intègre. Du représentant modèle d'une loi qui ne l'est pas.

Je veux juste comprendre.

Comprendre pourquoi, soir après soir, Léonie Marchal vient s'asseoir en silence dans ma chambre.

# 21.

## Léonie

Ses mains tremblent sur le volant. Léonie a dû s'y prendre à plusieurs fois pour allumer le moteur, elle a calé, failli confondre la marche arrière avec la cinquième, calé encore avant de s'élancer enfin sur la route – pas trop vite, même si elle crevait d'envie de coller le pied au plancher, de voir le décor s'estomper dans le rétroviseur comme un mauvais rêve.

Elle s'est arrêtée deux ou trois kilomètres plus loin, sur le parking d'un supermarché. Une ambulance l'a croisée au moment où elle actionnait son clignotant. Le gyrophare n'était pas enclenché, pourtant elle entend encore les deux notes stridentes, un genre d'écho fantomatique. Elle devrait sans doute avoir envie de vomir, de pleurer, de cogner contre quelque chose, mais non. Juste ses mains qui tremblent, cette musique répétitive dans son esprit et du vide – du vide qui progresse, grignote tout sur son passage et l'empêche de réfléchir posément.

Bastien est mort.

Non, rectification : elle a tué Bastien.

Vraiment ?

Après tout, elle ne l'a pas poussé si fort que ça. Pas assez pour le catapulter par-dessus la balustrade. C'est lui qui s'est mélangé les pieds, qui a trébuché. Un accident, voilà ce que c'était. S'il n'était pas devenu si grassouillet, s'il ne s'était pas mué en cadre moyen tout mou, ça ne serait sans doute jamais arrivé. Rien de tout cela n'est sa faute.

N'est-ce pas ?

Option un ou deux, elle doit bouger. Aller quelque part, mais pas chez Raymond. Là, dans son état, la maison l'avalerait. Définitivement. Il faudra qu'elle tranche, aussi, savoir si elle se balade juste un mauvais karma, la faute à pas de chance. Si elle porte la poisse pour que les gens – enfin, certains hommes – meurent dans son sillage. Ou encore si elle n'est qu'une meurtrière dénuée d'émotions, une sorte d'apprentie psychopathe.

Dans le parking du centre SSR, elle se gare comme d'habitude, sur la place la plus éloignée du bâtiment et de ses piafs métalliques. La Volvo planquée par un saule pleureur qui a vraiment l'air au fond du trou et l'absence de lumière – le lampadaire de ce côté-là a crevé depuis longtemps, pas très responsable tout ça, mais ça lui permet de rejoindre la porte de secours comme une petite souris, ni vu ni connu. La porte aussi est défectueuse, elle l'a repéré dès sa première visite. Les gars chargés de l'entretien mériteraient un rappel à l'ordre. Non mais sérieux.

Les choses se corsent dans les couloirs. Il faut éviter le personnel de garde, surtout une miss au look improbable, moitié perroquet, moitié adolescente attardée. Certains soirs, c'est coton. Là, pas de souci : elle file comme une flèche du point *a* au point *b*.

Seule la veilleuse émet une lueur dorée dans la chambre. Allongée sous sa courtepointe en crochet, Mamie Rillette dort. Ses mains parcheminées, croisées sur sa poitrine, se soulèvent et s'abaissent au rythme de sa respiration. Léonie se glisse contre elle dans le lit, cale sa tête contre son bras tout maigrelet. Respire son parfum de petite vieille un peu doucereux. Eau de Cologne et poudre de riz et sans doute d'autres choses encore. Sa grand-mère a toujours été coquette. Tirée à quatre épingles, genre prête pour aller à la messe du dimanche dès le mardi matin. Ce qui lui arrivait fréquemment, même avant l'enlèvement de Léo. Une voisine ou la mère de Léonie la retrouvait sur la route de l'église avec son chapeau à voilette et son missel dans la main. Quand elle ne tapait pas à la porte du presbytère, agacée par le retard du nouveau curé.

— Oh, tu es là, ma petite chérie.

Sa présence l'a réveillée. Léonie tend le cou et lui plante une bise sur la joue.

— Oui, je suis là. Ne bouge pas.

Elle s'en veut un peu de la déranger, mais elle avait trop besoin de réconfort. D'oublier, l'espace d'un instant, auprès du dernier membre de sa famille, qu'elle sème la mort autour d'elle. Ça la fait frissonner, cette pensée, parce que, s'il y a une personne qu'elle souhaite protéger de son influence néfaste, c'est bien Mamie Rillette. Voilà, évoquer ce surnom à la fois tendre et ridicule, c'est mieux. Léo l'appelait comme ça, petite. Trop dur de prononcer Henriette quand on a trois ans et une géométrie dentaire variable. Quelle idée, aussi, de ne donner aux femmes de sa famille que des variantes féminines de prénoms masculins. Bon, ça aurait pu être pire.

Elle s'imagine baptisée en Augustine ou en Josepha et pouffe de rire.

— Ma chérie, tu veux bien appeler l'infirmière de garde ? J'aimerais lui montrer que tu es bel et bien là. Personne ne me croit, quand je dis que tu passes me voir. Ils me prennent tous pour une vieille bique un peu folle.

— Tu n'as rien d'une bique. Et tu sais, je préfère qu'on reste juste entre nous.

En un sens, ça l'arrange, que personne n'accorde de crédit aux histoires de sa grand-mère. Qui la croirait alors qu'elle peut expliquer dans la même tirade que le pape lui a passé un coup de fil avant le dîner et que sa petite-fille disparue depuis six ans vient lui tenir compagnie presque chaque nuit ? Personne. Et personne à blâmer.

Ça l'arrange et ça lui fait mal aussi. Parce que c'est une preuve de plus que Mamie Rillette perd la boule. Pour de vrai. Lors de sa toute première visite, elle lui a assuré que Pauline allait arriver d'une minute à l'autre. Le nœud dans l'estomac. Taille XXL. Surtout que Léonie venait d'apercevoir le faire-part de décès encadré comme un petit tableau. Une nature morte.

— Ils m'ont grondée pour les sablés, chuchote Henriette.

Son adorable visage tout fripé se plisse encore davantage face à cette constatation boudeuse. Léonie lui prend une main, qu'elle serre entre les siennes.

— Laisse-les râler. On s'en fiche. La prochaine fois, je t'en apporterai aux noisettes.

Une lueur de gourmandise, puis ses yeux papillonnent. Léonie attend jusqu'à ce que son léger ronflement devienne une musique régulière. Un dernier baiser sur le front – si doux malgré ses rides – puis elle glisse hors du lit.

Deuxième étape, de *b* à *c*. Il suffit de traverser le corridor, de le remonter sur cinq mètres pour arriver chez Stephen Hawking. Pas le vrai, bien sûr. Mais le jeune gars lui a d'emblée fait penser au physicien, avec sa gueule et son corps tout chiffonnés. Comme pour le scientifique, il vaut mieux ne pas s'arrêter à une première impression, à ce handicap flagrant. Ça bouillonne, là-dessous, Léonie en mettrait sa main à couper.

Il lui a fichu une peur bleue, la première fois. C'était au début de ses visites à Mamie Rillette. Elle était ressortie de la chambre de sa grand-mère adorée à pas de loup, trop fière d'avoir de nouveau déjoué la surveillance des rondes de nuit. Sûre de retourner à la voiture sans que personne la voie. Ratage complet. Elle était au milieu du couloir lorsqu'une infirmière a déboulé, les yeux Dieu merci encore plongés dans un dossier. Deux possibilités se présentaient : continuer son chemin l'air de rien ou se planquer vite fait. Comme elle n'avait aucune explication à sa présence en dehors des horaires de visite, elle a profité d'une porte ouverte. C'est là qu'elle a vu Stephen Hawking pour la première fois. Elle en mode iguane, le dos collé au mur dans sa chambre. Lui allongé dans son lit, le buste relevé et calé dans un de ces gros coussins en U. Elle a posé son index sur ses lèvres, prière muette pour qu'il ne la dénonce pas. Il a imité son geste et a souri. Un sourire mi-sérieux, mi-goguenard – normal, seule la moitié de son visage fonctionne encore. L'infirmière a pris l'ascenseur. Un petit geste de remerciement, et Léonie a filé.

Pour revenir le lendemain.

Elle s'est tout de suite sentie en confiance avec lui. Franchement, en quoi pourrait-il l'effrayer ? Elle l'imagine mal lui sauter subitement dessus pour la violer. Punaise, le pauvre aurait déjà des difficultés à peler une banane… Il serait incapable de lui faire du mal. Et pas uniquement à cause de son handicap. C'est un mec bien. Ça se sent, ce genre de choses. Selon les gens, c'est plus ou moins évident, mais avec lui, aucun doute.

Ce soir et comme souvent, il semble l'attendre. Dans son plumard, à écouter de la musique. Il a des goûts bizarres, éclectiques. Hard rock bien gras, électro aérienne, classique, tout y passe. Sitôt qu'elle entre, il tire sur le fil de ses écouteurs de sa main valide. Une bouillie de guitare électrique survoltée se déverse des deux embouts tandis qu'il tâtonne à la recherche du bouton pause sur son lecteur mp3.

— Salut, dit-elle une fois le silence revenu.

Il lui répond d'un sourire de travers et la regarde contourner son lit, direction le gros fauteuil. Elle retire ses baskets et s'y installe, les jambes ramenées contre sa poitrine. Elle est bien, là. Bastien a presque quitté ses pensées. Elle n'entend plus ni le bruit de son corps qui s'écrase sur l'asphalte, huit étages plus bas, ni la sirène de l'ambulance. Enfin, plus aussi fort. La question de savoir si elle est un monstre ou une traîne-misère a aussi perdu de son importance.

Ils restent là un moment, sans parler. Stephen Hawking – OK, elle sait qu'il s'appelle Loïc, en vrai, mais elle a bien le droit de l'appeler comme elle veut dans sa tête – lui propose une barre chocolatée, qu'elle accepte avec plaisir. Ils écoutent un peu de musique, chacun un écouteur dans l'oreille, comme deux ados amoureux. Et puis Léonie demande :

— Parle-moi de quand tu volais.

Pour la première fois, Stephen-Loïc refuse. Pourtant, il n'a jamais rechigné à se replonger dans ses souvenirs de parapentiste. Léonie adore le voir évoquer ces sensations folles, le vent, la vitesse, les paysages qui défilent. Tout ça à l'aide de gestes et de quelques mots. En dépit de ses pauvres moyens de communication, elle a l'impression de ressentir les mêmes sensations, les mêmes émotions. Elle ne s'est jamais empêchée de lui poser des questions à ce sujet. Contrairement aux autres. Tout le monde croit que ça risquerait de le faire souffrir, alors qu'en fait revivre ces moments de bonheur pur, c'est parfois la seule chose qui le fait tenir. Il évite juste de penser à sa chute. Pas trop compliqué, vu qu'il ne s'en souvient pas.

Mais là, il secoue la tête, gauche droite droite gauche. Il plante son regard dans le sien, un regard super sérieux. Puis il tire sur le coin de sa couverture pour révéler quelque chose en dessous. Genre tadam, le grand magicien fait apparaître un lapin.

Sauf que Loïc n'est ni physicien ni magicien. Et qu'en guise de lapin il y a un dossier posé sur son lit. Un truc cartonné, épais, avec sur la couverture son nom en lettres capitales.

« LÉONIE MARCHAL ».

Son nom, putain. Alors qu'elle ne s'est jamais présentée.

Grosse secousse interne. L'impression que tout son sang s'est barré au sud, loin de sa tête. Ça bourdonne méchant, un ou deux milliers de guêpes en furie dans ses oreilles et ses artères vides.

Elle sait qu'il était flic. Il le lui a dit lors d'une de leurs premières discussions – si tant est qu'on puisse appeler discussion leurs échanges décousus, difficilement compréhensibles et parfois à sens unique.

Il était flic et…

Finalement, quelqu'un aura donné crédit aux divagations d'Henriette.

Léonie ramasse ses chaussures. Elle les enfilera plus tard, là tout ce qu'elle veut, c'est déguerpir. Retrouver la voiture, la route, la maison de Raymond. S'y enfermer pour toujours. Avec trois millions à disposition, elle pourra vivre confortablement jusqu'à la fin de sa vie. Si elle ne décide pas de l'abréger.

Face à sa dégaine, elle oublie parfois que Loïc n'est paralysé que d'un côté. Sa main droite jaillit comme un ressort et se fixe autour du poignet de Léonie. Mieux qu'une menotte.

Un son inarticulé sort de sa bouche. Il n'a pas l'air menaçant. Pas plus que tous les autres soirs où elle lui a rendu visite. Léonie pose sa main sur la sienne et lui demande d'une pression de relâcher sa prise.

Il déglutit, cherche son feutre, s'applique. Entre deux contacts visuels, il lui explique qu'il ne la trahira pas. Qu'il veut juste savoir. Comprendre.

Tellement d'attente dans son regard à lui.

Tellement de choses trop lourdes sur son cœur à elle.

Alors Léonie se rassied dans le fauteuil. Et elle raconte.

# 22.

# Jonas

Le maître des lieux a un physique idéal pour son activité. Ni trop grand, ni trop gros ni trop ridé. D'élégantes tempes argentées pour ajouter un peu de sérieux et d'expérience à son visage avenant. Son costume lui va comme un gant gris sombre, orné d'une fine ligne plus claire. Il vient à la rencontre de Jonas et Natalia avec un sourire étudié. Plein d'empathie, mais pas mièvre. Oui, Jonas lui confierait volontiers un être cher devenu cher défunt.

— Bonjour monsieur, madame. Puis-je vous être utile ?

Il les analyse, se demandant sans doute quels liens les unissent. Impossible pour eux de passer pour frère et sœur. La peau de Natalia est beaucoup plus claire que la sienne, plutôt mate. Girard doit s'imaginer avoir affaire à un couple. Jonas jette un coup d'œil à sa collègue. Cheveux coupés très court, silhouette gracile moulée dans un jean slim et un chemisier immaculé, boutonné jusqu'à la base du cou. Aucun bijou, à peine une touche de mascara pour sublimer ses yeux. Elle ressemble plus à une intellectuelle qu'à une flic capable de rattraper n'importe quel loubard au sprint avant de le menotter, à genoux sur son dos, en usant d'un vocabulaire aussi grossier que créatif.

L'homme s'est arrêté à distance polie, pile entre deux cercueils en bois lustré. Acajou flamboyant, poignées dorées et intérieur capitonné. Des modèles grand luxe. Jonas se fait la réflexion qu'il préférerait partir entre quatre planches en sapin, voire dans un simple sac en jute, et que ses proches profitent de l'argent économisé pour se payer une bonne bouffe. Il se détourne des boîtes tape-à-l'œil et exhibe sa carte de police.

— Commandant Renberg, capitaine Kovac. Nous venons parler à une de vos employées.

Mouvement de surprise. Il doit être en train de cataloguer les membres de son staff, se demander lequel d'entre eux serait le plus à même d'intéresser les forces de l'ordre.

— Qui donc en particulier ?

— Mlle Tomasi.

Ses yeux s'agrandissent encore. Il n'aurait sans doute jamais parié sur elle. D'ailleurs il porte une main à son cœur, cherche à savoir de quoi il retourne. Répète avec insistance que Nella est une employée modèle, aussi douée que discrète, qu'elle fait partie de la famille. Natalia finit par s'impatienter. Elle le pousse presque vers l'arrière-boutique. Girard capitule, non sans mauvaise grâce. Il les guide jusqu'à une volée de marches qu'il descend en tête.

— Je n'apprécie guère vos méthodes. De plus, Nella s'occupe d'un défunt, l'interrompre n'est franchement pas respectueux…

Jonas met un terme à ses jérémiades de trois coups à la porte et entre sans attendre de réponse.

Située en sous-sol, la pièce ne comporte aucune fenêtre, aucune source de lumière naturelle. L'éclairage a toutefois un rendu moins blafard que les néons traditionnels. Une ventilation ronronne en permanence, et grâce à elle et à des diffuseurs d'huiles essentielles disposés çà et là l'air reste respirable. Une longue table sur tréteaux court le long d'un mur, une autre, en acier inoxydable et sur roulettes, est placée à côté d'une civière de transport recouverte d'un drap blanc. Sur le chariot, du matériel de maquillage, tubes de couleur, fards, pinces et pinceaux. Sur le drap, un homme dans la fleur de l'âge, crâne chauve, la peau sur les os. Les pans de sa chemise sont écartés sur sa poitrine maigre, sa cravate comme un foulard qui flotterait au vent.

La scène a un je ne sais quoi propre à vous coller la chair de poule. Mais ce qui fait frissonner Jonas, c'est la vue de Nella Tomasi, les yeux clos, ses mains gantées ouvertes, paumes dirigées vers le ciel dans un geste de recueillement. Elle rouvre lentement les paupières et Jonas vacille. Subjugué par son aura, par sa force tranquille. Cette femme est magnifique. Une incarnation de déesse de la vie dans un lieu où règne la mort. Entre ses mains, elle perd de sa signification, devient une simple transition, une étape dans un cercle immuable.

Girard arrive à son tour, bouscule Natalia et se place en rempart entre Jonas et son employée.

— Vos méthodes sont proprement scandaleuses ! Ici, la paix des morts ne se résume pas à un vague slogan, commandant !

— Et c'est tout à votre honneur. Voyez, nous avons des buts identiques. Trouver la vérité ne peut qu'apporter un surplus de paix aux défunts, et c'est ce que je m'efforce de faire.

Cette tirade laisse le croque-mort muet. Jonas l'abandonne pour se tourner vers Nella.

— J'ai quelques questions à vous poser, mademoiselle Tomasi.

Il devrait enchaîner, la déstabiliser d'entrée de jeu. Mais les rôles ont été inversés dès qu'il a passé la porte. Il ne peut que la détailler de la tête aux pieds. Tout enregistrer d'elle. La courbe de ses hanches, le vert très clair de ses yeux ou la pointe de ses longs cheveux bruns, réunis en une tresse égarée tout près de la naissance de ses seins.

— Vous permettez ?

Elle désigne un carré de tissu et recouvre le visage du mort avec délicatesse. Puis elle ôte ses gants, s'éloigne de la table. Jonas perçoit un mouvement derrière elle. Le chien, celui qui marchait dans son ombre l'autre jour au cimetière, est installé sur un coussin à carreaux usé dans un coin de la pièce. Il soulève la tête, se demandant sans doute si son horloge interne est déréglée. Il comprend que non et replonge le museau entre ses pattes. Sa présence doit donc être tolérée et régulière. Assez peu conventionnel, mais après tout, les clients de l'entreprise Girard ne risquent guère d'être atteints par une soudaine allergie.

— Que puis-je faire pour vous, monsieur… ?

— Commandant Renberg. Vous connaissiez ce jeune homme, n'est-ce pas ?

Suivant sa demande tacite, Natalia lui présente une photo. Nella la survole à peine du regard.

— Oui. C'est Bastien, un ancien camarade de lycée.

— Il a été retrouvé mort en bas de chez lui avant-hier.

Affrontement silencieux. Aucun des deux ne cède. Et rien ne filtre, ni d'un côté ni de l'autre.

— Vous ne semblez pas surprise, constate Jonas.

— Vous en avez parlé au passé.

— Ni particulièrement triste.

— La mort fait partie de la vie, commandant.

— Et la mort semble vous apprécier. Savez-vous qu'elle a également frappé un autre de vos camarades ? Hugo Laurens. Lui a été retrouvé dans la forêt du Roi-Neuf. Le corps lacéré par un animal.

Un coup d'œil lourd de sous-entendus en direction de son compagnon à quatre pattes. Nella le capte et une ombre passe sur son beau visage.

— Je m'y rends deux fois par jour, si c'est votre prochaine question. Mais vous conviendrez que mon chien ne ressemble pas vraiment à une bête enragée.

Un point pour elle.

— On peut pousser un animal à faire des choses étonnantes, pour peu qu'il soit bien dressé.

Un point pour lui.

Elle croise les bras et le considère longuement, la tête penchée sur le côté. Comme si elle commençait à le trouver digne d'intérêt.

— Je ne comprends pas très bien où vous voulez en venir.

— Je trouve surprenant que deux de vos anciens amis disparaissent de manière violente dans un si court laps de temps.

— La coïncidence est troublante, mais qu'aurais-je à voir là-dedans ?

— Si je ne me trompe pas, vous ne vous êtes pas quittés en très bons termes, n'est-ce pas ?

De nouveau, un nuage passe au fond de ses yeux clairs. Du gris chargé d'orage.

— En effet.

— Et cela suite à la disparition de Léonie Marchal.

— En effet, répète-t-elle, les dents serrées.

Ses anciens camarades, Hugo et Bastien en tête, ont été prompts à contredire ses affirmations. Auprès de l'équipe de Berthier. Dans la presse. Partout. Ils n'ont pas hésité à la traiter de dingue. À insinuer qu'elle était saoule ce soir-là. Peut-être même défoncée. Une manœuvre peu respectueuse, sans doute mise en place pour se disculper, se laver de tout soupçon. Chaque fois qu'ils faisaient passer Nella pour une fille bizarre, prête à raconter n'importe quoi pour être dans la lumière des projecteurs, un témoin sans aucune fiabilité, on oubliait qu'eux n'avaient pas levé le petit doigt lors du départ subit de Léonie Marchal.

— Vous avez eu de ses nouvelles, récemment ? De Léonie ?

Jonas a lancé ça d'un ton anodin. Un rapide test de langage corporel. Comme prévu, Nella sursaute, mais sa réaction physique exprime de la colère. Pas de la peur.

— Vous êtes dingue. Et limite sadique. Ça fait plus de six ans que Léonie a disparu. Elle est sans doute morte. C'est en tout cas ce que pense sa famille, puisqu'ils ont fait poser une stèle dans le cimetière d'à côté.

Elle lève un peu plus le menton et achève :

— Je l'aimais beaucoup, vous savez. Alors sauf si vous tenez à m'accuser de quelque chose de précis, cessez de retourner le couteau dans la plaie.

Comme s'il attendait cette réplique, Girard s'ébroue et recommence à les houspiller, Nat et lui. Peu impressionné, Jonas hoche la tête à l'intention de Nella, puis lui enjoint poliment de rester à la disposition de la police. Des salutations formelles, plutôt froides. Jonas n'escomptait pas autre chose. Hélas.

— Alors ? demande-t-il à sa collègue une fois de retour à l'air libre.

— Je sais pas, raille Natalia. On parle du fait que tu sembles avoir eu un coup de foudre pour une suspecte ?

— Je la trouve... intéressante.

— Cherche un autre qualificatif, chef. Et félicite-moi, parce que pendant que tu roucoulais avec la princesse, j'ai affronté le dragon.

Elle sort une main de la poche de son blouson, dévoile une touffe de poils au creux de son poing.

— Bien joué.

— Je sais.

Nat attend de s'installer sur le siège passager de leur voiture pour déclarer d'un air goguenard :

— Tu n'as même pas râlé quand je t'ai appelé chef. La preuve que tu as vraiment le béguin.

# 23.

## Diane

Elle ne le reconnaît pas d'emblée. Avec sa tignasse en bataille et ses vêtements bariolés, elle le prend pour un de ces activistes qui débarquent en groupe pour déployer des banderoles devant les grillages ou renverser des seaux de faux sang sur la terrasse du restaurant. Avoir des idéaux et une conscience écologiste est une très bonne chose, mais ces jeunes se trompent de cible. Ils ne savent rien des initiatives entreprises par le zoo. Les programmes de conservation, sur place ou *in situ*, la création de parcs naturels, de centres de refuge, la lente réintroduction de certaines espèces dans leur habitat d'origine… Ils ne savent rien de tout cela et, pis, ne cherchent même pas à s'y intéresser. Ils préfèrent rester figés dans ce qu'ils pensent farouchement être le bon camp, l'idéologie correcte. Prendre de haut le personnel du zoo, vétérinaires et soigneurs en tête, les comparer aux dompteurs de fauves des cirques d'autrefois. Rien à voir, pourtant, se lamente Diane. Ici, on ne dresse pas les lions pour qu'ils vous donnent la patte ou sautent au travers de cerceaux. Chacun est considéré comme ce qu'il est, animal ou humain. On prend soin de tous dans la dignité. Et on ne cherche pas à transformer qui que ce soit en bête de foire.

Diane se dirige malgré tout vers le jeune homme. Mieux vaut tenter de désamorcer une situation pénible en dialoguant avec lui. Ce n'est qu'en arrivant à sa hauteur qu'elle s'aperçoit qu'il ne s'agit pas d'un activiste en mission de repérage, mais de Swann. Son involontaire et temporaire beau-fils. Il la salue d'un air gêné, se dandine dans son jean trop large, les mains dans la poche ventrale de son sweat-shirt comme s'il y réchauffait un bébé kangourou.

— Ça fait plaisir de te revoir, Swann.

C'est la vérité. Même s'il s'est parfois montré infect envers elle. La faute aux hormones. Et au laxisme de son père avant tout.

— Moi aussi. J'voulais te dire que... Papa... Enfin, tu lui manques.

Un hoquet échappe à Diane, moitié rire, moitié sarcasme. Le jeune homme reprend aussitôt :

— T'en fais pas, hein. Je ne veux pas essayer de te faire revenir. Il a pas toujours été correct avec toi. Moi non plus, d'ailleurs.

— C'est du passé.

— Quand même. Je voulais m'excuser.

— Merci, Swann. Ça me touche beaucoup.

Diane hésite à le serrer contre elle, mais elle comprend que ce serait un geste de trop. Alors elle se contente d'un sourire. Il flotte encore sur ses lèvres quand le gosse s'éloigne. Elle aime bien les *happy ends*. Même s'il faut s'imaginer la plupart d'entre eux.

— Salut belle blonde, entend-elle soudain derrière elle.

La voix de Jonas, qui s'approche à son tour. Le flic passe un bras en travers de ses épaules, dépose une bise sur sa joue.

— Blonde ou châtain clair, je ne sais jamais trop, en fait. De loin, il m'a même semblé que tu avais des reflets roux.

Elle ramène ses cheveux en arrière en prenant mentalement note de fixer un rendez-vous chez son coiffeur.

— Ça doit être le soleil.

— Possible. C'était qui, le petit jeune ?

Pour Jonas, la curiosité n'est pas un vilain défaut, mais un instinct de base, une seconde nature.

— Tu me croirais si je te disais qu'il s'agit de mon nouvel amant ?

— Il est mignon, mais je t'imagine mal en cougar, fait-il, le nez plissé.

— Tu as raison. C'était Swann, le fils de Christopher.

Il se tourne dans la direction où Swann a disparu, comme s'il pouvait le faire revenir d'une simple impulsion mentale.

— Tiens. Je ne le voyais pas comme ça.

Puisqu'il reste bloqué sur cette constatation, Diane lui administre un petit coup de coude taquin.

— Qu'est-ce qui me vaut le plaisir de ta visite, commandant Renberg ?

— Rien d'officiel, tu peux laisser tomber le commandant.

— Alors viens, je t'offre un café.

Diane glisse un bras sous le sien et le guide jusqu'au restaurant du zoo. Jonas jette son dévolu sur une table à l'écart. Il semble plus pensif qu'à l'accoutumée et la regarde d'un air étrange, comme s'ils venaient tout juste de faire connaissance. Ça la rend nerveuse. Pour parfaire le tout, Alex passe sur le chemin de gravier tout près d'eux. Diane lui adresse un signe qu'il ne lui retourne pas. Elle se hâte de redescendre sa main, cette fois avec l'impression d'être une véritable idiote.

— Décidément, tu croises tous les hommes de ma vie, aujourd'hui.

— C'était Alexandre ? Mince. Sacrée tension. J'espère qu'il ne se sera pas fait de fausses idées en nous voyant ensemble.

Elle force un rire à franchir ses lèvres, consciente d'être pivoine. Pourquoi certains éléments de sa vie, qu'elle cherche à ranger dans des compartiments bien séparés, s'évertuent-ils à fracasser les barrières, à se télescoper ?

Jonas abrège son malaise en ramenant la discussion sur des rails moins personnels.

— J'adore passer du temps avec toi, mais si je suis venu, c'est avant tout pour avoir un avis de professionnelle.

— Je ne vois pas trop en quoi je pourrais t'être utile, mais vas-y, je t'écoute.

— Les corps retrouvés dans la forêt du Roi-Neuf. Tu te souviens, on en a discuté avec Loïc, la dernière fois.

— Oui, je me souviens.

Il fouille dans la poche intérieure de sa veste en jean et en extrait une enveloppe en papier kraft.

— Le légiste a pris des photos des morsures. Penses-tu être capable de me dire quel animal en est à l'origine ?

— Montre-moi ça.

Diane regrette instantanément sa proposition. Non seulement ce n'est pas sa spécialité, mais surtout les clichés ont de quoi donner la nausée. Le cadrage est juste assez large pour laisser deviner quelle partie du corps a été photographiée – une cuisse ici, une épaule et le début d'un bras là –, mais les plages déchiquetées rappellent plus des produits de boucherie qu'un être humain. Elle secoue la tête, repose les photos à l'envers sur la table.

— Désolée. Tout ce que je peux te dire, c'est que la bestiole a mis du cœur à l'ouvrage. Qu'elle s'est servie autant de ses crocs que de ses griffes, mais ça, tu t'en étais sans doute déjà rendu compte.

— Il pourrait s'agir d'un chien ? Ou plutôt d'un loup ?

— Peut-être. Les deux sont assez proches, anatomiquement parlant.

— Avez-vous eu mention de cas de rage dans le coin ?

— Non. Et c'est peu probable. Il y a eu quelques semaines d'écart entre les victimes, n'est-ce pas ?

— En effet.

— Un loup enragé serait mort en quelques jours. *Idem* pour un chien sauvage. Je ne parle même pas d'un animal domestiqué, que son maître aurait soit amené chez le vétérinaire, soit achevé d'un coup de pelle au fond de son jardin.

— Mouais. C'est ce que je me disais aussi. L'idée de Loïc ne colle pas non plus, j'imagine ? Tu n'as pas un lion qui joue à l'école buissonnière ?

— Ils sont trop bien nourris ici, répond-elle avec un sourire.

Jonas hoche la tête et marmonne que, de toute manière, quelque chose le chiffonne. Diane préfère le laisser dans ses réflexions. Il en émerge une poignée de secondes plus tard, range l'enveloppe dans sa poche et change de sujet.

— Je suis passé voir Loïc hier. Il m'a demandé si je pouvais lui fournir un autre dossier classé.

— Une autre de vos affaires ?

— Non. Quelque chose de plus ancien. Un sinistre drame familial qui n'a vu qu'une seule survivante, une fillette de dix ans. Juliette Rémy. Ça t'évoque quelque chose ?

Un frisson brûlant traverse Diane de part en part. Une sensation de dilatation, de dédoublement. Ce nom appartient au passé. Elle l'a scellé dans un coffre à la serrure inviolable.

Et voilà que Jonas endosse le rôle de Pandore.

— Non, ça ne me dit rien.

— La gamine a été ballottée de famille d'accueil en famille d'accueil après le meurtre de sa mère. Le principal suspect, le compagnon de la mère, n'a jamais été retrouvé.

Elle aimerait tellement qu'il arrête. Qu'il se taise, qu'il n'évoque plus jamais ni Juliette ni son destin. Mais il ne peut entendre sa prière muette.

— Le type leur faisait vivre un enfer. Un vrai psychopathe, autoritaire et violent. Il a poignardé la mère alors qu'elle était enceinte de huit mois. Juliette était présente. Elle a assisté à toute la scène.

— Quelle horreur… La police ne lui a jamais mis la main dessus ?

— La petite avait l'obligation de l'appeler Monsieur, elle ignorait son nom de famille, même son prénom. Ça n'a pas facilité les recherches.

Jonas l'observe comme s'il voulait sonder son âme. Un examen qui semble durer des heures à Diane. Mais peut-être n'était-ce en réalité qu'une fraction de seconde. Impossible de savoir s'il a décelé quelque chose au fond de ses yeux, là où des souvenirs en rouge sang et noir désolation s'impriment contre sa volonté.

# 24.

## Léonie

Une semaine. Et toujours aucun réel sentiment de culpabilité. Léonie a bien essayé de la chercher, tout au fond d'elle, cette émotion négative. Elle en a croisé d'autres. Mais pas celle-là.

Est-ce que Bastien serait mort sans sa modeste contribution ? Rongé par le remords, ou rattrapé par une malédiction, comme le laisse penser un article de journal qu'elle vient de lire à deux reprises ?

Peut-être. Pour être franche, elle s'en moque. Elle a passé trop d'années à vivre au conditionnel, dans une pièce capitonnée de « et si… ».

Pas de culpabilité, donc. Et même une certaine satisfaction. Aucune raison pour que le destin s'acharne sur elle seule. Bastien a payé son indifférence. Hugo aussi – elle ne l'a jamais apprécié, celui-là, tellement arrogant et imbu de lui-même. Le journal indiquait encore le nom de M. Ranoud, son prof d'histoire-géo. Léonie est plus mitigée à son sujet. Pas spécialement d'atomes crochus entre eux, mais pas de brouille non plus. Juste cette politesse détachée, usuelle entre enseignant et élève. M. Ranoud n'aurait jamais atterri sur sa liste.

Parce que oui, Léonie a dressé une liste.

Une liste noire.

Six noms pour six années d'enfer.

Six personnes qui devraient, à son sens, payer pour ce qu'elles ont fait. Ou, dans ce cas précis, pour ce qu'elles n'ont *pas* fait.

Deux noms sont déjà biffés. Bastien, d'abord. S'il était venu, ce soir-là, plutôt que de flirter avec cette salope de Leïla, Léo n'aurait jamais croisé le chemin de Raymond. Elle n'aurait pas vécu ces atroces années d'amour forcé, une chaîne à la cheville.

Hugo se trouve en deuxième position. Biffé d'un large trait, lui aussi. Il est suivi de Manu et Nathan. Aucun des trois n'a jugé bon de la raccompagner lorsqu'elle a quitté la boîte de nuit. Elle ne demandait pas qu'ils le fassent jusque chez elle. Mais quoi, jusqu'à la station de bus ? Merde, rien que le vestiaire aurait suffi, selon ses souvenirs épars et le témoignage de Nella à la télé. Mais aucun n'a lâché son verre ni bougé ses fesses pour s'assurer qu'elle reste en sécurité.

Cinquième ligne : Jacques. Lui n'est pour rien dans sa disparition. Mais Léonie lui en veut pour l'après. Pour n'avoir pas assez bien entouré sa mère. Elle avait besoin d'un roc pour la protéger envers et contre tout, la consoler, lui permettre de garder vive la faible flamme de l'espoir. Comme à son habitude, Jacques a dû se contenter d'être un stupide caillou. Le genre qui vous roule sous le pied et vous fait déraper.

Le dernier nom – mais il devrait se trouver en première position –, elle l'a obtenu dans le reportage télé. Franck Berthier. Le flic chargé de l'enquête. Un putain d'incapable. Léonie ne l'a vu qu'en deux dimensions sur l'écran d'ordinateur. Un type dégarni, un peu gras, l'œil morne. Aucune comparaison avec son Stephen Hawking. Lui, il aurait su la retrouver. Il n'aurait pas flirté avec la facilité, ça non.

De tous ceux qui figurent sur cette liste, c'est à Berthier qu'elle en veut le plus. Il lui suffit de formuler son nom en pensée pour que sa rage redémarre dans un torrent d'adrénaline. Voilà pourquoi elle préfère ne pas se lancer trop vite sur sa piste. Elle risquerait de faire une bêtise. De gâcher son plaisir.

D'un geste sec, Léonie replie le journal. Ça tire Newton d'une transe méditative – ou d'une énième sieste. Il a déménagé ses quartiers, abandonnant la chambre du premier au profit du séjour. Un endroit stratégique. Plus proche de sa gamelle, désormais posée dans la cuisine. Des coussins moelleux du canapé, aussi. Parfois, sa présence manque à Léonie, la nuit. Plus de boule de poil en guise de bouillotte. Plus de ronrons au réveil. Mais elle ne pourra jamais se résoudre à dormir dans le lit de Raymond. Même entourée d'une dizaine de chats.

Elle ne pourra jamais se résoudre à quitter la maison non plus. Elle y a songé. Balancer les liasses de billets dans une valise et partir ailleurs, n'importe où, du moment que cet ailleurs serait situé très loin. Mais quelque chose la retient. Plus qu'un simple côté pratique – pourquoi s'en irait-elle alors qu'elle peut profiter de son petit confort, en gérant tout comme le faisait Raymond ? Ce qui la retient est plus fort que ça. Il n'y a que là qu'elle se sente en sécurité. Dehors, l'anxiété rôde, prête à lui tomber dessus, à mordiller ses mollets – quand elle ne s'attaque pas direct à sa gorge. Aller chercher le courrier à la boîte postale représente déjà un effort considérable.

D'après ce qu'elle a pu lire sur Internet, on appelle ça le syndrome de la cabane, ou de l'escargot. Une angoisse à sortir d'un lieu d'enfermement devenu cocon avec le temps. Un truc ironique. Léo déteste cordialement cette maison et tout ce qu'elle signifie, mais elle est incapable de s'en séparer.

— Rien de tout ça ne te perturbe, hein, Newt ?

Le chat la considère, attentif, les moustaches bien droites. Brave bête. Léonie se penche pour le gratter derrière l'oreille. Allumage immédiat du réacteur à ronrons.

— Je ne veux pas me transformer en escargot, murmure-t-elle.

*Trop taaaard*, chantonne sa petite voix intérieure.

Voilà quelque chose d'autre. Après se l'être jouée muette pendant des journées, cette chieuse rapplique pour se moquer d'elle ? Et puis quoi encore ? Léonie se redresse comme un ressort et propose de manière imagée à la petite voix d'aller voir ailleurs. Le mouvement vif, son ton outré, ça effraye Newton qui file se cacher sous le canapé.

— Je suis pas un putain de gastéropode !

Pour apporter une preuve béton à cette affirmation, elle attrape les clés de la voiture et sort en claquant la porte. Pas une très bonne idée, de partir sur un coup de tête. Et sans savoir exactement où se rendre. La petite voix ne se contentera pas d'un simple passage au supermarché. Non, cette sortie se doit d'avoir un sens.

Un but. Comme la liste.

La nuit est tombée quand elle coupe le moteur. Elle a roulé longtemps, en ronds concentriques. Des cercles qui la rapprochaient chaque fois de son objectif. Un trajet en forme d'escargot, s'aperçoit-elle, et un sourire se dessine sur son visage tourmenté et strié de larmes à différents stades d'assèchement.

Il n'existe qu'un seul endroit où elle puisse se rendre sans préparation ou recherche, sur une impulsion.

Chez elle.

Une lumière brille à la fenêtre de la cuisine, découpant un rectangle doré sur la façade. Les rosiers grimpants, de part et d'autre de la porte, ne sont plus aussi fournis qu'à l'époque, mais ils n'ont pas non plus été laissés à l'abandon. Jacques doit donc se risquer à la caresse des épines. Elle espère qu'elles ne l'ont pas épargné.

Léonie renifle. Essuie ses joues de sa manche. Renifle encore.

Le moment est arrivé. Celui où elle va demander des comptes à Jacques. Le confronter à ses erreurs, ses manquements envers sa mère.

Et le rayer de sa liste.

Un pied hors de la voiture, puis l'autre. Traverser la route, longer l'allée. Les dalles toujours aussi défoncées, grignotées par des herbes folles. Encore dix pas, le paillasson à petits cœurs bleus et rouges – couleurs délavées par le temps en gris et rose. La poignée de porte sous ses doigts, ça tourne en silence. Corridor plongé dans la pénombre, une vague odeur de cuisine. Plat du jour raté brûlé. Léonie referme derrière elle et avance, un pas après l'autre, prudente comme quand elle jouait à 1, 2, 3, soleil, gamine. Elle parvient au bout du corridor, là où le portemanteau débordait toujours – même qu'il avait fallu le revisser à plusieurs reprises. Sauf qu'il a l'air tout déplumé, avec rien que deux vestes pour lui tenir chaud.

Et là, elle l'entend parler.

Elle s'imagine que Jacques a de la visite. Qu'il entretient peut-être une nouvelle liaison, le salaud. Que sa tentative de cuisine, c'était pour éblouir une autre que sa mère. Flambée de haine. Que cette pouffe s'étrangle avec ses dés de patates carbonisés.

Toujours dissimulée derrière le portemanteau, Léonie tend l'oreille. Et comprend que Pauline Marchal n'a pas été remplacée. C'est à elle que s'adresse Jacques. Avec douceur. Avec tendresse. Comme si elle se trouvait dans la pièce avec lui. Mais non – Léonie risque un œil pour s'en assurer. Son beau-père siège seul à table. Le regard tourné vers une chaise vide, celle qu'occupait toujours sa mère.

— Je m'améliore pas, hein ? fait-il en baladant un amalgame indéfinissable d'un côté à l'autre de son assiette avec sa fourchette.

— Ça n'en a pas l'air.

Sursaut. De lui et de la fourchette, qui tinte contre la porcelaine avant de s'immobiliser sur la nappe cirée. Puis plus un geste, pas un mot. Va-t-il aussi succomber à une crise cardiaque, juste en la voyant ? Ça serait trop simple.

Léonie se plante à deux ou trois mètres de lui, les poings sur les hanches, les jambes écartées. En position de force. Sur son territoire. Le vieux a pâli de quelques teintes, ça tire vers le vert sur son front, pourvu qu'il ne rende pas son dîner. Il se lève au ralenti, sa serviette à carreaux lui dégringole des genoux et il manque de se prendre les pieds dedans tandis qu'il avance vers Léonie. Il la dévisage comme s'il ne pouvait pas se décider – est-elle réelle ou une autre apparition éthérée ? –, hausse une main pour s'en assurer d'une caresse sur la joue, pense Léonie, mais non. Un mouvement sec et vlan, il lui flanque une gifle magistrale.

Le genre de torgnole qui claque sans vraiment faire mal, enfin, pas ailleurs qu'à l'orgueil. Léonie n'a pas le temps de s'en offusquer que Jacques l'enveloppe dans ses bras flasques et grassouillets. Et se met à pleurer. Ça devrait la rebuter, mais cette étreinte la surprend, et elle est étonnamment chaleureuse. Une sorte de nid ouaté dont elle n'avait jamais supposé l'existence.

Et puis l'entendre répéter en boucle « Oh mon Dieu elle est là, Pauline, regarde, elle est là, elle est vivante, elle est bien là… », ça lui fait quand même un drôle d'effet. Si Jacques n'en avait appelé qu'au bon Dieu – qu'il n'affectionne guère, soit dit en passant – ça n'aurait pas résonné de la même manière. Par contre, entendre le prénom de sa mère, et la façon dont il le prononce… Ben voilà, Léonie craque. Les vannes s'ouvrent. Ça dégouline sur l'épaule de cette tache de Jacques, ce rustre toujours ronchon et en retrait devenu veuf éploré. Solitaire. Et si triste.

Moment de gêne lorsqu'ils se séparent, s'essuient le dessous du nez d'un geste en miroir. Tous les films que Léonie a pu se jouer en avant-première dans le petit cinéma privé de son imaginaire se sont évaporés. Elle est venue jusqu'ici avec la volonté de tuer un homme. Et elle a retrouvé un bout de sa famille. Le moins flamboyant. La pièce de puzzle un peu racornie, oubliée au fond de la boîte. Celle qui ne participe pas ou peu au motif d'ensemble, mais dont on a besoin tout de même pour achever son œuvre.

— Où étais-tu, tout ce temps ? demande Jacques d'une voix encore étranglée.

— Pas loin d'ici. Mais je ne pouvais pas sortir. On me gardait prisonnière. Un homme… Il est mort.

Cette fois, elle a droit à une caresse sur la joue. Juste là où il l'a frappée. Il s'en excuse. Lui explique sa première émotion, de la rage, un sentiment d'injustice, parce qu'elle revient trop tard, beaucoup trop tard. Pour retrouver sa mère. Sa mère qui a lutté jusqu'à ses dernières forces et au-delà dans l'espoir de la revoir. Il lui raconte les derniers mois, les derniers jours. Cet espoir farouche, emporté dans la tombe. Lui dit que c'est injuste. Pauline aurait mérité d'être là, à sa place.

— Au lieu de ça, j'ai dû l'enterrer. Et tu vas sans doute m'en vouloir, mais…

Il va s'asseoir sur le canapé, tapote les coussins pour lui signifier de s'installer à côté de lui. Il a un air de gamin penaud, tout à coup. Que pourrait-il se reprocher ?

— Ça faisait cinq ans, Léo. Une éternité. J'étais persuadé qu'il t'était arrivé malheur. Un détraqué, un chauffard… Qu'on n'avait simplement pas encore retrouvé ton corps. Ces conneries que les flics racontaient à propos de toi, j'y ai jamais cru.

— Je sais. J'ai vu l'émission télé.

Une ombre sur son visage. Froncement de sourcils.

— Jamais j'aurais dû participer à ce cirque.

— On s'en fiche.

— Ça peut-être. Par contre… Léo, après que ta mère… Je me suis retrouvé tout seul. Tout le monde me disait de tourner la page. D'avancer. Mais avancer où ? Bande de cons… Enfin bref. J'ai demandé que les recherches soient abandonnées, pour toi. Je pensais que si tu étais déclarée morte, toi aussi, je pourrais mieux faire mon deuil. Je n'aurais qu'à m'imaginer que Pauline et toi étiez réunies là-haut et…

Il fond en larmes. De gros sanglots qui lui secouent les épaules. Léonie l'entend encore juste articuler qu'il est désolé. Merde. Elle est morte. Ça fiche un coup, quand même.

Mais qu'est-ce que ça change ? Pour elle, rien.

— Aucun souci, Jacques. Je pense que j'aurais fait la même chose. Qui aurait pu prétendre que j'étais vivante ? Les flics avaient lâché l'affaire depuis longtemps, j'en suis sûre.

Son beau-père secoue la tête et tente un sourire incertain.

— J'imagine que tu vas vouloir retrouver ton chez-toi. Cette maison te revient, bien entendu. Si tu pouvais juste me laisser un ou deux mois, le temps que je puisse me retourner…

— Non.

Elle entoure ses mains des siennes. Elles sont moites, ridées, parsemées de taches de vieillesse. Mais elles ont pris soin de sa mère jusqu'à son dernier souffle. Ça les rend belles, au final.

— C'est ta maison aussi. J'ai un endroit où vivre. Et aucune envie de crier sur les toits que je suis de retour.

Il ouvre la bouche dans un O silencieux. Rester morte aux yeux de tous, ça doit lui sembler inconcevable.

— Le crédit sur la maison, vous l'aviez remboursé ?

— Presque, dit-il, amer. Mais j'en ai pris un deuxième pour aider au mieux ta mère. Payer certains soins complémentaires.

— Ne t'inquiète plus de ça, Jacques. Je veux juste que tu me fasses une promesse.

— Personne ne doit savoir que tu es vivante.

Il a dit ça d'un ton grave. Une affirmation. Et dire que toutes ces années, Léonie l'a pris pour un con insensible et borné.

— Exactement.

Une dernière pression sur ses mains, et elle se lève. Il la raccompagne vers la porte, s'appuie au passage sur le portemanteau, comme si une tornade l'avait retourné de l'intérieur. Une tornade d'émotions. Et juste avant qu'elle referme la porte :

— Léo ?

— Oui ?

— Est-ce que tu reviendras me rendre visite ?

Là, ça lui saute aux yeux. Elle le voit comme elle ne l'a jamais vu, Jacques. Elle discerne sa pudeur dans ses gestes brusques. Sa stabilité qui le rendait un peu pingre, mais dont sa mère avait tant besoin. Et une tendresse infinie.

— Promis.

## 25.

## Jonas

— Des idées ?

Il ne dirait pas non à un coup de main, Jonas, parce que là il est à court d'hypothèses, même les plus farfelues. Tout comme son équipe, apparemment. Natalia abandonne le mâchouillage de son crayon pour secouer la tête. Arthur hausse les épaules. Julien semble quant à lui prêt à creuser un trou dans le lino pour s'y cacher.

Au moins, personne n'ose s'imaginer à haute voix que Léonie Marchal a entamé une vaste vengeance d'outre-tombe. Il ne manquerait plus que son enquête tourne au surnaturel.

— Bon, tant pis. Retournez bosser.

Jonas se dirige vers la paroi où sont épinglées des photos dignes d'un étal de boucher démoniaque. Les dépouilles d'Hugo, de son ancien prof et de l'inconnu en chemise et pantalon de ville. Des détails sur certaines blessures, plaies, contusions, membres tordus. La végétation luxuriante de la forêt du Roi-Neuf tout autour.

Le dernier rapport de l'Institut médico-légal trône sur son bureau. Il concerne la victime numéro 3, un quinquagénaire de type caucasien. Difficile d'en dire plus de prime abord vu l'état de son cadavre. Le légiste a toutefois pu révéler deux points fort intéressants. Tout d'abord, et au contraire des deux autres, l'homme n'est pas mort sous les griffes et les crocs d'un animal, quel qu'il soit. Mais d'un infarctus. Du genre qui vous terrasse en moins de temps qu'il ne faut pour le dire, ou appeler des secours.

Deuxième point, et non des moindres : il n'a pas non plus rendu son dernier souffle dans les bois. Son corps a été manipulé, transporté, puis balancé dans un endroit discret comme un vulgaire sac de détritus.

En dehors de ça, l'inconnu conserve son mystère. Pas de correspondance pour ce qui est des traces papillaires. *Idem* pour les empreintes dentaires. L'homme portait des vêtements élégants, de très bonne facture, mais pas du sur-mesure non plus. Son cœur a pu lâcher de manière naturelle, ça arrive dans cette tranche d'âge, surtout chez les hommes au quotidien stressant. Ou alors on a donné un petit coup de pouce au destin. Vu la ribambelle de fractures et de contusions *post mortem* répertoriées, Jonas pencherait plus volontiers pour la deuxième option. La chute du cadavre dans la ravine ne peut à elle seule expliquer un tel état.

Dans ce cas, il ne s'agirait pas de la victime numéro 3, mais de la victime numéro 1 d'une tout autre affaire. Un meurtrier aurait profité du tapage médiatique autour de la prétendue « bête du Roi-Neuf ». Pragmatique. Malin, aussi, mais pas assez. Le crime parfait n'existe pas.

— Jonas ?

Une des nouvelles stagiaires s'est à demi glissée dans l'embrasure de la porte. Elle jette un coup d'œil au tableau macabre que forme l'assemblage de photos et baisse aussitôt la tête. Il serait préférable qu'elle garde son déjeuner.

— Tu as de la visite.

Le nom qu'elle annonce ne dit rien à Jonas. Du moins jusqu'à ce qu'il se retrouve face à son visiteur, en salle de réunion. Alexandre Kaiser, le grand amour de Diane. Il peut la comprendre. L'homme n'est pas désagréable à regarder. Bien bâti, il dégage une impression de force. Mais de froideur, également.

— Vous me reconnaissez ? demande-t-il de but en blanc.

— Oui, je vous ai aperçu récemment, au zoo. Je buvais un café avec Diane.

— C'est justement à ce propos que je suis venu vous voir.

Drôle d'entrée en matière. Le côté froid a pris le dessus d'emblée, comme s'il avait érigé un mur entre eux pour être sûr de garder une certaine distance. Jonas l'invite à s'asseoir, tire une chaise pour s'installer en face de lui.

— Je sais que vous avez demandé à Diane d'expertiser des clichés de scènes de crime. Cette histoire de bête sauvage.

— En effet.

— Je ne pense pas qu'elle soit la mieux à même de fournir un avis de spécialiste.

— C'est ce qu'elle m'a répondu. Pourquoi venir jusqu'ici pour me dire la même chose ?

Un sourire désabusé se dessine sur les lèvres d'Alexandre. Un de ceux qui signifient qu'on a sans doute raison, mais qu'on préférerait tellement avoir tort.

— Je pourrais expertiser ces blessures, commandant Renberg. Parce que, moi, je suis vétérinaire, j'ai terminé mon cursus, passé ma thèse. Je doute fortement que cela soit le cas de Diane.

— Il me semblait que vous vous étiez rencontrés lors de vos études...

— En première année, oui. Diane a abandonné avant la fin du deuxième semestre. Elle était seule avec son frère, à cette époque. Mener de front de telles études et l'éducation d'un gamin d'une dizaine d'années, c'était limite impossible.

— Elle a sans doute repris plus tard, une fois Loïc plus indépendant...

— Pas à ma connaissance. En tout cas, pas ici.

Son attitude butée commence à agacer Jonas. Il connaît Diane, et sait donc qu'elle est titulaire d'un brevet en biologie en plus de son doctorat en médecine vétérinaire. La démarche d'Alexandre ne peut avoir qu'une seule et pitoyable raison.

— Écoutez, Diane se confie souvent à moi, et j'ai appris pour... votre relation épineuse. Le fait que ça ne se passe pas comme vous le souhaiteriez n'est pas une excuse pour chercher à la dénigrer.

La réaction d'Alexandre n'est pas celle à laquelle il s'attendait. L'homme commence par ouvrir de grands yeux, puis les lève au ciel en secouant la tête d'un air dépité.

— Que vous a-t-elle dit à propos de moi, exactement ? Ou de *nous*, si je comprends bien ?

— Que vous étiez proches durant vos études. Et que la flamme entre vous s'est ravivée il y a peu.

Un ricanement désabusé.

— Je suis marié, commandant.

— Ça n'empêche rien.

— C'est vrai… Mais je suis parfaitement heureux en ménage. Je n'ai jamais eu aucune relation extraconjugale, ni avec Diane ni avec personne.

Il marque une pause en le regardant droit dans les yeux, comme pour ajouter du poids à son affirmation. Jonas fait un geste qui signifie « admettons ». Les affaires matrimoniales d'Alexandre ne l'intéressent de toute manière pas.

— J'ai bien eu une brève liaison avec Diane lors de nos études. C'est moi qui y ai mis un terme. J'avais conscience qu'elle venait d'une famille dysfonctionnelle, et beaucoup d'empathie et de compréhension pour ça. Mais ses mensonges, cette violence… J'ignore ce qu'elle a vécu au juste, mais elle reportait cette violence partout, jusque dans son intimité. Et je refusais d'y prendre part. C'était malsain.

Jonas tente assez vainement de dissimuler son trouble en se frottant le menton. D'infimes détails viennent de prendre un tout autre aspect, une tout autre couleur, sous la lumière de ces révélations. Les réponses fuyantes de Diane à propos de son passé. Ses éternelles manches longues. Un doute germe dans son esprit. Quelque chose qui, s'il prenait forme, pourrait détruire ses certitudes. Une graine de bulldozer.

— Si je vous comprends bien, elle aurait réussi à tromper son monde, gagner le poste de responsable du parc, elle aurait géré l'ensemble du personnel, les animaux, tout cela sans jamais avoir fini ses études ?

— Diane n'est pas et n'a jamais été responsable du parc, dit Alexandre d'une voix douce. Elle est chef d'une équipe de soigneurs animaliers, pour les félins. C'est déjà beaucoup de responsabilités, je peux vous le promettre.

Le coup de grâce pour Jonas, qui s'affale contre le dossier de sa chaise. Qui croire ? Son amie de longue date, ou ce quasi-inconnu qui aurait de nombreuses raisons de lui en vouloir ?

— Comprenez-moi bien, le rassure Alexandre. Je ne compte pas poser de problèmes à Diane. C'est quelqu'un d'efficace, de très intelligent… même si elle est fragile. Si s'imaginer qu'elle est diplômée en médecine vétérinaire lui fait du bien, alors tant mieux. Par contre, je ne peux pas admettre qu'elle colporte des rumeurs sur moi. Ni qu'elle vous fasse perdre un temps précieux dans une affaire criminelle. D'où ma venue.

— Vous accepteriez de regarder les clichés des différentes scènes de crime ?

— Volontiers.

Jonas lui demande de patienter. Il aurait été plus simple de l'emmener dans son bureau, mais Jonas voit dans cette parenthèse, le temps d'aller chercher les vues les plus significatives, une occasion de remettre de l'ordre dans ses idées.

De retour dans la salle de réunion, il songe qu'il aurait fallu quelques heures de plus pour ne serait-ce que commencer à les trier.

Très professionnel, Alexandre se penche aussitôt sur les photos. Il les scrute avec minutie, les compare en lâchant çà et là de petits borborygmes, entre grognements et cris de surprise. Impatient d'entendre son verdict, et surtout de voir s'il lui apprendra plus que ce qu'ont statué Diane et le légiste, Jonas le presse d'un :

— Alors ?

Alexandre le dévisage un moment avant de répondre par une question.

— Vous avez déjà entendu parler du thylacine ?

Négation silencieuse de la part de Jonas.

— On l'appelle aussi tigre ou loup de Tasmanie. Un carnivore de la taille d'un loup, avec des rayures qui rappellent celles d'un tigre, d'où la confusion sur son appellation.

— Ça ne me dit rien, non. Quel est le rapport ?

— L'ouverture de sa gueule. Jusqu'à cent vingt degrés, un record en comparaison d'autres prédateurs. La bête qui a mordu le gamin, là, explique-t-il en désignant une des photos, doit être en mesure de concourir pour le titre.

— Un animal exotique se promènerait donc dans la forêt du Roi-Neuf ?

— Dans d'autres circonstances, je vous conseillerais de traquer une sorte de gros loup tigré. Mais le thylacine est une espèce éteinte depuis une bonne cinquantaine d'années.

— Me voilà bien avancé, merci de votre aide, raille Jonas.

Le vétérinaire s'amuse du sarcasme, puis reprend une explication plus factuelle.

— En ce qui concerne votre troisième victime, il pourrait s'agir d'un loup. L'image d'Épinal qui veut que le loup ne se nourrisse que de proies longuement traquées est fausse. Il lui arrive parfois de se mettre un bout de charogne sous la dent. Au vu des plaies, votre client n'était plus tout frais quand il a servi de goûter.

Les régimes alimentaires de telle ou telle bestiole représentent le cadet des soucis de Jonas. Surtout que son intuition de bûcher sur deux affaires bien distinctes vient de se confirmer.

— Et pour les deux autres ?

— Plus difficile à dire. Je penche pour un canidé, également. Un gros chien, mastiff ou rottweiler, pourquoi pas. Bien qu'une chose m'étonne, et j'en reviens à ce bon vieux thylacine, qu'on prenait soit pour un loup, soit pour un tigre.

— Vous avez d'autres chimères à me proposer ? J'ai peu de temps pour une chasse à la licorne, actuellement.

— Je me base sur des faits avérés, commandant. Le chien attaque en général en sautant à la gorge de ses proies. Il se sert très peu de ses griffes, au contraire d'un félin. Cependant, d'après les photos des deux premières victimes…

Il tapote de l'index sur plusieurs clichés, souligne des lésions peu profondes, mais parallèles, sur les membres et le torse des morts.

— Les morsures indiquent qu'il s'agit d'un chien avec une gueule de belles dimensions. Mais cet animal a une technique de chasse digne d'un fauve.

# 26.

## Diane

Malgré la fenêtre grande ouverte, une désagréable odeur imprègne la chambre. Sueur et souffrance. Diane profite d'un coin de serviette resté sec pour s'éponger le front. Son implication dans ces séances de kiné lui permet d'économiser un abonnement dans une salle de sport. Un doublé gagnant.

Loïc ressemble à un chiot qui se serait pris une grosse averse. Les cheveux dans tous les sens, de larges auréoles de transpiration sur le tee-shirt. L'air à la fois épuisé et surexcité. Il refuse en bloc la proposition de Pavel, qui voulait l'aider à s'allonger dans son lit.

— Comme tu veux, mon pote. De toute manière, mon assistante préférée est là pour te donner un coup de main si tu changes d'avis.

Une bise sur la joue de Diane et Pavel sort, emportant une part de parfum aigre. Loïc lui a à peine adressé un salut. Comme s'il avait hâte de se retrouver seul. Le coussin placé sous son bras gauche bruit à chacun de ses soubresauts. Leur fréquence démontre aussi bien sa nervosité que son état de fatigue. Là, on est dans le rouge.

— Tout va bien, Loïc ?

Un grognement indistinct, puis il tapote l'accoudoir du siège à sa droite. Diane veut s'y installer, mais Loïc lui signifie d'un autre geste de refermer la porte. Du sérieux. D'ordinaire, il la laisse ouverte.

Il attend qu'elle se soit assise pour tirer le tiroir de sa table de nuit. Bien rangé à côté de quelques babioles, Diane découvre le dossier qu'elle lui a remis après l'avoir consulté une nouvelle fois en détail. Celui de Léonie Marchal. Un frisson d'effervescence la traverse.

— Tu l'as retrouvée ? s'écrie-t-elle.

Hochement de tête. Bon sang, il a réussi. Il a réussi là où une équipe de flics entière a échoué. Son petit frère mérite vraiment son surnom de Sherlock. Elle se jette à son cou, manque de le déséquilibrer et tous deux rient aux éclats. C'est si bon de le sentir heureux. De le serrer contre son cœur. Il suffit juste d'oublier ce bras inutile comme une barrière entre eux.

— Raconte, presse-t-elle. Comment as-tu fait ? Elle est encore vivante ?

Les yeux pétillants, Loïc lui fait signe de se calmer. Il ne pourra pas assurer face à un tel flot de questions.

— Excuse-moi, je m'emballe un peu. Oh, attends, je devrais demander à Jonas de venir, comme ça tu n'auras pas à répéter…

Son attitude change du tout au tout. Sa main valide file vers le bras de Diane, qu'il serre avec force. Il se penche vers elle, les traits parcourus par des orages nerveux.

« Non. Pas Jonas. Pas police. »

— Mais enfin, Loïc, tu as résolu une enquête !

Il grêle le « non » tracé sur son tableau de coups de feutre. Diane l'oblige à cesser ce massacre. Son visage n'est plus qu'un champ de bataille en plein tremblement de terre. Tout son corps s'agite, d'ailleurs.

— Alors explique-moi, demande-t-elle avec douceur.

Il renifle bruyamment, reprend son souffle. Puis il se lance dans le plus long discours écrit qu'il ait jamais tenu depuis son accident. Diane ne l'interrompt pas une seule fois. Les yeux alternant entre le tableau magique et les siens, emplis tour à tour de tendresse, de fureur ou de larmes, elle lit sa rencontre avec Léonie. La fragilité et la force de la jeune femme. Son plaidoyer pour qu'elle puisse rester dans l'ombre, comme elle l'a choisi.

Le voilà donc, cet événement déclencheur. Celui qui a ramené Loïc à la vie. Diane sent une légère pointe de jalousie lui taquiner le cœur.

— Tu en es tombé amoureux ?

Loïc lâche un petit rire et se désigne de haut en bas.

— Et alors ? Rien n'empêche d'avoir des sentiments.

Il sourit, secoue la tête, l'air de n'y croire qu'à moitié, puis écrit :

« Juste mon amie. »

Lui est juste touchant, à cet instant précis. Diane gage que cette Léonie, si elle a un peu de plomb dans la tête, ne pourrait que le reconnaître. Et ressentir plus que de l'amitié pour lui. Elle enveloppe son visage entre ses mains, dépose un baiser sur son front. Comme quand il n'était encore qu'un petit garçon. Quand il se fiait à son jugement, quel que soit le sujet, et qu'elle se chargeait de tout. Une époque lointaine, même si les choses n'ont guère changé. Diane prend toujours la responsabilité de tant de choses. Là encore, elle préfère ne rien lui promettre. Elle décidera plus tard de révéler ou non le retour de Léonie Marchal au grand jour.

Elle fonctionne comme ça depuis tant de temps. Depuis toujours, sans doute. À engranger des informations utiles. À décider quand s'en servir. En manipulant ou non la vérité. Juste un soupçon de lumière, un trait de noirceur, un petit décalage par rapport à la réalité. Juste de quoi lui permettre de retrouver l'avantage, ou de l'offrir à ceux qu'elle aime.

Ou plutôt, à *celui* qu'elle aime. Loïc est tout ce qui compte pour elle.

— Je suis fière de toi. Et heureuse que tu m'aies confié tout ça.

Loïc redevient grave.

« Aussi pour toi. »

— Comment ça, pour moi ? Tu l'as retrouvée tout seul.

« T'aider. »

Il déglutit et ajoute au bas du rectangle blanc deux mots qui glacent Diane :

« Aider Juliette. »

Elle veut se relever mais, les jambes coupées, retombe aussitôt dans son fauteuil.

— Tu te souviens de ce nom ?

Comment ? Comment a-t-il pu s'en souvenir ? Il n'avait que trois ans ! Elle lui a dit de l'appeler Diane sitôt qu'elle a compris qu'il était son frère, ce petit frère qu'on lui avait arraché avant même sa naissance. Et elle l'a su tout de suite, dès qu'elle a croisé son regard.

Des souvenirs trop forts en émotions affluent à son esprit. Mélange de tendresse, de soulagement et de douleur pure.

La main de Monsieur sur son front, son crâne. Douce tandis qu'il lui caressait les cheveux. Sans pitié lorsqu'il les saisissait par poignées pour la traîner jusqu'à la cage. Le cadenas qui tourne, le décor réduit à une mosaïque irréelle à travers le grillage. Les heures passées dans cet espace exigu, le corps couvert d'hématomes. Parfois seule, parfois non.

L'expression de surprise de sa mère au premier coup de couteau. Ses efforts désespérés, non pas pour se sauver elle, mais pour garder son enfant à l'abri de son ventre. Un ultime élan d'instinct maternel, trop tardif et vain.

Le sang, partout. Les lumières hypnothiques des gyrophares. Les salles d'attente trop éclairées. Les maisons, celles des autres, de parents de substitution plus ou moins impliqués dans leur mission.

Et puis ce petit garçon. Ses yeux immenses, emplis de terreur. Son attitude, les premiers jours dans leur famille d'accueil, lorsqu'il se recroquevillait au moindre bruit. Obligé de faire face à l'inconnu, privé de tout point de repère. Ses pleurs la nuit. Sa petite main dans la sienne. Un sourire, et encore un autre. Lui ne l'a pas reconnue tout de suite. Comment l'aurait-il pu ? Sa vie n'était qu'un mensonge, jusqu'à ce qu'ils se retrouvent enfin. Jusqu'à ce que Diane rectifie la réalité en leur donnant à tous les deux le même nom de famille et un nouveau départ, ensemble.

Elle lui a construit une belle vie. Seule. Parfois aux dépens de ses propres désirs ou ambitions. Elle ne regrette rien. Jusqu'à cet accident, Loïc a profité de l'existence dont il rêvait. Et même depuis l'accident, elle veille à ce qu'il ne manque de rien. Diane sera toujours là pour lui, quoi qu'il arrive.

Et même s'il lui dit les pires horreurs. Comme cette phrase qu'il trace, à la fois conciliant et désolé :

« Diane, je sais que tu n'es pas vraiment ma sœur. »

La gifle part toute seule. Diane ne s'en rend compte qu'au moment où sa paume rencontre la joue de Loïc. Et voudrait aussitôt appuyer sur le bouton marche arrière, effacer ce geste.

— Ne dis pas ça ! C'est faux !

C'est elle qui devrait s'excuser de l'avoir frappé, de lui crier dessus. Mais c'est lui qui la prend par la nuque, la serre contre lui. Il la berce et la cajole. Un son s'échappe de sa gorge, doux-amer comme une berceuse. Puis il raconte en écrivant quelques mots. C'était bien avant l'accident. Il avait besoin d'en savoir plus, sur eux, sur leur passé. Certains de ses souvenirs, ceux qui revenaient le hanter dans ses cauchemars, ne collaient pas avec l'histoire de sa grande sœur chérie. Alors, en bon flic, il a creusé. Déterré des actes de naissance, des dossiers de placement. Relevé des incohérences. Des contradictions.

Il a tout compris. Il sait tout, depuis des années. Et il a préféré se taire. Tirer un trait sur ce passé qui ne lui a jamais appartenu. Il a choisi le camp de celle qui serait toujours sa sœur de cœur, sa sœur tout court.

— Pourquoi remuer tout cela à présent, alors ? sanglote Diane contre sa poitrine.

Loïc l'oblige à relever la tête, sèche ses larmes de son pouce. Il attend qu'elle se soit calmée, le front plissé par une tendre sollicitude.

Puis il lui parle de ce doute, ce petit rien qui s'est transformé peu à peu en énormité au cours des derniers jours. Ce serait une coïncidence incroyable, mais qui sait ? La vie est faite d'improbable. Alors il lui explique que Léonie Marchal a été enlevée par un homme, un quinquagénaire prénommé Raymond.

Et il lui demande s'il y aurait une chance, une toute petite, infime chance que cet homme et le croquemitaine de son enfance ne soient qu'une seule et même personne.

Que Raymond se soit autrefois fait appeler Monsieur auprès d'une petite fille de dix ans.

— Monsieur avait une quarantaine d'années, murmure Diane. Ça ne peut pas être lui.

Non, il n'y a aucun rapport, elle le sait. Pour cette raison. Et pour d'autres.

# 27.

## Léonie

Dix bons kilos de trop. Un début de calvitie déjà bien installé. Des fringues vieillottes – Raymond n'aurait jamais accepté de porter des trucs pareils.

Léonie suit le commandant Franck Berthier depuis une heure et il la dégoûte chaque minute davantage. Sa façon de s'essuyer le menton de la main après chaque bouchée de son repas, pris à la terrasse d'une brasserie. Son jean trop lâche et exempt de ceinture qui lui descend sur les fesses. La manière dont il s'adresse à la serveuse. Ses coups d'œil lourdingues sur ses fesses à elle. Ce type est à vomir.

À vomir, et nul. Il se lève de table après avoir payé l'addition – aucun pourboire – et passe à trente centimètres à peine de Léonie. Sans la reconnaître. Il a pourtant bossé sur son dossier. Sa photo devait être placardée dans son bureau des mois durant. Sauf s'il a abandonné d'entrée. Tellement plus simple de la décrire comme une sale gosse instable. De classer l'enquête, raconter des âneries à la télé, histoire de profiter de son quart d'heure de gloire, puis bifurquer sur une affaire plus accessible.

Un billet de cinq coincé sous le cendrier. Ça fait cher le café, mais ça compensera pour l'autre grippe-sou. Léo remonte ses lunettes de soleil sur son nez et emboîte le pas au poulet tout déplumé. Pas trop près. On ne sait jamais, des fois qu'il aurait quand même un peu d'instinct. Peu de chances qu'il la remarque, avec ces gens partout, sur les trottoirs, dans tous les sens, à entrer et sortir des boutiques et des immeubles de bureaux, les cravates, les talons et les baskets, les attachés-cases et les brassées de sacs, sacs en plastique, sacs en papier, sacs cadeaux. Ça la stresse, ce monde, un enfer. Une seule envie, se retrouver sur le canapé, chez Raymond, avec Newton sur les genoux. Tranquille.

Berthier change brusquement de trottoir et s'engouffre dans une supérette. Un achat de dernière minute ? Léo patiente en faisant semblant de s'intéresser à la vitrine d'une agence immobilière. Elle détaille les biens, vente, location. Des appartements, des pavillons, des lotissements. Murs blancs, piscines azur, pelouses irréprochables. Mais rien d'aussi cosy et calme que sa cabane, sa coquille d'escargot. Il avait du goût, Raymond. Des moyens, aussi, bien sûr. Mais du goût quand même. Dingue comme elle commence à l'apprécier depuis qu'il est mort et – plus ou moins formellement – enterré.

Du mouvement de l'autre côté de la rue. Berthier ressort du magasin, un sachet en plastique à rayures rouges à la main. À une telle distance, impossible de voir ce qu'il contient. De quoi entretenir son taux de matière grasse, sans doute. Il aurait plutôt dû aller s'acheter une ceinture.

Un pâté de maisons, deux. Puis un nouveau brusque changement de direction. Il traverse la rue au trot – sa bedaine se trémousse à chaque pas, quel spectacle dégueulasse. Il s'arrête au bas d'un immeuble, tape un code à l'entrée. Il n'habite pourtant pas ici, mais en banlieue. Qui va-t-il voir ? Une maîtresse, une ex-femme ? Léonie n'est plus qu'à deux ou trois mètres quand il pousse la porte. Le sachet reste coincé dans la poignée et se déchire de haut en bas dans un froutch-froutch langoureux. Le flic s'en aperçoit trop tard. Il bloque la porte avec son pied et récupère ses emplettes dispersées sur le sol. Une boîte de pralinés – voilà pour le combo sucre et gras. Un plat cuisiné à réchauffer au micro-ondes. Et… un tube de pâte fixatrice pour prothèse dentaire. Le même que celui qu'utilise Mamie Rillette.

Ça, ça détonne. La malbouffe, OK, mais la colle à dentier…

Léonie passe devant l'entrée de l'immeuble, l'air de rien. Elle va jusqu'au carrefour suivant, fait semblant de regarder le nom de la rue, puis revient en arrière. Consulte les noms étiquetés vers l'interphone. S'arrête sur « Marie-Ange Berthier ».

Ben merde. Sa mère, sans doute. Et Berthier en gentil scout. Si elle s'attendait à ça.

Pressé, quand même, le scout, puisqu'il ressort cinq minutes plus tard. Léonie a à peine eu le temps de se planquer. Elle reprend sa filature, mais avec moins de conviction. Moins de cœur à l'ouvrage. Difficile de continuer à haïr quelqu'un chez qui on découvre une part d'humanité insoupçonnée.

Heureusement, la traque s'achève. Léonie ne peut le suivre partout, et surtout pas au commissariat. Depuis le trottoir, elle le regarde saluer le planton au guichet d'accueil et rejoindre les ascenseurs d'un pas lourd.

C'est à ce moment qu'elle entre en collision avec quelqu'un. Elle ne voit tout d'abord qu'une épaule – large et haute, habillée d'une veste légère de couleur sable –, sent un bras la retenir. Un peu plus et elle s'étalait de tout son long.

— Dé… Désolée, bredouille-t-elle en reprenant son équilibre.

— Non, c'est moi.

Lui, c'est un homme dans la quarantaine, une peau dorée et des yeux bleus à tomber par terre, justement. Dommage qu'il fronce les sourcils, ça gâche l'effet.

— Tout va bien ?

— Oui, merci.

L'impression qu'il ne veut la lâcher ni de la main ni du regard. Elle baisse le sien et se dégage avec un sourire forcé.

Elle sent qu'il continue à la fixer jusqu'à ce qu'elle disparaisse au prochain croisement.

# 28.

# Jonas

— Ouvrez ! Police !

Arthur n'a jamais su faire dans la discrétion. Et ce n'est pas aujourd'hui que cela va changer. La voisine d'en face était déjà à sa fenêtre lorsqu'il a garé la voiture à moitié sur le trottoir. Là, avec ces coups péremptoires sur la porte de Nella Tomasi, elle doit se régaler, l'œil collé au judas.

La porte s'ouvre et Arthur se retrouve nez à nez avec Nella. Enfin, de manière décalée, puisque Arthur la dépasse d'une bonne vingtaine de centimètres. Il force le passage sans ménagement, emmenant les deux policiers en uniforme dans son sillage. Jonas ferme la marche. C'est lui qui s'occupe de repousser la porte. Fin du spectacle pour la voisine.

— Nous avons un mandat de perquisition, mademoiselle Tomasi, lui annonce-t-il d'un ton fataliste.

Il englobe l'appartement du regard. Un deux-pièces lumineux, décoration dans les tons clairs. Du bois, du vert tendre. Le genre de cadre où il fait bon se réveiller le matin, ou revenir après une journée de travail. Un endroit qui ressemble à sa propriétaire.

Ses collègues se répartissent dans une chorégraphie répétée et éprouvée. Chambre, cuisine, salle de bains. L'un des deux agents hésite tout de même en passant devant le chien, étalé cette fois de tout son long dans le séjour. Un bâillement de ce monstre de pacotille et un signe de tête de Jonas le convainquent de se mettre au boulot.

Nella est restée à côté de la porte. Bien campée sur ses jambes, les poings sur les hanches, elle fixe Jonas avec une dose de défi, mais tout en paraissant sereine.

— Je peux savoir ce qui se passe ? Je pensais que tout était en ordre après votre visite à mon travail.

— Vous connaissez Manuel Prieto ?

Une question pour la forme. Si son visage ne laisse rien transparaître, son corps chante une autre chanson. Elle se referme, les mains dissimulées sous ses bras croisés.

— Un ancien camarade de lycée, tout comme Hugo. Puisque vous êtes là, j'imagine qu'il lui est arrivé malheur ?

Jonas acquiesce.

— Vous soupçonnez aussi Hadès de l'avoir attaqué ?

— Hadès ?

Elle esquisse un geste pour désigner son chien qui ne s'est relevé que pour mieux se coucher, dos à toute cette agitation. Entre deux fracas en provenance des autres pièces, où les agents de police retournent chaque tiroir, on l'entend ronfler. Environ soixante-dix kilos de muscles et de crocs, mais un comportement d'ours en peluche. Et ce nom qui sonne comme une plaisanterie, à le voir aussi réactif qu'une crêpe.

Une référence aux Enfers. Comme pour Diane.

Diane de la lune. Diane chasseresse. Diane, maîtresse des Enfers.

L'animal a-t-il plusieurs visages, comme la déesse romaine ?

Jonas repousse ces pensées parasites et détaille sa suspecte en silence. Ses yeux vert d'eau. Ses cheveux lisses. Bon sang, pourquoi a-t-il tant de difficultés à réfléchir posément en sa présence ?

— Où étiez-vous hier soir, mademoiselle ?

— Ici.

Il essaye de se figurer en quoi consiste son temps libre. L'envisage devant la télévision. Un film, ou un documentaire.

— Toute la soirée ?

— Oui.

Non, plutôt en compagnie d'un bon livre. Un roman, des destins qui se croisent, se mêlent, s'entre-déchirent.

— Et seule, j'imagine.

— Non. Avec mon chien. Et pardon, je suis sortie un moment avec lui. Le pipi de vingt-trois heures. Si vous tenez à vérifier ce glorieux alibi, interrogez donc ma voisine. Elle et sa collection de poupées en porcelaine seraient heureuses de vous dire à quel point je suis bizarre et casanière.

— Je n'y manquerai pas.

Dans le séjour, Arthur cherche à capter son attention. Son air de fin limier rayonnant indique qu'il a trouvé du lourd. Jonas lance un regard appuyé à Nella et va rejoindre son collègue.

— Ça te rappelle pas quelque chose ?

Arthur lui colle une enveloppe ceinte d'un ruban. Une série de photographies s'en échappe. Et effectivement, il reconnaît plusieurs personnes en portrait. Trop à son goût.

Il se tourne vers la jeune femme, qui se dirige vers eux.

— Vous voulez bien m'expliquer ce dont il s'agit, mademoiselle ?

Il lève la main dans laquelle il tient la liasse de photographies, bien réparties comme s'ils étaient en pleine partie d'un jeu de cartes. Ou comme s'il lui proposait de lui révéler son futur au tarot.

— Des photos-souvenirs.

— Elles étaient entourées d'un ruban en tissu noir.

— En effet.

— Quatre personnes présentes sur ces clichés sont mortes, mademoiselle Tomasi.

Il vient de lui confirmer que Manuel Prieto est bel et bien décédé. Ça ne la fait même pas sourciller. Peut-être s'en doutait-elle. Ou alors, elle sait des choses que Jonas ignore encore. Des choses qu'il ne souhaite pas apprendre. Pas en tant qu'homme. En tant que flic, par contre…

— J'en suis navrée, dit-elle, stoïque.

— Vraiment ? fait Arthur. Donc tout ça, c'était pour célébrer l'harmonie entre vous ?

Il tient un petit tiroir à bout de bras. Celui d'une commode en bois située dans la chambre. À l'intérieur, un bouquet de sauge séchée, des bols en faïence. S'ajoute à cela une peinture d'une grande finesse sur une toile carrée. Des couleurs claires. La lune, ronde et douce. Une étoile à cinq branches s'y superpose entre flou et précision.

Pentacle et symbole de féminité. Jonas saisit les herbes et les hume avec délicatesse.

— À quoi vous servent ces objets, mademoiselle ? Je vous en prie, faites-nous économiser du temps. Ne me dites donc pas qu'il ne s'agit que d'éléments de décoration.

Il replace le bouquet avec soin et renvoie Arthur d'un hochement de tête. Tout en sentant Nella le fixer avec intensité. Elle semble agacée. Comme si elle était déçue qu'il ne sache pas voir au-delà des apparences.

— Vous pensez que je m'adonne à des rites de sorcellerie, c'est ça ? que je me badigeonne de sang de brebis les soirs de pleine lune pour demander vengeance ?

— Vous avouerez que ces objets sont troublants.

— Pour vous, peut-être. Vous avez raison sur un point, commandant. J'accompagne les phases de la lune, et je pratique des rituels ancestraux.

C'est comme si elle grandissait soudain, et gagnait en substance. Elle se rapproche de Jonas, presque jusqu'à le toucher. Il peut sentir la chaleur émanant de son corps, ses plus infimes mouvements. Les battements de son cœur, réguliers et infaillibles, sous son chemisier en coton. Elle franchit ce qu'il reste de distance entre eux, pose une main sur sa poitrine.

— Mais vous vous trompez sur l'essentiel, Jonas. Ces rites n'ont pas pour but d'exiger vengeance contre les personnes qui m'ont blessée. C'est une demande que je fais chaque fois, une demande en toute humilité.

Jonas hausse un sourcil à la mention de son prénom. En dehors de cela, il n'esquisse aucun geste, ni pour l'écarter ni pour s'éloigner.

— Et quelle est-elle ?

— Celle de trouver la force de leur pardonner.

# 29.

## Léonie

Deux jours qu'elle le suit. Ce type est incroyable. Dans le mauvais sens. Par moments elle se dit que ça ne peut pas être pire, et paf, il trouve le moyen de paraître encore plus pitoyable.

Bon, d'accord, il apporte des chocolats à sa mère. Un truc positif, le seul que Léonie ait décelé. L'autre femme de sa vie s'appelle Corinne. C'est dans sa maison qu'habite Berthier. Plus mal assortis, tu meurs. À croire qu'ils se sont rencontrés par petite annonce, genre *Quinquagénaire avec un job prenant cherche femme d'âge correspondant pour partager les meilleurs côtés de la vie.* La pauvre Corinne, aussi sèche que Berthier est gras, devait être carrément désespérée pour s'accrocher après le deuxième rendez-vous.

Au moins, il participe aux tâches ménagères. Il sort les poubelles et le chien. Celui de madame, ça ne fait pas un pli. Un bichon maltais au poil blanc comme neige. Léonie se promène dans sa rue quand le flic apparaît. L'espace d'une fraction de seconde, il croise son regard – bon Dieu, il ne la reconnaîtrait même pas si elle venait sonner à sa porte. Elle l'entend appeler la bestiole – Fidji, un nom ridicule –, l'insulter un peu aussi. Il la fait entrer à l'arrière d'une des deux voitures garées devant la maison, une berline aussi blanche que le chien, claque les portières et disparaît. La longue promenade du soir. Madame doit exiger que son petit protégé se défoule en forêt, plutôt que de se contenter du combo basique tour du quartier-crotte dans la haie des voisins.

Un gémissement de moteur encore froid, et le véhicule s'engage dans la rue. Léo se dépêche de retourner dans le bon vieux break de Raymond, repasse pour cela devant la maison. La compagne de Berthier a allumé la lumière dans la cuisine, pas de rideaux à la fenêtre, ça fait comme un écran télé. Une émission culinaire, avec Corinne aux fourneaux. Elle sourit devant ses casseroles, chantonne peut-être – il manque le son, pas de zapette pour augmenter le volume. Elle n'a pas l'air malheureuse, la Corinne. Est-ce que son Frank la comble ? Est-ce qu'il lui apporte des chocolats, à elle aussi ? Des fleurs, le dernier roman de son auteur préféré, une petite breloque pour son bracelet, celle qu'elle avait repérée dans la vitrine du bijoutier ?

Elle se demande tout ça, Léo. Parce que ça influerait sur l'équation. Celle qui vise à déterminer l'utilité de Berthier en ce bas monde. Il est pathétique, c'est vrai, avec ses manières de gros rustre, son incapacité au boulot – hé, gardons à l'esprit qu'il n'a pas été foutu d'avancer d'un centimètre sur son affaire, à Léonie. Mais il y a peu, elle était prête à étrangler Jacques, à le regarder mourir comme elle pensait qu'il avait regardé mourir sa mère, sans lever le petit doigt. Et puis non. Retrouvailles, changement d'avis. Attention m'sieurs-dames, virage à cent quatre-vingts degrés.

Qu'en sera-t-il pour le numéro 1 de sa liste ?

Il existe plein d'autres manières de formuler cette question. Et autant de paramètres. Comme son désir à elle, Léonie, de passer du côté obscur. Elle est à l'origine de la mort de deux hommes, elle a – un peu – poussé le destin en ce qui concerne l'un d'entre eux, mais là, elle s'interroge. De sang-froid, c'est autre chose. Et puis, mérite-t-il vraiment ça, Berthier ? Son existence ne se résume-t-elle pas déjà à une vaste médiocrité, une plaisanterie absurde ?

Elle rumine, rumine, et n'avance pas beaucoup sur le sujet. Trop épineux. Et puis, filer un type qu'elle souhaite – en tout cas en partie – mort, ce n'est sans doute pas très raisonnable. Elle laisse un peu de distance entre leurs véhicules, de toute manière il se rend pile au même endroit que la veille, en bordure de forêt. Elle se gare un peu plus loin, éteint ses phares. Depuis son poste d'observation, elle peut voir le flic s'engager sur un sentier étroit à la suite du bichon. Juste avant de se faire avaler par les arbres, il effectue un drôle de pas de danse – il a dû enfoncer un de ses pieds dans une couche de mousse humide, de la flotte plein la chaussure. Il continue malgré tout. Un bon point.

Léonie laisse s'écouler quelques minutes. Ce n'est pas encore ce soir qu'elle décidera d'une sentence à propos de Berthier. Mieux vaut lâcher l'affaire pour ce soir, rentrer se faire à manger – Corinne et ses casseroles lui ont donné faim. La main sur la clé de contact, elle aperçoit soudain Fidji ressortir du bois. Lancé comme un boulet de canon plus franchement très blanc au-dessus du sol en brun et vert sombre. Son maître sur ses talons. Il se penche pour l'attraper au vol, soit par le collier soit par la peau du cou, mais le chien lui file entre les mains et continue sur son élan. Alors Berthier reprend sa course. Le sprint de sa vie, de toute évidence. Il donne ses dernières forces pour rejoindre sa voiture et démarre en trombe, la tête baissée comme s'il cherchait à éviter les tirs d'un sniper.

Et sans plus penser au bichon, qu'il heurte, puis écrase – aile, roue avant, roue arrière.

Il roule à toute allure. Et pas très droit. C'est bizarre, parce que Léonie a subitement l'impression de tout voir au ralenti. Le sang sur le capot. Les yeux exorbités de Berthier, ses contrôles frénétiques dans le rétroviseur. Le mouvement qu'il applique sur son volant – il n'y a pourtant rien à éviter devant lui –, la courbe qui en résulte dans sa trajectoire.

Le froissement de la tôle quand la voiture s'encastre dans un lampadaire, à l'angle de la rue.

Son crâne vient heurter le pare-brise, qui s'éventre sous les chocs contraires. Malgré le déclenchement de l'airbag, comme il n'a pas bouclé sa ceinture, la moitié de son corps s'élance dans cette ouverture et retombe sur le capot fumant. Le calme revient, à peine perturbé par le son continu du klaxon détraqué par l'impact.

Le temps retrouve son cours normal. Ou ne s'est-il pas accéléré, histoire de compenser ? En tout cas, le cerveau de Léo tourne à plein régime. Les questions qu'elle se posait trois quatre secondes auparavant sont devenues obsolètes. Est-ce qu'il est mort ou non, est-ce qu'il souffre, est-ce que c'est sa faute, l'a-t-elle tué comme Bastien, comme Raymond, comme d'autres, juste en y pensant ?

Tout cela est-il sa faute, rien que sa faute ?

Léonie est tétanisée, mais pas Berthier. Une de ses mains bouge sur le capot, un mouvement infime, volontaire ou réflexe nerveux, on s'en fiche au moins ça la libère. La clé de contact, les pédales, frein embrayage gaz, première deuxième. Il y a du sang sur son visage, à Berthier. Ça dégouline sur son front, ça l'aveugle.

Il ne peut donc pas voir le break Volvo gris quitter son emplacement le long de la rue et s'éloigner à faible vitesse. Ni elle au volant.

# 30.

## Jonas

Ses yeux peinent à se détacher du portrait de celle que ses collègues ont surnommée « la sorcière ». Peut-être l'a-t-elle envoûté, avec ses prunelles émeraude. Jonas sent encore la chaleur de sa main sur sa poitrine. Jamais une femme ne lui a fait un effet pareil. De la sensualité à l'état pur. Rien de sexuel. Juste une impression d'éveil, de plénitude, et l'envie que cela ne s'arrête jamais.

Étrange. Aucun homme non plus ne lui a jamais fait cet effet-là.

Et, tout aussi étrange, c'est une autre femme qui occupe ses pensées. Des pensées plus sombres, entre doutes, tristesse et trahison.

Il se lève d'un coup, s'arrache au regard de Nella Tomasi. Il faut qu'il en ait le cœur net.

— Oh, on va où ? demande Arthur en émergeant d'une pile de paperasse.

— Toi, nulle part. Tu relèves Nat à l'heure prévue et on se voit demain. J'ai un truc à régler.

— Tu te la joues solo, maintenant ?

Une tentative de boutade de la part d'Arthur. Pas franchement réussie. La perspective de passer sa soirée garé devant le domicile d'une apprentie sorcière ne le réjouit pas plus que ça. Jonas peut le comprendre. Il s'estime patient et d'humeur égale, en temps normal. Sauf que là, rien n'est normal. Alors cette phrase, le ton un brin condescendant, tout ça le fait sortir de ses gonds.

— Je t'ai dit que j'avais quelque chose à régler. J'ai une vie privée, figure-toi.

Un geste et une formule d'apaisement, qu'il ne considère pas. Il attrape sa veste d'une main et pointe son index libre sur Arthur.

— Ton compte-rendu et celui de Natalia à la première heure demain matin.

Oui, il voit la mine éberluée de son subalterne avant de tourner des talons. Non, ça ne lui ressemble pas de se comporter comme ça. Mais parfois, quand tout nous échappe, nous échappons à nous-même également.

Il ne lui faut qu'une vingtaine de minutes pour arriver à son but. Un bel immeuble, façade ornée de moulures et double porte à l'ancienne. Il se remémore ce jour, il y a un peu plus de six ans, où il s'était garé devant l'entrée. La manière dont il avait fait crisser les pneus sitôt que Diane s'était engouffrée dans la voiture. Il ne parvient pas à se souvenir de son expression. Avait-elle pleuré ? Lui oui. Mais pas devant Diane. Ni devant les autres.

Il compte les secondes après son coup de sonnette. Une, deux. L'étiquette indiquant le nom de Diane a été retirée de la porte. Trois, quatre, cinq, six. Il est encore tôt, peut-être n'y a-t-il personne. Sept, huit, neuf. Un cri étouffé, une réponse tout aussi incompréhensible. Dix, onze. Des bruits de pas qui vont *crescendo*, puis, à quatorze, le grincement du verrou. Jonas se retrouve face à un jeune homme de taille moyenne, aux traits fins, presque androgynes, et aux cheveux blonds bouclés jusqu'aux épaules.

— Ouais ? fait-il avec une voix qui contient à elle seule toute sa testostérone.

— Est-ce que Christopher… ?

— Dans la cuisine, indique-t-il en pointant le menton vers la gauche.

Lui-même part vers la droite et laisse Jonas refermer la porte. L'ex de Diane apparaît au bout du couloir, un torchon à la main. Il s'avance et lui tend l'autre, humide et vaguement collante.

— Jonas, c'est ça ?

Bonne mémoire. Ils ne se sont croisés que deux ou trois fois. Jamais assez longtemps pour que Jonas parvienne à le décoder. Et encore moins à l'apprécier.

Jonas a trop souvent vu des bleus sur les bras de son amie. Cela malgré les manches longues que Diane s'obstine à porter, parfois même en plein été. Quant à l'accent anglais de Christopher, il lui semble factice, une caractéristique exotique qu'il renforce sans doute volontairement auprès des femmes.

— C'est ça. J'espère que je ne vous dérange pas.

— Pas du tout, mais… Enfin, vous savez que Diane n'habite plus ici ?

L'accent est toujours le même. Peut-être est-il authentique, finalement. Comme sa tendance au sadisme. Étonnant la facilité qu'ont certaines personnes à cacher ce feu qui couve en elles.

— Oui, je suis au courant. En fait, je voulais vous parler d'elle.

Christopher hausse les sourcils et fait un geste qui signifie « pourquoi pas ? » avant de l'inviter à s'installer dans le séjour. Il finit de s'essuyer les mains et fait un crochet par la cuisine pour se débarrasser de son torchon.

— Il y a un problème ? s'inquiète-t-il.

— Avec Diane ? Non, juste de la curiosité de ma part.

Le parquet grince sous ses pieds. Il jette son dévolu sur un fauteuil en cuir patiné posté à portée de main d'une imposante bibliothèque. La majeure partie des titres est en anglais, mais Jonas reconnaît aussi quelques classiques de la littérature française. Un ordinateur portable attend patiemment sur la table basse, le curseur clignotant au milieu d'une page de traitement de texte. Un format particulier. L'ébauche d'une pièce de théâtre, sans doute.

— Alors, comment puis-je vous aider, Jonas ?

— Selon vous, dans quel état d'esprit se trouvait Diane lorsque vous vous êtes séparés ?

Christopher prend le temps de réfléchir à sa réponse. Mais pas comme s'il était en mode calculateur. Il donne plutôt l'impression de vouloir se montrer le plus honnête possible. Sans toutefois salir de mauvais souvenirs.

— Les ruptures ne sont jamais un moment de plaisir. Mais c'était mieux pour nous deux. Ce qui nous animait s'était peu à peu éteint.

— Sa décision vous a surpris ?

— Son choix de partir ? Non, pas du tout. En fait, elle ne vivait plus que ponctuellement ici. Ça n'a pas arrangé notre relation, mais… Je ne peux pas lui jeter la pierre, j'étais moi aussi souvent en déplacement.

Un craquèlement dans l'écorce fragile de ses certitudes. Jonas secoue la tête, soudain inconfortable dans son fauteuil.

— Et où habitait-elle autrement ?

— Je sais qu'il lui est souvent arrivé de dormir au zoo. En tout cas, jusqu'à ce qu'elle prenne cet appartement, chemin des Geais. Tout près du parc. C'était… l'an dernier, en juillet, sauf erreur.

Jonas connaît le nom de cette rue. C'est là-bas que Diane lui a dit avoir emménagé après avoir dormi quelques nuits sur le canapé convertible de sa chambre d'amis. Après ce soir où elle est apparue sur le pas de sa porte, déprimée, et selon elle avec nulle part où aller. La fissure progresse de quelques bons centimètres.

— Je ne comprends pas. Vous ne cohabitiez plus que de temps en temps ?

L'espoir d'avoir mal saisi. Mais si Christopher a conservé une pointe d'accent, son français est impeccable. Implacable, aussi, tandis qu'il confirme ses pires doutes.

— C'est ça. Écoutez, vous pourrez me prendre pour un salaud, mais… Quelque chose ne tourne pas rond, chez Diane. Et elle a des besoins… disons des besoins particuliers. Nous n'étions plus vraiment ensemble depuis un bout de temps, mais elle revenait à intervalles irréguliers pour rechercher quelque chose que j'avais de plus en plus de peine à lui donner.

— C'est-à-dire ?

Il rougit. Beaucoup. Un coup d'œil vers le fond de l'appartement et la porte où a disparu le jeune homme aux boucles blondes. Son fils, certainement. Swann. Ce gamin qui n'a rien à voir avec le grand gaillard aperçu au parc zoologique en compagnie de Diane. Pourquoi lui a-t-elle menti sur ce point ?

— C'est plutôt privé, Jo…

— Expliquez-moi.

Un ordre. Lâché avec sa voix de commandant de police, celle qu'il utilise avec les petites frappes en garde à vue. Alors même qu'il préférerait se couvrir les oreilles des mains pour ne rien entendre de plus. Le moindre mot redouté est susceptible de faire exploser ses certitudes en milliers de fragments acérés.

— Diane aime être malmenée. Physiquement. Au début, ce n'était que de petites choses, des « serre-moi plus fort » plutôt excitants. Au fil du temps, ses exigences se sont affirmées. Elle donnait l'impression de ne plus savoir s'arrêter. Et j'ai fini par avoir peur de ne plus le pouvoir non plus.

Il termine sa phrase en regardant ses mains ouvertes. Sa posture respire la culpabilité. Bon Dieu. Les marques sur ses poignets venaient bien de lui. Mais c'est Diane qui les réclamait.

— Que savez-vous de son passé, Christopher ? De son enfance ?

— Rien, dit-il en relevant la tête. Sujet tabou. Elle s'enfuyait sitôt que j'essayais de l'aborder.

Un long regard entre les deux hommes, puis Jonas hoche la tête en silence.

Une pièce dans ce jeu de puzzle tortueux vient de s'emboîter.

Il craint désormais d'en voir le motif complet.

# 31.

## Léonie

C'est paisible. Elle s'attendait à une ambiance triste, voire macabre, mais l'endroit est empli de sérénité. Beaucoup de fleurs aux pétales rose pâle ou blanc nacré. Comme si des couleurs trop vives pouvaient troubler le repos des habitants des lieux. Ou les pensées de leurs visiteurs.

Léonie pensait ne faire qu'un bref passage ici. Jeter un coup d'œil et repartir. Mais elle traîne dans les parages depuis plus de deux heures. À profiter du soleil et de la musique de la bise dans les feuilles des arbres. À observer les rares passants – les bouquets vite déposés ou les longs recueillements, les signes de croix de travers, le dessous des yeux qu'on essuie par réflexe, humides ou non. Et tant mieux qu'elle soit restée, parce qu'elle la voit. Juste là.

Bon, d'abord, elle voit son chien. Une bête imposante, qui n'aurait pas déparé dans un reportage animalier spécial espèces sauvages et méconnues. Il marche à côté d'elle, ralentit sitôt qu'il la dépasse de plus de deux pas. Elle tient une rose à la main. Un bouton d'un joli rose orangé sur une tige assez courte. Léonie ne la reconnaît pas au premier coup d'œil. Peut-être ses cheveux bruns, qu'elle teignait couleur cuivre à l'époque du lycée. Peut-être sa démarche, cette assurance tangible qui lui faisait défaut six ans plus tôt. Ou justement les six ans écoulés. On change, en tant d'années.

En tout cas, Nella a changé pour le mieux.

De son poste au fond du cimetière, Léonie la voit remonter une allée, bifurquer et se diriger droit vers une tombe en particulier.

La sienne.

Drôle d'effet. Surtout quand elle s'accroupit pour déposer la rose au bas de la stèle. Elle se relève d'un geste fluide, rabat ses longs cheveux en arrière, croise les mains entre les plis de sa jupe noire. Léonie hésite. Deux jours auparavant, elle s'est débrouillée pour trouver les coordonnées bancaires de Nella. Puis elle s'est servie du compte en ligne de Raymond – presque aussi bien garni que le coffre-fort – pour effectuer un virement. Une sorte de dédommagement pour services rendus.

Moins de douze heures plus tard, Nella y faisait opposition.

Est-il possible qu'elle n'ait pas compris d'où venait cette somme ? Qu'elle ait cru à un mouvement bancaire erroné, une faute dans la saisie du numéro d'un compte ? Dans ce cas, il vaut peut-être mieux que Léonie reste là, sous son orme – s'il s'agit bien d'un orme, mais après tout on s'en fiche.

Elle avance d'un pas. Nella a toujours été intuitive. Impossible qu'elle ait pu passer à côté de ça, ne pas comprendre qu'il s'agissait d'elle. Et puis, il y a eu Facebook, cette phrase alambiquée sur la page personnelle fraîchement réactivée de la thanatopractrice : « Notre liberté de déterminer nos priorités et notre loyauté envers nos proches, amis ou famille, est un droit essentiel, qu'il nous faut reconnaître, apprécier et défendre. » À première vue, ça ressemblait à un de ces trucs psycho-romantiques de magazines féminins. Les règles essentielles du savoir-dire / Dix conseils pour mieux communiquer avec son âme sœur / Tout ce qu'il pense de vous sans que vous le sachiez / Entretenez la haie entre terrain d'entente et jardin secret – j'en passe et des meilleures. Sauf que Nella ne semble pas faire partie du public cible de ce genre de bêtises sur papier glacé. Léo a voulu y voir un message à son intention.

Elle s'approche en mode petite souris silencieuse. Pas facile sur le gravier, alors elle s'arrête un peu en retrait. Nella de dos devant elle, dissimulant en partie la stèle portant son nom.

— Du granit, et rose, en plus ! lance-t-elle à voix haute. Franchement, c'est une horreur.

Nella ne se retourne pas tout de suite. Quand elle le fait, c'est avec lenteur et seulement de trois quarts. Elle sourit, les yeux fermés. Comme si elle tentait de retenir un rêve volatil.

— C'est le risque, si on ne choisit pas soi-même.

Une larme s'échappe de son œil gauche quand elle les rouvre. Du concentré de joie. Elle va se perdre dans les plis de son sourire éclatant.

— Note que tu aurais pu tomber plus mal, ajoute-t-elle. Des gravures avec des angelots, une épitaphe bien mielleuse…

— Ouais, au moins ça a le mérite d'être sobre. Et puis j'aime beaucoup la fleur.

Elle désigne le bouton de rose déposé par Nella.

— Ne va pas croire que je t'offre des bouquets chaque jour, réplique celle-ci en haussant les épaules. J'ai piqué ça sur une couronne mortuaire destinée à un petit vieux plein aux as. Juste en dessous du *b* de « À notre bien-aimé ».

Cette fois, elle lui fait face pour de bon. D'autres larmes s'écoulent sur ses joues. Celles de Léo tiennent plus de la piscine olympique que du Sahara. Et puis… Un élan réciproque, des bras ouverts, la chaleur de celui ou celle qu'on retrouve après longtemps. Trop longtemps. Et dire que Léonie ignorait avoir une amie pareille, si loyale.

— Pourquoi ne pas avoir gardé l'argent ?

Sérieusement ? Drôle de choix pour une première question. Il y en a pourtant plein d'autres qui tournaient dans sa tête. Sitôt prononcée, elle voudrait la retirer, l'effacer. Pour commencer par quelque chose de plus personnel. Des remerciements, par exemple. Nella en mérite par caisses entières.

— J'ai fait ce qui me semblait juste. Depuis le jour de ta disparition jusqu'à aujourd'hui. Et puis, c'est ton argent.

— D'un point de vue technique, non, mais passons… J'aurais voulu t'offrir quelque chose en retour.

Nella lui adresse un sourire lumineux et pose une main sur sa joue comme si elle était une enfant.

— Te voir là, ça vaut tout l'or du monde. Tu m'expliqueras ? Ce qui t'est arrivé ?

— Bien sûr. Je…

— Pas maintenant. Il ne faut pas qu'on reste trop longtemps ici.

Léonie jette un œil alentour, surprise. En dehors d'elles deux, il n'y a pas âme qui vive. Peu de chances qu'un autocar rempli de touristes japonais s'arrête dans les parages. Peu de chances aussi qu'une personne venue fleurir une tombe ou maugréer à l'adresse de son propriétaire la reconnaisse.

— Il y a une autre raison pour laquelle j'ai refusé ton argent, explique Nella. J'avais peur que cela attire l'attention de la police sur moi. Enfin, encore plus que maintenant.

L'image de Franck Berthier. Ses pralinés d'un côté. Ses œillades graveleuses de l'autre.

Sa voiture, réduite à l'état de boîte de conserve dans le calme de la nuit. Le sang sur le capot, rouge sur blanc métallisé.

Nella a-t-elle quelque chose à voir là-dedans ? Un regard en direction de son chien. Assis bien sage aux pieds de sa maîtresse, la langue pendante. Léo songe à Berthier, mais aussi à Hugo.

À Bastien.

— Toi aussi tu m'expliqueras ?

Un sourire de connivence.

— Donnant donnant.

Elle réfléchit une seconde. Considère de nouveau le molosse d'ascendance poney pour la taille et bête mythologique pour l'apparence. Un geste du menton dans sa direction.

— Il s'entend bien avec les chats ?

— Pour autant que je sache, oui.

Mouais. Ça a intérêt. Crocs de quinze centimètres – OK, elle exagère, mais à peine – ou pas, elle lui collera une rouste s'il ne fait que songer à mâchouiller Newton.

Ce soir, les amis, c'est *Ladies night* chez Raymond.

# 32.

## Diane

Diane perd pied. Bousculée par trop de pensées agressives. Elle trébuche entre deux idées, deux souvenirs, peine à se relever.

Le regard que lui a lancé Alexandre, ce matin. Hautain, d'une certaine manière. Mais surtout empreint de pitié. Diane a cherché à le transformer, à le travestir en quelque chose d'autre. Chargé de désir plutôt que de mépris.

Ça n'a pas fonctionné. Parfois, la vérité refuse d'être manipulée, même pour de si petites choses. Elle vous aveugle comme la lumière d'un phare en pleine mer. Difficile ensuite de ne pas se laisser guider par elle. L'envie d'abandonner derrière soi tous les autres mensonges accumulés au cours des années passées se fait pressante. Une démangeaison, un vertige continu.

La main de Monsieur dans ses cheveux. Ses longs cheveux roux qu'il aimait tant caresser.

Diane se précipite dans la salle de bains. Un haut-le-cœur, penchée au-dessus du lavabo, les doigts crispés de part et d'autre de l'ovale en faïence. Rien ne vient, mais la sensation ne reflue pas. Elle lève les yeux vers le miroir, y voit Juliette, l'espace d'une seconde. Une brève apparition qu'elle repousse violemment. De toute manière, Juliette Rémy n'existe plus. Il n'y a plus que Diane Sorel et son petit frère Loïc, ensemble envers et contre tout.

Qu'importe ce que Loïc a pu apprendre au travers de ses recherches. Il a compris l'essentiel. Qu'elle sera toujours là pour lui. Pour définir la meilleure route à emprunter, la nettoyer d'éventuels obstacles. La rendre plus lumineuse, si besoin est. Trente ans qu'elle s'y emploie. Même si Loïc a cru parfois bon de choisir un chemin plus personnel, il est vite revenu marcher à ses côtés. En sécurité.

Oui, tant qu'il est avec elle, son petit frère ne risque rien. Et elle-même n'a plus rien à craindre de Monsieur. Tout comme Juliette, il a disparu.

— Tout va bien, affirme-t-elle à son reflet.

Les tremblements dans ses membres s'espacent, la nausée perd de son intensité. Oui, tout va pour le mieux. Alexandre finira par accepter ses sentiments. Il ne la regardera plus qu'avec un mélange d'envie et d'impatience. Diane imagine ses mains calleuses enserrer ses poignets, les clouer au-dessus de sa tête contre le mur, sa bouche chercher la sienne. Comme avant. Comme dans ses rêves éveillés si réalistes. Le sang rugit dans ses tempes, pulse dans son ventre. Bientôt. Bientôt, Alexandre comprendra qu'il ne désire qu'elle.

Une certitude agréable. La priorité ne revient toutefois pas à Alexandre. La priorité a toujours été Loïc. Elle veut rappeler à ceux qui l'ont oubliée sa valeur en tant qu'enquêteur. Lui redonner sa juste place dans la société, toute bancale et excluante qu'elle soit. Elle brode ce retour au rang d'honneur depuis si longtemps, un fil après l'autre. Le motif final n'est pas celui qu'elle avait prévu initialement, mais peu importe. Sous peu, tout le monde saura qu'il a retrouvé Léonie Marchal.

La sonnerie de son mobile interrompt ses pensées. Le numéro de Jonas. Un sourire se dessine sur ses lèvres. À croire que le destin a décidé en commun accord avec elle qu'il était temps de passer à la prochaine étape.

Elle répond d'un ton joyeux, anticipant son triomphe, celui de Loïc quand son ancien supérieur saura qu'il a élucidé une affaire tombée aux oubliettes. En retour, une seconde de silence, suivie d'une phrase sèche :

— Il faut qu'on parle, Diane.

Elle tente de rester légère.

— Avec plaisir. De quoi ?

Il hésite. Elle peut entendre le couinement d'une chaise à roulettes maltraitée, de l'autre côté de la ligne.

— De Juliette Rémy, lâche-t-il d'une voix monocorde. Et de toi. Mais j'imagine que…

— D'accord.

La situation est en train de lui échapper. Diane prend une profonde inspiration et poursuit :

— Retrouve-moi au restaurant du zoo.

— Tu n'es pas chez toi ?

— Non, ment-elle. Mets-toi en route, je t'attends.

Elle raccroche, pousse l'appareil au fond de la poche de son jean. Le ressort pour l'éteindre. L'abandonne sur la table de la cuisine, au passage. Elle croit entendre des gémissements derrière elle tandis qu'elle sort de son appartement, mais le tumulte est si fort dans sa tête… Ils doivent provenir de là. De cette longue litanie de cris et de pleurs enfermés en elle. Certains lui appartiennent. Elle pensait le couvercle hermétique, mais les mensonges ne résistent pas aussi bien aux assauts du temps que la vérité.

Ils ne tiendront pas, malgré le double tour de clé qu'elle donne dans la serrure.

## 33.

## Jonas

Un goût amer a établi ses quartiers dans sa bouche. Il s'accroche en dépit d'une demi-douzaine de pastilles à la menthe.

Le goût de la désillusion.

Une maison sur pilotis. Voilà comment Jonas voyait sa vie jusqu'ici. Des piliers solides le soutenaient, le protégeaient des vents et des marées. Même des pires tempêtes. Mais voilà que l'un d'entre eux est sur le point de s'écrouler.

Toute la confiance qu'il a placée en Diane. Toutes ces années de proximité, de confidences. D'amitié. Ce support qu'il croyait bâti en pierre et qu'il découvre fait de sable.

Diane ne l'attend pas au restaurant du zoo, il en est persuadé. Il ignore cependant les raisons qui l'incitent à l'empêcher de venir chez elle. À lui de le découvrir, même s'il n'y a pas été invité.

Il actionne le clignotant et s'engage à contrecœur sur le chemin des Geais. Une rue agréable. Des platanes tous les cinq mètres. Un groupe de gamins sur des rollers et des vélos le double dans une course improvisée. Jonas se surprend à envier leur insouciance.

Les immeubles sont proprets et se limitent à trois étages. Mais aucun ne porte le numéro indiqué dans l'adresse de Diane.

La route se termine en cul-de-sac assez large pour permettre à une voiture de faire demi-tour. Jonas y parvient au même moment que les mômes sur roulettes. La plupart rebroussent chemin aussitôt, mais l'un d'entre eux avance encore, l'air bravache. Il va toucher un panneau planté de guingois. Ses camarades exultent comme s'il avait remporté la coupe du monde à lui tout seul.

Jonas hèle l'un des gamins et lui demande où se trouve le numéro 45. Une moue d'ignorance, un haussement d'épaules. Pas étonnant. À sept ou huit ans, nos univers se limitent à des espaces connus, sans fonction GPS.

— Et ça, c'est quoi ? fait-il en désignant le panneau.

— Oh, ça... Nos parents, y veulent pas qu'on y aille. Normalement, on n'a même pas le droit de jouer jusqu'ici.

Il ne s'agissait donc pas d'une course de vitesse, mais d'un défi. Le plus valeureux a reçu les honneurs et le groupe repart dans un joyeux désordre de rires et de cris. Jonas en profite pour garer sa voiture de manière à ne gêner personne.

La Voûte. Voilà tout ce qu'indique le panneau. Il pointe vers des broussailles et, en s'approchant, Jonas peut distinguer un vague sentier s'enfonçant entre deux haies d'arbres bas. Lassitude et curiosité s'affrontent sous son crâne. L'envie de laisser tomber, de se concentrer sur ce qui devrait être sa priorité – son affaire. Son instinct qui lui souffle d'aller voir plus loin, au bout du chemin. Ça en vaudra la peine. Il ne le regrettera pas.

L'instinct l'emporte. Comme d'habitude.

Le sentier s'étire sur trois cents mètres environ, peut-être même plus. Des objets hétéroclites ont été abandonnés çà et là, dans les herbes hautes ou en plein milieu du passage. Une brouette orpheline de roues. Un seau en plastique. Des emballages vides, biscottes, céréales, des boîtes de conserve. Un vrai dépotoir.

Enfin, la verdure recrache Jonas devant une vieille ferme. Façade moitié bois, moitié pierre. Les deux mangés par du lierre et de la mousse. Une étable vide, une grange remplie d'engins agricoles bons pour un musée. Et tout au fond, un homme sans doute aussi âgé que les murs. En salopette, il bricole Dieu sait quoi sur un établi huileux. Il ne lève la tête qu'une fois Jonas dans son champ de vision.

— Qu'est-ce que vous voulez ? braille-t-il.

— Je cherche une amie. Diane Sorel. Est-ce… ?

Le vieux dresse un index vers son oreille.

— Faut parler plus fort !

Sourd comme un pot, donc. Jonas sort son mobile, trouve dans ses photos un portrait de Diane. Il l'exhibe pour illustrer sa question.

— Diane Sorel. Elle habite ici ?

— Dans l'annexe. Faites gaffe à la troisième marche, elle lâche un peu.

Ne reste plus qu'à suivre les indications. L'annexe doit être ce petit bâtiment derrière le corps de ferme. Construction plus récente, mais pas mieux entretenue que les autres parties du domaine. Une volée de six marches aussi grinçantes l'une que l'autre mène à une sorte de palier. Pas de sonnette flanquée d'un « D. Sorel » à côté de l'unique porte.

Une dernière hésitation, puis Jonas frappe trois coups. Ils résonnent de l'autre côté du battant.

Et sont suivis d'une plainte étouffée.

Jonas colle son oreille contre le panneau. Plus rien. Il cogne du plat de la main, plus fort qu'avant. Un nouveau geignement lui répond.

— Diane ? Diane, ouvre-moi !

La poignée refuse de s'abaisser. Une bouffée de nervosité s'insinue dans ses veines. Quel genre de connerie a faite Diane ? Il l'imagine allongée par terre, les poignets déchiquetés, une lame de rasoir ensanglantée toute proche. Le stress se mue en panique. Rien ne justifie une telle issue.

La serrure se laisse forcer sans peine. À l'intérieur, pas de flaque de sang. Pas de corps sur le plancher. Juste une semi-obscurité créée par les rideaux tirés.

Ça et une désagréable odeur animale. Un mélange de peur et de saleté.

Les plaintes reprennent lorsque Jonas allume le plafonnier. Dans la lumière crue, il distingue un séjour qui paraîtrait somme toute confortable, s'il n'y avait cette cage en grillage métallique posée dans un coin. Et, à moitié tapi sous une couverture crasseuse, un chien au pelage hirsute.

Jonas contrôle les autres pièces – une chambre et un coin cuisine, vides – avant de s'approcher de l'animal. Il occupe une bonne moitié de la surface de son box. À ses yeux et son comportement apeuré, Jonas comprend qu'il s'agit d'un chiot. Un molosse en devenir.

— Tout doux, mon pépère, lui dit-il en s'accroupissant devant lui. Bon Dieu, mais qu'est-ce qu'elle t'a fait ?

Le chien n'est pas seulement sale et puant. Un nombre incalculable de blessures constelle sa robe en camaïeu de gris. Prudemment, Jonas approche une main du grillage. L'animal montre les dents une brève seconde avant de s'aplatir en signe de soumission. Brisé sur toute la ligne.

À l'image de sa maîtresse, sans doute.

Mais pourquoi Diane a-t-elle fait subir de telles choses à cette pauvre bête ?

Jonas dégaine son téléphone et compose son numéro. La messagerie automatique s'enclenche dès la première sonnerie. Pas une grande surprise. Le mobile de Diane est posé bien en évidence sur le plan de travail, dans la cuisine. Il choisit un autre raccourci dans son répertoire. Cette fois, on répond.

— Ça tombe bien, Jo. J'allais t'appeler.

— Tu n'es plus au bureau ?

— Non, j'ai rejoint Natalia. Je peux faire quelque chose pour toi ?

Le ton qu'emploie Arthur ne lui dit rien qui vaille. Trop forcé pour être honnête.

— Je voulais te demander de réquisitionner la fourrière.

— Tu as trouvé notre bête du Gévaudan ?

— Pas encore.

— Dommage, parce qu'il se peut qu'elle ait ajouté une victime à son palmarès.

Jonas fixe le chien terré au fond de sa cage. Trop petit et peureux pour s'attaquer à qui que ce soit. Et de toute manière pourquoi Diane lancerait-elle un animal aux trousses de jeunes gens innocents ?

— Un rapport avec l'affaire Marchal ?

— Plutôt, ouais. C'est Berthier. Il est vivant, mais il s'en est fallu de peu. Apparemment, il s'est enroulé autour d'un lampadaire. Sa caisse tient plus de la compression artistique que de la berline, à présent.

Un accident de voiture, donc. Jonas fronce les sourcils, se demandant pour quelle raison Arthur met cela en relation avec la mort des anciens camarades de Léonie Marchal.

— Il revenait de la forêt du Roi-Neuf, ajoute Arthur comme pour répondre à sa question informulée. Quelque chose a dû lui filer une frousse de tous les diables là-bas, vu sa vitesse et les marques de pneus au milieu de son clébard.

Étrange. Franck Berthier n'est ni le plus sympathique ni le plus efficace des chefs de groupe, mais Jonas l'a toujours considéré comme stable. Pas le genre de type à péter un plomb du jour au lendemain et à chercher le suicide en se crashant contre un obstacle.

— Il y a autre chose, n'est-ce pas ?

Un silence révélateur. Au bout du fil, Jonas peut presque voir son collègue se balancer d'un pied sur l'autre, le visage levé vers le ciel à la recherche de l'inspiration.

— On l'a perdue, chef, finit-il par annoncer sobrement. Nella Tomasi. Elle nous a filé entre les doigts.

# 34.

## Léonie

Un nain forgeron a élu domicile juste entre ses tempes. Le bougre travaille avec entrain et régularité. Un neurone écrabouillé chaque seconde, bam, bam, bam. Voilà le résultat quand on descend deux fois le nombre de convives en bouteilles au cours d'une seule soirée. Même avec du bon, ça finit par faire mal.

Léo s'étire jusqu'à s'en tordre les cervicales. Pas de Newton étalé au pied de son lit. Pas de Nella non plus. Son amie a eu l'air épouvantée à l'idée de dormir en haut, avec elle. Comme si Léonie lui avait proposé de se coucher dans l'antre d'un démon, voire carrément dans ses bras. Sauf erreur, elle a opté pour le canapé. Au moins, son monstre a pu rester auprès d'elle. La veille – enfin il était déjà ce matin, Nella et elle avaient beaucoup de choses à rattraper – son chien s'est endormi avec Newton roulé en boule contre le ventre. L'image l'a fait sourire. Et dire que les flics s'imaginent que son brave compagnon à quatre pattes dévore les malheureux personnes qui passent à portée de ses crocs dans la forêt. N'importe quoi.

Le nain lâche prise après une rapide toilette à l'eau glacée – et deux comprimés d'aspirine. Léo descend l'escalier à pas de loup. Nella dort peut-être encore…

Ou pas. Ou peut-être à moitié, en mode somnambule, puisqu'elle arpente le rez-de-chaussée en tee-shirt et petite culotte. Les yeux mi-clos et les bras ouverts en croix, un bol où crépite et fume un truc non identifié, mais très odorant, dans chaque main.

Bon. Elle lui a parlé de ces histoires de connexion avec sa déesse intérieure et de forces de la nature, mais Léo a mis ça sur le compte de la troisième bouteille – un chardonnay juste parfait. Elle lui fait quoi, là, comme délire ? Une cérémonie de purification organisée avec les moyens du bord ?

— Tu veux bien que je monte ? demande son amie.

Il semblerait que oui.

— Fais comme chez toi.

Elle grimpe les marches en marmonnant une litanie. Comme quoi ces six années n'ont pas seulement atteint la santé mentale de Léonie. Pour elle, l'enfermement a flingué une bonne partie de sa raison. Chez Nella, un autre poison a été à l'œuvre. Léo a fini par le comprendre au travers de ce qu'elle taisait.

Ce poison, c'est la culpabilité.

C'est d'autant plus stupide que Nella n'a rien à se reprocher. En même temps, si ces histoires de lune et de féminin sacré peuvent l'apaiser, tant mieux. Même si l'odeur des herbes pique la gorge.

Ça la transforme en petite fée du logis, aussi, parce que la cuisine et la salle à manger ont été ripolinées de fond en comble. Les bouteilles vides alignées dans l'angle du plan de travail, la poubelle ficelée posée à l'extérieur de la porte-fenêtre. Léo aurait dû lui parler des DVD. Ils seraient peut-être eux aussi dans un sac en plastique noir.

Café. Autant pour finir de se réveiller que pour remplacer cette odeur infecte. Léonie est assise à table, une tasse en porcelaine blanche entre les mains, lorsque Nella redescend enfin. Elle la regarde peut-être un peu trop longuement, puisque Nella se croit obligée de se justifier.

— Je me sens déjà mieux. Moins de mauvaises vibrations.

— Si tu le dis. Ça te prend souvent ? de jouer à la druidesse *new age* ?

— Chaque fois que j'en ressens le besoin.

Elle se dirige vers la bouilloire, la remplit d'eau, choisit un sachet de thé qu'elle place dans une tasse. Le tout sans jamais fouler l'endroit où Raymond est tombé.

Comme si elle pouvait le percevoir. Ben ça alors. Debout, Léo, fini de dormir. Encore un peu et elle se mettra à réciter des mantras en latin.

— Pas étonnant que les flics aient fait des raccourcis. Tu es sûre de ne pas t'être plantée d'incantation en demandant pardon à Hugo et aux autres ?

— Le risque zéro n'existe pas. Et toi, tu es sûre de ne pas jeter des sorts sans t'en rendre compte ?

Un sourire aux allures de grimace par-dessus son café.

— Tu as raison. On n'est jamais certaine de rien.

Un silence, chacune dans ses réflexions. Elle est jolie, Nella, avec ses cheveux bien soignés, ses grands yeux verts. Tellement plus jolie qu'elle. Cette comparaison ne la peine aucunement. C'est objectif. Par contre, ça lui fait penser à Raymond.

— Ça aurait pu être toi, affirme-t-elle soudain et sans aucune transition, du moins pour Nella. Raymond aimait les rouquines. Tu te teignais les cheveux, à l'époque, il aurait pu t'enlever toi.

Cette idée lui a sans doute déjà traversé l'esprit. À de nombreuses reprises, vu son air grave.

— Je ne sais pas comment je m'en serais tirée.

Léonie hausse les épaules.

— En essayant de ne pas devenir folle. Ou morte à l'intérieur. Va savoir si j'ai réussi, ou si je fais seulement semblant.

— Bien sûr que tu as réussi. Si tu étais devenue insensible, tu n'aurais pas fait tout ça pour moi.

— Ça veut dire que tu restes ?

D'accord, juste là, elle sonne comme une toute petite fille craignant de voir son amie imaginaire lui tourner le dos. Un brin désespérée aussi.

— Je ne sais pas, Léo.

Sa proposition de la veille tient toujours. Nella pourrait disparaître aux yeux du monde et vivre à l'écart, avec elle, dans la maison de Raymond. Elles ne manqueraient de rien. Rien de matériel, en tout cas.

— Je me suis faite à ma vie, tu sais. À mon métier, aux gens qui m'entourent… Je les apprécie. Tout plaquer comme ça me semblerait…

— Lâche ?

— Non… Enfin, peut-être.

Elle tend les mains à travers la table, attrape celles de Léonie. Les serre, fort. Léo comprend que le moment est arrivé. Celui où elle va enfin révéler au grand jour ce qu'elle a caché avec soin jusqu'ici. Ce qui lui pèse assez pour créer une telle culpabilité.

— Il faut que je t'avoue quelque chose, Léo. C'est moi qui suis lâche…

Son regard se perd un instant en direction de la baie vitrée et du jour plus si neuf que ça. Une inspiration, et elle se lance.

— Tu avais raison tout à l'heure. Quand tu disais que ça aurait pu être moi. En fait, ça aurait *dû* être moi.

— Que veux-tu dire par là ?

— Je pense l'avoir vu ce soir-là. Raymond. Il m'a abordée un peu avant toi.

Elle marque une pause pour contrer un éventuel cri de surprise. Ou de colère. Comme rien ne vient, comme Léo garde ses mains entre les siennes, toutes sages, elle se met à raconter.

Elle raconte l'herbe fournie par Nathan, de mauvaise qualité, comme souvent. Elle lui avait refilé un méchant mal de crâne et asséché la bouche des lèvres jusqu'à l'œsophage. L'envie d'un verre pour dompter les cactus qui poussaient dans sa gorge. Et ce type, apparu presque par magie à côté d'elle. La cinquantaine bien mise, un sourire avenant. Le genre de gars qui devait louer une *escort* à l'avance, plutôt que de se fatiguer à draguer des gamines moitié moins âgées que lui.

Sauf si ça l'excitait.

Ça n'a pas manqué, il lui a offert un verre.

— Et quoi, a-t-elle rétorqué, après ça on va baiser dans ta bagnole de luxe ?

Ni son cynisme ni sa vulgarité n'ont semblé perturber l'homme. Il a haussé les épaules et avoué, fataliste :

— Je conduis un break Volvo. Un modèle très sûr et confortable, mais assurément pas classé dans la catégorie luxe.

— Dommage, alors. Faudra te trouver quelqu'un d'autre.

Nella a commandé son mojito et l'a réglé toute seule. Sans se douter qu'elle venait de sceller le destin de Léonie en une phrase crue.

Quinze minutes plus tard, elle a vu l'inconnu échanger quelques mots avec Léonie. En tout cas, c'est ce qui lui semble. C'était à distance, au travers d'une foule compacte. Et son cocktail n'avait rien arrangé à sa migraine.

Un autre quart d'heure et Léonie se trouvait vers le vestiaire, son manteau sur les épaules. En équilibre instable sur ses talons hauts.

— Le reste est flou, termine-t-elle d'une voix tremblante. Mais je me souviens très bien de ça. Toi qui vacillais. Et ce bras autour de ta taille. Un bras d'homme, veston sombre sur chemise claire. Tes cheveux roux dans vos dos joints, comme une petite flamme. Et puis…

Un sanglot éclate dans sa gorge. Elle cherche le regard de Léo, un début de réaction, rage dégoût tristesse, n'importe laquelle. Mais Léo, elle, regarde à travers elle, à travers ses souvenirs. Tente de redessiner la scène, de toutes ses forces, quitte à s'en user l'hippocampe. Mais rien à faire. C'est effacé à l'acide.

— Tu as disparu. Et c'est ma faute. Ma faute.

— Non. C'est la sienne. À Raymond.

Assez catégorique, mais Nella est partie en vrille.

— Tu ne comprends pas. Si je ne lui avais pas dit ça, si je t'avais rejointe lorsqu'il t'a approchée, pour te mettre en garde, rien de tout cela…

Sans vouloir se la jouer, Léo refuse de croire qu'elle ait été un deuxième choix, un lot de consolation. Raymond obtenait ce qu'il voulait. S'il avait décidé d'enlever Nella, ce soir-là, il y serait parvenu.

Mais c'est elle qu'il avait choisie.

— Arrête. Tu n'as rien à te reprocher, et je n'ai rien à te pardonner. Il n'y a qu'un seul responsable, et il est mort. Pour le reste… eh bien, c'est à nous d'avancer au mieux. Alors brûle encore un peu de tes herbes magiques avant de repartir, et tout ira bien.

Voilà. Ses sanglots se muent en hoquets, puis en rire. Un sourire comme un rayon de soleil à travers des nuages.

— Je t'apprendrai à le faire. On a le temps. Je ne compte pas m'en aller avant demain.

# 35.

## Jonas

Donc elle lui a menti. Tellement souvent et sur tellement de choses que cela semble inconcevable.

Diane, que tout le monde surnommait « Docteur Watson », ne possède aucun diplôme.

Diane, passionnée par les animaux depuis toujours, maltraite une pauvre bestiole dans le secret d'un logement, lui-même gardé secret des mois durant.

Diane, si douce, si fragile en apparence, demandait à ses partenaires de la violenter. Jusqu'à en avoir des marques qu'elle ne dissimulait qu'à moitié. Sans doute sciemment.

La désillusion est totale pour Jonas. Mais il doit la mettre de côté, l'occulter pour un temps. Elle ne concerne que sa vie personnelle. Diane n'a rien à voir avec les meurtres de la forêt du Roi-Neuf.

Au contraire de Nella Tomasi.

Son équipe au grand complet l'attend dans la rue entre l'entreprise de pompes funèbres Girard et le cimetière. Natalia et Arthur ont une mine de cocker triste adaptée à la hauteur de la bourde commise. Ils ne cherchent ni à minimiser, ni à se justifier au travers d'arguments bancals. Julien, lui, tourne en rond comme s'il ne savait pas trop où se poser.

— On met le paquet sur Mlle Tomasi, décrète Jonas. Retournez à son appartement si nécessaire, je veux tout savoir sur elle. Et sur son clébard.

— Je viens d'avoir son véto, glisse Natalia. Le chien a semble-t-il été acheté de la main à la main il y a un an. Ses papiers sont en règle, ses vaccins à jour.

— Aucun vaccin n'empêche un animal de mordre. Julien, mets la pression à la PTS. Il nous faut ces analyses ADN.

Le bleu bafouille quelque chose que Jonas n'écoute pas. Le commandant se doute que les échantillons récoltés sur les scènes de crime sont quasi inexploitables. Le chef du labo l'a déjà prévenu. Juste là, il rêve quand même d'une concordance entre un de ces prélèvements et les poils gris-roux récoltés chez Nella Tomasi. Il aurait dû la mettre en garde à vue tout de suite. Ou au moins après son étrange numéro de charmeuse de serpents. Mais une série de photos et de vieilles rancœurs ne constituent pas un faisceau de preuves solides.

Jonas disperse ses troupes d'un signe de la main. Le croque-mort l'observe depuis une fenêtre de son établissement, de l'autre côté de la rue. Son expression renfrognée ne donne pas envie de le déranger davantage. Il croit en la bonne foi de son employée. Tout comme Jonas croyait en celle de son amie en se levant ce matin.

Tournant le dos à l'homme en noir, Jonas se rend au cimetière. Il fend l'allée centrale, puis sillonne au hasard des rangées de tombes, jusqu'à trouver celle qu'il cherchait. Une rose couleur coucher de soleil est posée au bas de la stèle. Privés d'eau, ses pétales commencent à se flétrir.

— Vous aussi, vous la connaissiez ?

La petite vieille qui l'a interpellé se tient penchée sur une tombe, un arrosoir à la main. Elle se redresse, soulage son dos d'une pression.

— En quelque sorte.

— Tant mieux. En dehors de la petite demoiselle avec son chien, elle n'a pour ainsi dire jamais de visiteurs.

Jonas abandonne le carré de Léonie Marchal pour se rapprocher de son interlocutrice.

— Cette jeune femme… Vous la voyez régulièrement ?

— Eh bien, je viens voir mon Maurice tous les jours, et je la croise presque chaque fois. Elle ne parle pas beaucoup, mais elle a un joli sourire.

— Et aujourd'hui, elle était là ?

La mamie réfléchit un moment puis assure :

— Oui. Même que quelqu'un l'a rejointe. Une autre jeune fille.

Un frisson d'excitation parcourt la colonne vertébrale du policier.

— Vous sauriez la décrire ?

— Pas vraiment, je ne les ai vues que de dos, quand elles partaient bras dessus, bras dessous. Elle était aussi rousse que le feu.

# 36.

## Léonie

On dit qu'après la pluie vient le beau temps.

Le contraire est vrai aussi.

Léonie a partagé une merveilleuse journée d'été avec Nella. Du soleil et de la chaleur à gogo. Elle l'a laissée à la maison, le temps de s'acquitter de sa visite à Mamie Rillette.

Et voilà qu'elle se retrouve en plein hiver. Une température glaciale et de la neige boueuse qui vous colle aux bottes. Le bout des doigts congelés, le cœur avec.

Pelotonnée contre son Stephen Hawking, elle sanglote tout bas. C'est lui qui l'a prévenue. Il l'attendait, posté devant sa porte grande ouverte. Immobile et grave. Comme une gargouille. Il l'a forcée à entrer, a refermé derrière elle. Et là, il lui a dit. Avec beaucoup de difficulté, mais en prenant beaucoup de peine aussi. Lettre après lettre, il lui a écrit qu'Henriette s'était endormie la nuit dernière. Pour toujours.

La seule nuit où Léo n'est pas venue la trouver. Saloperie de destin. Si elle avait su qu'elle devrait échanger sa grand-mère contre Nella, aurait-elle accepté ? Où est le fair-play, dans tout ça ?

Loïc a senti qu'elle allait s'écrouler. Il l'a attirée sur ses genoux. Elle n'a pas résisté. Elle ne sait pas trop ce qui est paralysé, dans ce grand corps tordu cassé. Si son poids le gêne. Par moments, ses jambes remuent. Une onde rapide, irrégulière. Comme il ne se plaint pas, elle ne bouge pas. Et puis ses caresses entre sa tempe et le bout de ses cheveux sont si réconfortantes. Étonnant de se sentir tellement en sécurité, tellement protégée, avec un homme d'apparence si fragile.

Mais ce sentiment ne dure pas. Un grincement dans son dos – la poignée de la porte. Une femme apparaît. Ouvre de grands yeux. Pas de tenue d'infirmière, c'est déjà ça. Elle jette un coup d'œil en arrière, dans le couloir. Se hâte de refermer. Léonie s'est levée. Elle l'affrontera debout. Ou filera dès qu'une ouverture se présentera, quitte à la bousculer.

— Tu es Léonie, c'est ça ?

Elle acquiesce, surprise. Quoi, son nom est écrit sur son front ? En lettres capitales ? Ou peut-être que Loïc...

— Je suis désolée pour ta grand-mère.

L'inconnue lui ouvre les bras. Tout grand. Sans savoir comment, Léo se retrouve dedans. C'est douillet, étonnamment solide. Tout en arrosant son épaule de larmes, elle additionne deux plus deux et comprend qui la cajole avec tant de tendresse.

— Toutes mes condoléances. Je m'imagine très bien ce que tu ressens. Les gens qu'on aime... on voudrait les garder pour toujours.

Sa manière de parler, les ronds qu'elle trace du plat de la main dans son dos – ça lui rappelle sa mère. Sauf qu'elle aussi est partie.

Léonie se dégage gentiment de son étreinte. Un coup de manche sur les yeux et sous le nez. Mieux. Elle peut la regarder sans flou artistique.

Elle et Loïc ne se ressemblent pas pour un sou.

— Je suis Diane, la sœur de…

— J'avais compris.

Une belle femme. Bien que ses traits et son regard – surtout son regard – contiennent plus de dureté que ceux de Loïc.

— Ravie de faire ta connaissance. Même si j'aurais préféré que cela se fasse dans d'autres circonstances.

C'est tellement… formel. Comme quand Léo a rencontré la mère de Bastien pour la première fois. Qu'elle se sentait examinée en détail, évaluée, soupesée. Et avec l'angoisse de ne pas savoir décoder l'impression qu'elle venait de donner.

À l'époque, elle s'était tournée vers Bastien. Là, elle fait de même vers Loïc. Seule différence : c'est lui qui lui prend la main. Bastien n'avait pas été fichu de faire ça. Ce petit geste la réchauffe de l'intérieur avant de la paniquer. Faudrait pas que la grande sœur se fasse des idées, hein. On n'est pas dans un remake un peu tordu d'un film Disney.

Une conversation inégale s'installe. Plus précisément, Léonie ponctue le monologue de Diane par des réponses monosyllabiques. Surtout des assentiments. Diane a dû entendre parler d'elle par les médias, ou alors elle aussi a lu le dossier de police la concernant. Impossible qu'elle sache tant de choses, tant de détails, seulement via Loïc et ses gribouillis.

À la fin, Diane la regarde comme si elle était une sorte de superhéroïne. Pleine d'admiration, de fierté. Comme si elle était pour quelque chose dans la réussite de Léonie. Puis elle a de nouveau un geste maternel – une main douce et chaude sur sa joue –, la tête penchée de côté et une moue désolée sur ses lèvres.

— J'imagine que tu ne prendras plus le risque de venir ici en cachette, maintenant que ta grand-mère n'est plus de ce monde.

Un coup d'œil en direction de Loïc, qui fronce les sourcils. Il a déjà compris le sous-entendu.

— Non, je…

— De toute façon, poursuit Diane, je compte retirer Loïc de La Colombière. On avait parlé d'une durée de cinq ans avec ses thérapeutes, ce délai est dépassé depuis belle lurette.

Les traits de Loïc se chiffonnent comme une boule de papier. Il secoue la tête, non, non, non, pas besoin de l'écrire, c'est lisible sur son visage.

— Tu stagnes, ici, argumente sa sœur. Je vais trouver un endroit plus adapté, où tu pourras progresser à nouveau.

Le tableau magique va se crasher sur le sol. Un son rauque, inarticulé, sort de la bouche tordue de Loïc. L'envie de se couvrir les oreilles pour ne pas l'entendre, ce cri de colère. Mais Léo ne peut pas. Il lui manque une main, celle que Loïc tient toujours.

— Venez chez moi.

Ils ne la captent pas, cette idée folle et on ne peut plus spontanée. Mais elle cristallise en un joli motif, fractale infinie comme un flocon de neige. Alors Léonie la répète, plus fort, avec plus d'assurance.

— Venez chez moi. Maintenant. Je peux accueillir Loïc. Je m'occuperai de lui.

Pas le temps qui lui manque. Ni l'argent. Elle visualise déjà la chambre de Raymond, transformée pour ses besoins particuliers. Un lit médicalisé. Une rampe dans le couloir, des barres de soutien dans la salle de bains. Et le reste.

Un colocataire. Comme avant, avec Raymond. Mais dans un consentement mutuel, et sans violence. Quelqu'un qu'elle aurait choisi.

Petite note à elle-même : se pencher sur cette peur panique de rester seule, alors qu'elle flippe de se retrouver trop entourée. Raymond lui a vraiment détraqué le cerveau. La voie royale pour un abonnement à vie chez toute une brochette de psys.

— C'est de la folie, finit par dire Diane.

Loïc réclame son tableau à grand renfort de gestes et de grognements. Une fois le rectangle calé sur ses genoux, le stylo débouché, il trace trois lignes. Léo lit à l'envers :

« Kiné »

« Tu sais »

« Mexique »

Merde, son traumatisme crânien a dû pondre un anévrisme. Une bombe à retardement en forme de petit œuf tout rose qui vient enfin d'éclore. Ou pas, puisque Diane rit avec tendresse.

— Loïc fait référence à une plaisanterie avec son kinésithérapeute, explique-t-elle. Il me répète souvent que, puisque je connais tous les gestes, Loïc et moi pourrions nous enfuir au Mexique. De préférence après avoir dévalisé une banque.

Ben parfait. Pas même besoin de passer par la case hold-up. Loïc brandit de nouveau son outil de communication. Il a effacé les mots précédents – mal, on voit encore une brume de lettres – au profit d'une phrase aussi claire que succincte :

« Dis oui. »

S'il existe quelque part dans le monde une œuvre d'art intitulée *La Supplique*, elle doit ressembler à ça. À ce gars tout tordu, sa pancarte en guise de doudou et des étoiles d'espoir plein les yeux. Un truc style Renaissance, entre ombre et lumière.

— Enfin, c'est de la folie ! Je ne peux pas te sortir d'ici en pleine nuit…

— Alors demain. Je vous attendrai sur le parking à neuf heures. J'ai une grande voiture, on pourra mettre la chaise roulante dans le coffre.

Diane secoue la tête. Mais pas pour dire non. Plutôt comme si elle pensait avoir un rêve accroché à l'esprit, et qu'il lui faille retrouver des idées claires. Se réveiller pour de bon.

— Vous êtes dingues. Autant l'un que l'autre. Mais c'est d'accord.

Un cri de joie. Des embrassades. Loïc la serre si fort qu'elle en a le souffle coupé. D'accord, ce n'est pas seulement le fait de Loïc. L'énormité de ce qu'elle vient de proposer – et qui a été accepté de toutes parts – devient concrète et – ouahou, ça la stresse un poil, quand même.

Il est une heure du matin. Dans huit heures, sa vie va prendre un autre tournant. Moins solitaire. Et plus lumineux, sans aucun doute.

# 37.

Diane n'est pas rentrée chez elle. Trop dangereux, après tous ces messages en absence de Jonas. Elle n'a pas dormi de la nuit. Pouvait-elle avoir foi dans l'engagement de cette fille ? L'occasion rêvée pour tout recommencer en mieux. D'une certaine manière, un juste retour des choses.

Mais pour elle qui manipule si souvent le réel, cela semble trop beau pour être vrai. Certaines promesses chatoyantes se révèlent tissées de fils de mensonges.

Assise au volant de sa voiture sur un parking désert, elle a envisagé mille scénarios. Tout quitter. Se contenter d'adapter quelques détails, pour le bien de Loïc. Elle a repeint leurs vies sous la lumière d'innombrables réalités. Tant de possibles à sa portée. Tous excitants. Elle n'a pas su se décider, choisir une option au profit d'autres tout aussi enthousiasmantes.

Déjà partir, installer Loïc dans les meilleures conditions. Ensuite, elle avisera.

Léonie attend depuis vingt minutes sur le parking du centre SSR. À sa place habituelle, sous le saule pleureur.

Le soleil matinal le fait resplendir, rien à voir avec ces lianes hirsutes visibles en pleine nuit. Ça lui permet d'oublier que Mamie Rillette a dû être emmenée au funérarium, à l'heure qu'il est. Est-ce que la personne qui s'est occupée d'elle est aussi douée que Nella ? A-t-elle su dessiner un air paisible sur son visage ? Est-ce que Jacques viendra lui rendre un dernier hommage ? Il a intérêt.

Vingt-cinq minutes. Nella dormait lorsqu'elle a quitté la maison. Elle a admiré ses traits réguliers, sereins. Sa confession semble lui avoir été bénéfique. Un bon coup de décapant sur une surface grêlée par le chagrin et la culpabilité. Ne reste plus qu'à la repeindre avec des couleurs douces. Elle a hésité à la réveiller… et puis non. Juste laissé un mot sur le comptoir de la cuisine, prépare du café, je reviens avec une surprise. Juste ça, entre clin d'œil et mystère.

Trente minutes. Elle pianote sur son volant avec tant de force, ses doigts lui font mal. De vilaines pensées éclosent avec des plop humides dans son esprit. Ils ne viendront pas. Diane a changé d'avis. Léonie s'imagine Loïc, secoué par la colère et la frustration. Pourrait-elle venir le chercher seule, en cachette, si… ?

Ils arrivent. Tout petits dans son rétro, d'abord. Puis de plus en plus grands, jusqu'à ce qu'ils apparaissent en chair et en os – et en sourire, punaise, qu'est-ce qu'il sourit fort, son Stephen Hawking. Un truc à modifier la vitesse de rotation terrestre, à ficher en l'air la gravité. Il faut qu'il arrête, ou ils vont tous se retrouver en apesanteur.

Diane s'excuse pour le retard. Petite mine. Elle n'a pas dû dormir beaucoup. Elle explique que sa voiture est pleine, les affaires de Loïc, du matériel médical. Alors si…

— Tu montes, beau gosse ?

OK, ce ton de vieille graveleuse ne lui convient pas, mais alors pas du tout. Loïc pousse quand même un gloussement de joie. Léo relève sa capuche – on ne sait jamais, il y a beaucoup plus de monde sur le parking qu'en pleine nuit. Sort pour aider Diane. Inutile, puisque Loïc parvient à se transférer de son fauteuil au siège passager tout seul. Sa sœur boucle sa ceinture comme s'il avait trois ans. Assure qu'elle suivra, lui colle une bise sur la tempe. Ne reste plus qu'à plier la chaise roulante, clac-clac dans le coffre et moteur.

Direction un nouveau chapitre.

Jonas se frotte les yeux. Trop peu de sommeil, et cette scène surréaliste à laquelle il ne peut pas croire. Ce départ de Loïc qui ressemble à une fuite. Et avec quelles complices !

Il baisse la tête lorsque Diane passe devant sa voiture au petit trot. Attend qu'elle revienne dans l'autre sens, au volant cette fois. Et qu'elle se cale dans le sillage d'un autre véhicule.

Un break gris. Comme celui aperçu au cimetière. Ou sur les lieux de l'accident de Franck Berthier.

Jonas tourne la clé de contact et démarre lentement, le convoi en ligne de mire.

# 38.

## Loïc

Le trajet se fait en silence. De la part de Léonie, surtout. Elle conduit dans le plus strict respect du code de la route, concentrée, jamais un seul kilomètre/heure au-dessus des limites. J'ai beaucoup plus de peine à rester calme. Par moments, un rire nerveux s'échappe de ma bouche, comme une bulle d'une boisson gazéifiée. Un soda au bonheur. Ça fait sourire Léo, mais elle ne dit rien. Je vois bien qu'elle n'en mène pas large. Elle serre son pauvre volant comme si elle voulait l'étrangler. J'espère qu'elle ne regrette pas déjà sa proposition. C'est une idée folle, on est bien d'accord. Mais bon sang, qu'est-ce que ça fait du bien de se sentir vivre à nouveau.

Sitôt passé le portail, au bout du chemin privé, j'ai l'impression d'être Alice arrivée au pays des merveilles. Tout me semble plus beau, plus vert. La maison, bien à l'abri des regards, a des allures de palais. Léonie se gare au plus près de l'entrée et actionne son klaxon à deux reprises. Le temps que je me libère de ma ceinture et que j'ouvre ma portière, une jeune femme apparaît sur le perron. Grande, des courbes voluptueuses et de longs cheveux bruns. Léo déclare fièrement :

— Loïc, voici Nella, ma meilleure amie. Nella, je te présente Loïc. Mon nouveau colocataire.

Une surprise, d'un côté comme de l'autre. La jeune femme finit par avancer, soit pour me serrer la rame, soit pour me donner un coup de main. Mais elle se fige avant d'arriver vers moi. En mode incrédule, les yeux rivés sur Diane, dont les pas font croustiller le gravier.

— Vous ?

— Bonjour Nella.

— Vous vous connaissez ? interroge Léonie.

Un blanc désagréable s'étire, puis Nella hausse les épaules :

— Oui, je… Enfin pas vraiment. C'est à elle que j'ai acheté Hadès l'an dernier.

Voilà qui me surprend également. J'ignorais que ma sœur s'était mise à l'élevage.

— J'espère qu'il se porte bien, ce gros patapouf, sourit Diane.

— Comme un charme.

Quelque chose me déplaît. La manière dont a sonné cet échange. Cette tension réfrigérante. Mais peut-être s'agit-il simplement d'une fausse impression. Je comptais découvrir mon nouveau foyer sans élément perturbateur, et cette Nella, si séduisante soit-elle, en représente un de taille.

Les trois femmes unissent leurs efforts pour me hisser jusqu'en haut du perron, où je me laisse tomber sur ma chaise roulante. Léonie me pousse pour franchir la porte d'entrée avec un « tadaaa » enjoué. Les deux autres restent à distance respectable, un peu comme les polarités différentes d'aimants que je m'amusais à rapprocher pour mieux les voir s'écarter, gamin. Je me concentre sur la découverte de mon nouvel univers. J'ai droit au tour du propriétaire, séjour, cuisine et salle à manger, chambre avec salle de bains attenante. Je comprends que cette dernière était celle du ravisseur de Léonie. Ça devrait peut-être me laisser dubitatif, me pousser à hésiter, mais j'avoue qu'il n'en est rien. Tout ce que je vois, c'est un plumard assez grand et solide pour mes exercices de kiné, et des murs blancs que je pourrai recouvrir d'affiches et de photos. Donnez-moi deux semaines là-dedans et je transformerai ce fief de psychopathe en grotte d'adolescent attardé.

La visite se termine sur une deuxième chambre, que Diane pourra occuper, si elle le souhaite. Léonie ajoute de manière évasive qu'elle dort en haut. Je jette un œil en direction du premier étage lorsqu'elle me pousse de nouveau vers le séjour, mais le haut de l'escalier se perd dans le noir.

— On adaptera les espaces, avec une rampe dans la cuisine et vers la porte-fenêtre, pour que tu puisses profiter de la terrasse, prévoit Léonie. Je vais te montrer, c'est vraiment agréable dehors…

Une masse poilue se rue sur moi sitôt qu'elle ouvre. Un chien énorme qui, une fois ses pattes avant hissées sur mon fauteuil, tient presque du grizzli. Je comprends qu'il s'agit du fameux Hadès dont Nella a fait mention. Il me renifle avec application et doit me juger digne de faire partie du décor, puisqu'il lèche copieusement ma main paralysée avant de se désintéresser de moi. Je m'essuie de mon mieux avec le bas de mon sweat-shirt et m'attends à ce qu'il répète son manège avec Diane. Rien de ça. Dès qu'elle l'approche, il plie les oreilles et se ramasse sur lui-même en grondant tout bas.

— Ben alors, tu t'es levé du pied gauche ? s'amuse Diane.

Elle tend la main vers le molosse qui s'étale par terre comme une crêpe. Diane grattouille ses flancs et il reprend un comportement plus conventionnel. À l'affût, mais plus détendu.

Le regard de Léonie fait du ping-pong entre Diane et Nella.

— Incroyable que vous vous connaissiez ! Voilà pourquoi je hais les statistiques. Sérieux, quelles étaient les chances pour que ça arrive ?

Et celles pour qu'on se retrouve tous ici, on en parle ? C'est juste dingue. Comme si tout avait été programmé par un esprit un rien tordu. Mais qui de nous aurait pu s'imaginer tout ça, entre l'enlèvement de Léonie et mon accident ? Personne.

Notre hôte – pardon, ma nouvelle coloc – nous propose de retourner à l'intérieur. Nella tient la porte ouverte tandis que Diane et Léo luttent pour me faire passer le seuil. Nous sommes donc tous dos au jardin et absorbés par les roulettes récalcitrantes de mon fauteuil lorsqu'un ordre retentit derrière nous :

— Plus personne ne bouge.

# 39.

## Loïc

Médusé, je découvre Jonas à quatre ou cinq mètres de nous. Les jambes écartées, bien campées dans le gazon.

Et son flingue à bout de bras. En position réglementaire, comme on nous l'a appris à l'école de police. On pourrait prendre une photo et la coller dans les manuels. J'aimerais lui demander ce qu'il fiche ici et pour quelle obscure raison il pointe un pistolet sur nous, mais comme d'habitude ma bouche ne produit qu'un atroce geignement. Saloperie. Nella, en revanche, lâche pour la deuxième fois en moins de dix minutes un « Vous ? » interloqué.

— Prenez votre chien et restez à l'écart, mademoiselle Tomasi. En douceur. Je n'hésiterai pas à tirer.

Nella s'exécute non sans peine, son molosse ayant plutôt l'air de vouloir renifler les chaussures de Jonas et plus si entente.

— Vous êtes flic ?

— Et vous êtes très vivante, pour une morte, mademoiselle Marchal.

— Léonie. Merde, c'est bien vous que j'ai heurté devant le commissariat, l'autre jour ?

Elle peste sur ces bêtises de statistiques. Comme si les mathématiques y pouvaient quelque chose. Puis elle fusille Jonas du regard.

— Vous m'avez reconnue trop tard et ça vous est resté en travers de la gorge ?

— Je ne vous ai pas reconnue du tout. C'est votre amie que je recherche. Activement.

Je gémis malgré moi, encore plus fort que tout à l'heure. Trop de phrases en retard, d'exclamations et de cris retenus par une fichue bande de neurones cabossés. Jonas me lance un regard désolé, me fait un geste qui signifie « reste en dehors de tout ça, c'est mieux ». J'en ai tellement assez qu'on décide à ma place. Qu'on choisisse sans m'en parler ce qui est préférable pour moi. Diane pose une main sur mon épaule.

— Tu lui fais peur, Jo.

— Toi aussi, reste où tu es, rétorque-t-il en la mettant en joue une brève seconde.

Un spasme douloureux, genre lame de fond, laboure tout mon côté gauche. Le stress. On doit voir mon cœur s'agiter sous mon sweat. Je tente de soulager la pression en me balançant d'avant en arrière. Parfait, j'ai désormais l'air d'un débile profond. Et toujours aussi mal.

— Vous… Vous avez perdu la raison, commandant.

— Pas du tout mademoiselle Tomasi. J'ai reçu les résultats du labo ce matin. Haut degré de concordance. Votre chien, dit-il en désignant l'animal sagement couché aux pieds de sa maîtresse, votre chien a attaqué et tué au moins trois personnes.

— C'est impossible. Il a dû y avoir une erreur…

Elle se laisse tomber à genoux et enlace son chien, qui semble toujours aussi inoffensif en dépit de sa carrure.

Jonas mouche ses protestations d'un mouvement de son flingue.

— J'y ai pensé. Je l'espérais même, pour tout vous dire. Surtout quand j'ai eu accès au dossier complet de votre vétérinaire. Avec la mention de l'ancienne propriétaire de Hadès.

Il pivote de nouveau vers Diane. Son menton tremble entre tristesse et colère.

— Toi, Diane. Ou peut-être devrais-je dire Juliette ?

La main de ma sœur m'abandonne pour se serrer en poing.

— Ça ne te regarde pas.

— Peut-être que non. Mais ça m'a fait réaliser toutes ces fois où tu m'as menti. Rien n'est réel chez Diane Sorel. Tout est fabriqué, inventé, composé. Que m'as-tu caché d'autre ? Tu es née, tu as grandi sous un nom différent. Adopté un garçon qui n'est pas ton frère. Prétendu avoir fait de hautes études. À partir de là, on peut imaginer tant de choses…

Diane serre les dents, tendue à l'extrême. Pour se retenir de se ruer sur Jonas, elle plante ses poings dans ses poches. J'entends qu'elle malmène son trousseau de clés dans la gauche.

— Il se peut que tu aies éliminé l'homme qui a assassiné ta mère, poursuit Jonas sans aucune compassion. Que tu aies aidé une fille un peu perdue à se faire justice. Quoi d'autre encore ?

Ça braille dans ma poitrine, dans ma gorge. Jonas laisse passer mon hurlement inarticulé, puis s'adresse à moi pour la première fois. Les yeux dans les yeux. Avec une tristesse infinie.

— Le rapport d'expertise sur ton accident n'est pas parvenu à une conclusion claire, Loïc. Les suspentes de ton parapente pourraient avoir été manipulées. C'est peut-être un acte criminel.

Cette phrase et ce qu'elle implique me coupe le souffle. Je préférais encore crier de l'intérieur. C'est trop douloureux.

— Est-ce que c'est toi, Diane ? Loïc prenait trop d'indépendance. Il prévoyait de s'installer avec Ophélie, de s'éloigner de toi… Est-ce que c'est toi qui as découpé ces cordes ? Pour garder ton pseudo-petit frère sous ton aile à jamais ? Il aurait pu mourir, nom de Dieu !

— Espèce de salopard ! explose Diane. Qui es-tu pour oser insinuer de telles horreurs ! Toi, avec ton amour désespéré pour Loïc ? Et si c'était toi qui l'avais saboté, ce parapente ? Pour le punir de ne pas t'aimer en retour ?

Les deux se toisent, blêmes et tremblants de rage. C'est trop pour moi, pour mon cerveau qui court-circuite la ligne temporelle et me ramène dans le passé. La veille de l'accident. Il m'oblige à revivre cette scène éprouvante. Moi expliquant à ma sœur que je suis à la recherche d'un appartement plus grand, pour y emménager avec Ophélie. Sa réaction, comme un mur de mécontentement, presque du mépris. Le silence de Jonas, venu par hasard après le travail. Son air tout aussi peiné.

Et mon parapente à moitié déplié dans la cuisine. À la portée de tous.

La voix de Jonas m'arrache à mes souvenirs.

— Je suis entré chez toi, Diane. J'ai trouvé ton nouveau jouet. Qu'as-tu fait subir à cette pauvre bête ?

Je lutte pour garder à l'esprit que mon accident n'était que ça : un accident. Qu'aucune de ces personnes que j'adore n'a cherché à me réduire à mon triste état de handicapé. Mais c'est difficile. Surtout face à ces visages que je redécouvre sous une tout autre lumière. Surtout celui de Diane, qui relève fièrement le menton.

— Tu aurais dû rester dans ton rôle de protecteur, Jonas. Il te convenait mieux. Tu n'as rien d'un justicier.

Elle sort son trousseau de clés de sa poche, en détache une pièce de la taille d'un mégot de cigarette qu'elle place entre ses lèvres.

Je comprends qu'il s'agit d'un sifflet à ultrasons lorsque Hadès se redresse en envoyant bouler sa maîtresse. Ses oreilles s'agitent follement et il gronde comme le ferait un tigre en cage. Diane capte son regard, puis tend la main vers Jonas et ordonne :

— Tue.

La vivacité de l'animal étonne tout le monde, Jonas compris. Son premier coup de feu touche le sol à l'endroit où la bête se trouvait une fraction de seconde auparavant. Le deuxième part juste avant qu'il ne bascule, terrassé par le poids de son agresseur.

Des crocs puissants se referment sur lui, des griffes le labourent de toutes parts.

Nella accourt, tente de tirer le collier de son compagnon, Léonie cherche à lui prêter main-forte, en vain.

Diane, elle, continue de siffler sans répit une note inaudible pour nous. Une note qui somme à un animal paisible de se transformer en démon assoiffé de sang.

La scène semble se mettre sur pause. Ou elle dure un million d'années. Jusqu'à ce qu'un cri explose dans le tumulte.

— Arrêtez ! Par pitié, arrêtez !

Et tout le monde arrête.

Le sifflet tombe des lèvres de Diane.

Hadès lâche sa prise et s'éloigne, la tête basse et la queue entre les jambes.

Léonie et Nella chutent dans l'herbe tachée de sang.

Jonas parvient à rouler sur le côté, les mains pressées sur sa cuisse.

Tout le monde se fige et me dévisage. Parce que ce cri est sorti de ma bouche.

# 40.

## Loïc

J'ai parlé.

Vraiment. Les voyelles, les consonnes, tout ça dans le bon ordre et bien articulé. Un petit miracle dans l'enfer de ce jardin.

Les toubibs évoquaient un déclic. Si j'avais su qu'il faudrait une telle horreur à mon cerveau pour se décider… Ouais, je crois que j'aurais signé pour un autre round en mode muet. Je serais resté dans l'ignorance. Frustré sans doute, mais au moins pas déchiré en deux comme maintenant.

— Diane…

Ma sœur – ma sœur, mon double, ma mère, un morceau de mon âme et, je le comprends à présent de la plus douloureuse façon qu'il existe, ma Némésis – se jette à mes pieds. Elle prend ma main valide entre les siennes, la serre convulsivement.

— Tout ce que j'ai fait, je l'ai fait pour toi, petit frère.

Des larmes s'échouent sur les rives de son sourire. Comme si le masque qu'elle portait d'ordinaire s'était évaporé pour montrer son vrai visage, mi-tendre, mi-effrayant.

— Tu as tué ces gens ? Dans la forêt ?

— Tu n'étais pas en mesure de mener l'enquête, de retrouver les responsables pour qu'ils soient punis. J'ai fait ce qui était juste.

— Juste ?

— Ces hommes avaient abandonné Léonie à son sort. Puis ils ont sali l'image de Nella. Ils n'ont eu que ce qu'ils méritaient.

— Tout incriminait Nella, lui lance Jonas qui est parvenu à se remettre debout. Avec de pareilles preuves, elle aurait passé le reste de sa vie en prison. Par ta faute. Ça te semble juste, Diane ?

Il pointe de nouveau son arme sur elle. Je lui fais signe d'arrêter. Il abaisse le canon, mais garde les doigts crispés autour de la crosse.

— Tu aurais fini par t'en rendre compte. Elle n'y est pour rien. Pas plus que son chien. J'ai dressé Hadès pour qu'il la protège. Il était trop tard pour Léonie, mais je pouvais encore mettre Nella en sécurité. Je ne voulais pas qu'il lui arrive malheur.

— Et ton plan, tu l'as exécuté avec quel animal ?

— Le frère d'Hadès. Le plus fort de la portée. Mais il est parti, maintenant, il dort dans la forêt, comme les autres… Ils dorment tous.

Je me penche sur Diane jusqu'à ce que nos fronts se touchent. Des étincelles parcourent ses yeux. Je les ai déjà vues danser dans ses iris, ces minuscules lucioles. Je les ai toujours prises pour des éclats de passion, de joie de vivre. Je comprends aujourd'hui qu'elles reflètent sa folie.

Elle lève une main vers ma joue, la caresse avec tendresse.

— Je n'ai fait que te protéger. Depuis le début.

Je ne lui demande pas si elle a sectionné cette suspente. Je connais la réponse.

Je ferme les yeux, fort. Ça n'empêche pas mes larmes de couler. Diane les essuie du bout des doigts. J'embrasse son front, me détache d'elle. Elle paraît si fragile. Comme si nos rôles s'étaient enfin inversés.

Son sourire s'efface quand Léonie appelle d'une voix paniquée :

— Nella ? Nella, qu'est-ce… ? Merde !

La jeune femme vient de se rasseoir dans l'herbe, blême et une main plaquée en haut de son bras. Je découvre en même temps que les autres la tache de sang qui s'élargit sur son tee-shirt, en dessous de ses doigts. Jonas pousse un juron et, en dépit de ses propres blessures, s'accroupit devant elle pour l'examiner. Son expression oscille entre soulagement et culpabilité. Il jette son flingue à bonne distance, comme s'il était seul responsable de son deuxième tir au jugé.

— Pas de perforation. Mais il te faut des soins.

Nella acquiesce. Elle n'a pas l'air de quelqu'un qui vient de se faire tirer dessus. On la dirait plutôt rêveuse.

— Toi aussi, dit-elle.

Elle effleure le bras de Jonas, son torse. Ils forment un drôle de tableau en miroir, ainsi face à face.

— Je vais appeler les secours.

Il sort son mobile de la poche de son blouson, et Léonie s'interpose.

— Et on leur dira quoi, aux gentils gars du Samu ? Qu'on organisait une *murder party* grandeur nature, avec un flic maladroit, un handicapé qui se la joue Jésus, une psychopathe, une disparue revenue d'entre les morts et une sorcière et son démon de compagnie ? Que ça a dérapé, désolés, vous pourriez juste recoudre tout ça et vous en aller ?

Elle ramasse le pistolet de Jonas. Vu comme elle le tient, elle risque de faire plus de dégâts qu'autre chose. Je lui fais signe de me le donner, puis effleure la joue de Diane pour réclamer son attention. Son regard, l'amour et la folie qui irradient d'elle, c'est trop à supporter. A-t-elle seulement conscience de ce qu'elle a fait ? de ce qui l'attend ? J'imagine des barreaux se refermer autour d'elle et, pendant une minute qui dure une éternité, je crains d'avoir perdu de nouveau la faculté de parler. D'exprimer ces mots essentiels.

Et puis ça revient. Mais ça ne m'apporte aucun soulagement. À choisir, je préférerais rester muet à jamais plutôt que de devoir lui dire ça.

— Je t'aime, Diane.

Cette image de barreaux devant son visage éteint, déserté par les lucioles.

L'enfermement la détruirait. Si elle n'est pas déjà détruite. Depuis tout ce temps. Je n'ai pas su la guérir, effacer ses blessures, les remplacer par quelque chose de beau. Je n'étais qu'un enfant. Je ne suis que moi.

Il n'y a plus qu'une seule chose que je puisse faire. Pour elle.

— Tu es une sœur merveilleuse. Tu l'as toujours été. Je n'aurais pas pu rêver mieux.

— Je t'aime tellement, petit frère.

Elle pose ses lèvres sur mon front. Je peux sentir leur chaleur. Leur douceur. Puis elle recule, juste un peu, hoche la tête avec un sourire.

Elle a compris. En silence, elle articule encore un merci, puis elle répète son geste d'assentiment. Comme pour me rassurer. Me promettre que tout ira bien.

*Tout ira bien.*

Alors je presse la détente.

# 41.

## Léonie

La détonation sonne cent fois, mille fois plus fort que les précédentes. Mais ce n'est rien en comparaison des deux autres sons qui suivent. Celui de l'arme qui chute sur les lames en bois de la terrasse. Puis celui du corps de Diane qui s'affaisse avec lenteur. C'est celui-là le pire. Le plus assourdissant. Pourtant, Loïc l'accompagne aussi loin qu'il peut. Jusqu'au moment où, s'il continue, il basculera de sa chaise pour une dernière étreinte.

Chacun fixe la scène, mouvement après mouvement – merde, les qualificatifs manquent, il faudrait trouver plus fort qu'horrifié, moins niais qu'incrédule, plus cash qu'abasourdi. Chacun la voit, cette fleur carmin, s'étendre sur la poitrine de Diane. Elle, elle sourit encore vaguement, les yeux rêveurs, déjà un peu partie, puis tout à fait plus là. Léonie voudrait crier, ou au moins avoir un geste réflexe, les mains sur la bouche, un truc comme ça. Que dalle. Elle reste statique, impossible de faire entendre raison à son cerveau pour qu'il se bouge et remette tout en branle, les nerfs, les muscles, les articulations. Son cœur, aussi, parce qu'elle a l'impression qu'il s'est arrêté, tout brisé de chagrin à la vue de son Stephen Hawking. C'est impossible d'avoir l'air aussi déchiré que ça. Et encore plus de sembler presque serein en même temps.

— Appelle les secours, Jonas, dit-il avec un calme quasi surréaliste.

— Qu'est-ce que tu as fait ? gémit le flic, tout aussi immobile que Léo.

Son premier pas semble lui demander un effort considérable. Suit un autre et encore un autre jusqu'à ce qu'il s'agenouille à côté de Diane. Deux doigts sur la carotide. C'est fini, tout le monde en a conscience. Léonie met son air ravagé sur le compte de la douleur, celle physique infligée par le chien, celle morale d'avoir perdu une amie. Mauvaise pioche.

— Elle aurait dû répondre de ses actes. C'était la seule responsable, et maintenant c'est toi qui…

— Ta gueule !

Jusqu'ici, Loïc a parlé avec difficulté, comme si ses mâchoires ne savaient plus trop comment s'y prendre pour articuler toutes ces consonnes et ces voyelles. Là, ça a claqué comme un fouet.

— Le responsable, c'est l'homme qui a détruit Diane enfant. C'est celui qui a enlevé Léo. C'est nous, à être tellement aveugles. Diane n'y est pour rien.

— Elle a voulu t'assassiner, toi aussi !

Le regard de Loïc se fait polaire. Et tranchant. Ça rend les genoux de Léonie tout mous, elle en profite pour tituber un peu, se laisser tomber près de Nella.

— Tu n'es qu'un sale connard, Jonas.

— L'expertise…

— Juste le fait que tu aies pu t'imaginer que Diane en viendrait à me nuire le prouve. Je me contrefous de ton expertise. Cette voile, celle que Diane et toi avez vue dans ma cuisine, elle était défectueuse. Je n'ai pas volé avec elle, ce jour-là. Mais avec une autre, rangée dans mon casier cadenassé au club.

Ébranlé, le Jonas. Il intègre l'information, secoue la tête comme si ça passait mal.

— C'était un accident ? Mais alors pourquoi… ?

Un geste de la main en direction de Diane, qui fixe toujours l'infini du ciel. Léonie songe à se relever, à aller lui fermer les paupières. D'abord, une constatation, qu'elle prononce à voix haute.

— Vous êtes pas très futé, pour un commandant de police.

Ça le fait taire d'un coup. Non mais sérieux, comment peut-il ne pas piger ça ? Comment a-t-il pu ne pas voir l'immensité de l'amour entre Diane et Loïc ? Ça crève pourtant les yeux. Si on les avait séparés, et c'est ce qui se serait passé – hé, la miss a quand même dézingué au moins trois personnes par molosse interposé –, elle en serait morte. Le geste de Loïc, il s'appelle Compassion. Avec un putain de C majuscule.

Mais bordel, pour lui, le prix à payer sera astronomique. Il était déjà tout cassé tordu paralysé, et voilà qu'il vient de s'amputer lui-même d'une partie de son cœur.

Léonie parvient jusqu'à Diane, moitié en rampant, mais c'est mieux que rien. Elle lève le regard vers Loïc.

— Je peux ?

— S'il te plaît.

D'un geste tout en douceur, elle se penche sur Diane, repousse une mèche de ses cheveux en arrière. Une fois ses yeux fermés, elle semble dormir, sereine.

— Merci, murmure Loïc.

Il pose une main sur son épaule.

— Ça va aller ?

Une seconde de réflexion. Il y a de nouveau un cadavre dans sa maison – OK, techniquement, celui-là est à l'extérieur, mais ça revient au même. Cette fois, Léo ne pourra pas le dissimuler, l'enterrer dans un coin de la haie, planter des oignons de tulipe dessus et faire comme si de rien n'était. Ou alors il faudrait qu'elle bute toutes les personnes présentes. Non seulement ça paraît un peu compliqué, mais surtout elle n'en a pas du tout envie. Elle a eu sa dose de morts, ces dernières semaines.

Mieux vaut éliminer ce joli rêve. Elle doit l'admettre, c'était un peu beaucoup utopique, cette idée de vivre pour toujours à l'abri des regards, avec pour seule compagnie ceux qu'elle aurait choisis comme dignes de faire partie de sa tribu.

Se retrouver sous la lumière des projecteurs ne la ravit pas, c'est clair. Mais en comparaison de ce que devra traverser Loïc, ça ressemblera à une colonie de vacances. Un quart d'heure de célébrité, et basta.

Ouais, d'accord, en fait ça lui fiche des sueurs froides. Juste s'imaginer des hordes de journalistes agglutinés devant le portail, sa photo au 20 heures, des inconnus la reconnaissant au supermarché ou dans la rue, leurs regards scrutateurs un brin pervers, tout ça lui donne envie de vomir. Et, une fois le contenu de son estomac rendu, de prendre la Volvo de Raymond, de rouler jusqu'à ce que le réservoir soit vide et de continuer à pied après ça. Donc autant répondre en toute honnêteté.

— J'en sais rien. Et toi ?

— Je ferai face. Mais si tu préfères…

Il lève sa main valide en direction de la route. Une porte de sortie ouverte toute grande à son intention.

Il lui offre la liberté.

Mais est-ce vraiment ça, la liberté ? Une sorte de fuite en avant ? Léo veut plutôt croire à une autre version de son existence. Une avec des choix assumés. Des choix qu'elle et elle seule fera en toute conscience, selon ses convictions profondes. Elle se redresse – impossible de dire ça à genoux –, s'aide un peu du fauteuil pour parvenir en position debout. Prend la main de Loïc, la serre genre je ne te lâcherai pas.

— On y arrivera. Ça ne sera pas comme je me l'étais imaginé, mais je garde une partie du concept.

Un échange de regards comme une promesse. Puis Loïc se détourne, hoche la tête à l'intention de Nella, de plus en plus pâle. Et dit :

— Passe ton coup de fil, Jonas.

# Épilogue

La routine.

Parfois, Léonie songe aux nombres complexes. Ces nombres réels contenant une part imaginaire.

Sa vie en est devenue un.

Elle a transformé le bureau en chambre à coucher. À la poubelle, la croûte terne qui planquait le coffre-fort. Elle a tout repeint en vert. Pistache, ou menthe, elle ne sait plus très bien. Ça fait un peu mal aux yeux, mais elle s'y est habituée, à la longue.

Au début, elle a passé des journées entières à dormir. Une sorte de contrecoup, un retour de manivelle de la part de son cerveau fatigué, de tous ses nerfs usés. Elle s'est planquée aussi, pour être honnête. Et puis l'orage s'est éloigné, il est allé distribuer ses doses d'éclairs et de tonnerre au-dessus d'autres impuissants. La laissant un peu secouée, mais indépendante.

Désormais, elle se lève avec les premiers rayons du soleil. Profite un moment de la maison silencieuse, boit un café en compagnie de Newton, qui revient d'une chasse matinale. Croquettes, caresses et ronrons. Puis elle retourne se plonger sous la couette, son ordinateur portable calé entre ses jambes en tailleur. Elle vérifie sa boîte mail ou peaufine un devoir. C'est qu'elle s'est inscrite à la fac, Léo. Maths, physique, biologie. En cours par correspondance, hein, faut pas exagérer. Les amphithéâtres pleins à craquer d'inconnus bourrés de testostérone, très peu pour elle.

Sans vantardise, elle s'en tire plutôt bien, pour une autodidacte. Elle devrait peut-être songer à écrire une méthode d'enseignement. Les sciences avec Raymond, abonnement à cinq cents balles par semestre, garantie de réussite en cas de réclusion volontaire ou non. À conserver sous le coude, cette idée, pour le jour où ses réserves seront épuisées. Là, elle a de quoi tenir un bout de temps. Elle avisera ensuite.

Ses contacts en dehors de la maison se résument à Jacques, qu'elle va voir une ou deux fois par mois. Et à Nella, qui œuvre en douceur pour qu'elle garde un pied dans la société active. Une visite de musée, un verre dans un bar – le plus difficile, bon Dieu ces crises d'angoisse –, une soirée cinéma. Léo lui en est reconnaissante, même si souvent elle se sent décalée, inadaptée. Même un an après.

Nella a fait endormir Hadès. Un crève-cœur, mais la crainte de le voir se transformer en bête enragée à l'écoute d'une note trop aiguë l'a emporté. Elle panse cette plaie et les autres en compagnie d'un cocker aussi noir que la nuit répondant au nom de Moon. Tout un symbole.

La vie continue. Comme les journées de Léo. Vers huit heures, elle réveille Loïc et l'aide à se préparer. Il parvient à marcher seul de son lit à la salle de bains, mais elle préfère être là. Au cas où. Pendant qu'il se douche, elle aère sa chambre, gonfle les oreillers. S'amuse de la nouvelle décoration des lieux. Une explosion de couleurs, un joyeux désordre comme un pied de nez au minimalisme psychorigide de Raymond. Ça lui fait du bien.

Il est revenu deux mois après « ce jour-là ». Difficile de lui trouver un nom, à cette journée. Il y a eu trop d'événements en une fois, et le réduire au « jour où Diane est morte » est encore trop douloureux pour lui. Heureusement, il y a toujours moyen de s'arranger avec les mots et la syntaxe.

L'affaire a été joliment étouffée. Un sacré sac de nœuds, pour la police. Aucun gradé ne souhaitait se lancer tête baissée dans une conférence de presse – et ça se comprenait. Il y a eu quelques auditions en coulisse. Procureurs, juges, toute une hiérarchie de flics comme une gamme au piano. Léo et Loïc s'y sont parfois retrouvés à témoigner côte à côte, ou l'un après l'autre. Ils se croisaient dans un couloir, une salle d'attente, puis chacun repartait de son côté. Seule différence, Loïc était raccompagné dans un centre pénitencier médicalisé, tandis que Léonie rentrait chez elle sans escorte.

Et puis tout a été réglé. Aucune poursuite en ce qui concernait Léo. Légitime défense pour Loïc. Une peine légère. Des remerciements, même, pour avoir sauvé la vie du commandant Jonas Renberg. Ce point-là, ça lui est un peu resté en travers de la gorge.

Léo n'a revu Jonas qu'une seule fois. Il accompagnait des collègues lorsque Loïc a pu s'installer chez elle – oui, elle ne parle plus de la maison de Raymond, mais de la sienne, en tout cas elle essaye. Loïc n'a pas desserré les mâchoires. Ces insinuations à propos de sa sœur, il ne les pardonnera sans doute jamais.

C'est donc Léonie qui a tout géré, fourni les réponses aux questions, rempli la paperasse. Tout, jusqu'au moment où un des gars a sorti un bracelet métallique d'une sacoche. Il a pressé sur un bouton et un témoin vert s'est allumé sur la surface.

— Vous êtes sérieux ? a fait Léo.

Le flic l'a regardée sans comprendre. Comme si son uniforme disait pour lui oui, bien sûr que je suis sérieux, je suis policier, enfin, ma petite dame. Jonas s'est interposé, coupant net une fantaisie où elle carrait la matraque à choc électrique de Raymond contre une zone sensible de l'anatomie du gaillard.

— Cette mesure fait partie des termes de sa conditionnelle, Léonie.

Elle n'a pas répondu. Juste haussé les sourcils, puis tendu une main, paume en haut. Jonas a fini par soupirer. Il s'est emparé de l'objet et le lui a donné.

Plus personne ne portera de bracelet à la cheville dans cette maison. Plus jamais. Léonie ne s'est pas libérée du sien pour en passer un à quelqu'un d'autre. Celui des flics, Léo l'a rangé dans un placard de la cuisine. Elle contrôle de temps en temps que la loupiote verte brille toujours. C'est tout.

Une fois sa toilette terminée, Loïc se traîne hors de sa chambre. Les meilleurs jours sur ses deux jambes, avec une béquille. Les moins bons dans sa chaise roulante. Par beau temps, ils s'installent ensemble sur la terrasse pour prendre le petit déjeuner. Léo n'a plus qu'à disposer les tranches de pain et la confiture à sa portée. Il se charge du reste.

— On est bien, dit-il, du soleil plein le visage.

Et c'est vrai. Malgré la peine, malgré la douleur accumulée pendant plus de six ans, ils sont bien.

Une définition particulière de la liberté. Avec un léger parfum de bonheur.

Léonie ne compte plus les jours, désormais.

# Remerciements

Un roman ne devient réellement vivant qu'une fois dans l'esprit de ses lecteurs. Donc, avant tout, merci à vous qui avez accompagné Léonie au long de ces pages. J'espère que son histoire vous aura touché et que vous lui accorderez une petite place à long terme dans votre imaginaire.

La liberté est le mot-clé de ce roman, celui par lequel tout a commencé. Je tenais donc à remercier tout spécialement ma famille pour l'espace et le temps laissés libres afin que je puisse réfléchir, écrire, corriger… Love you$^3$ guys !

Merci aussi à mon frère Cédric, pour nos longues discussions philo-socio-psycho-historico-ésotériques parfois très animées, et pour tout le reste depuis un certain nombre d'années…

Un immense merci à la dream team de Calmann-Lévy, et tout particulièrement à mon éditrice, Caroline Lépée, qui m'a aidée à tirer le meilleur de mon manuscrit. Quel privilège de travailler avec vous tous ! Un clin d'œil à « ma » Valérie Taillefer pour son énergie inépuisable et contagieuse.

Merci également pour l'enthousiasme des libraires et des blogueurs littéraires qui soutiennent et portent mes romans depuis le départ. Mes batteries se rechargent à chacun de nos échanges !

Enfin, merci à vous tous, passionnés, camarades auteurs de noir, lecteurs, organisateurs ou bénévoles, que j'ai eu la chance de rencontrer ici et là lors de salons littéraires. Ces moments privilégiés en votre compagnie sont autant de petits fragments de liberté, et je me réjouis de pouvoir à nouveau en partager avec vous très bientôt.

Photocomposition Nord Compo

Achevé d'imprimer en février 2022
par CPI BRODARD & TAUPIN (72200 La Flèche)
pour le compte des Éditions Calmann-Lévy
21, rue du Montparnasse, 75006 Paris

PAPIER À BASE DE FIBRES CERTIFIÉES

CALMANN LÉVY s'engage pour l'environnement en réduisant l'empreinte carbone de ses livres. Celle de cet exemplaire est de :
750 g éq. $CO_2$
Rendez-vous sur www.calmann-levy-durable.fr

N° d'éditeur : 7330294/01
N° d'imprimeur : 3047317
Dépôt légal : mars 2022
*Imprimé en France.*